Contents

O lettore, tu sapessi quello che ho faticato per presentarti le "Indagini del commissario Benvenuti" in lingua originale… cioè in Toscano! Ah, scusami se ti do del tu, ma per noi discendenti di Dante, viene naturale. Sai, scrivere in italiano è difficile, siamo d'accordo, solo gli scrittori bravi ci riescono, ma scrivere in toscano oserei dire che è ancora più arduo. Perché dico questo, perché ci sono tantissime parole, frasi, intercalari, che possono essere scritte o interpretate in maniera diversa anche da persona a persona. Ad esempio, l'immancabile e comunissimo "dè" Livornese, che gli studenti della ridente città costiera immagino usino anche quando scrivono i temi o durante le interrogazioni, che gli avvocati utilizzino nelle loro arringhe come rafforzativo, persino i preti sull'altare penso l'adoperino durante l'omelia, si può scrivere "dè" oppure "deh". Da studi da me condotti su internet, si rileva che in effetti i due modi di scrivere il simpatico intercalare, darebbero allo stesso, significati diversi. Alla fine però ognuno lo usa come gli frulla nel cervello. Scrivere poi nei tantissimi dialetti che in toscana hanno sfumature diverse anche fra paesi confinanti, rende l'operazione impossibile anche per chi vive da sempre in questa regione. Allora ho pensato di scrivere tenendo presente i punti comuni a tutti i dialetti toscani, come ad esempio la c aspirata, "le 'astagne (le castagne), le parole troncate: esse' (essere), compra' (comprare) e usare alcune parole appartenenti al dialetto di quel preciso luogo, ad esempio "il mi citto" che significa: il mio ragazzo (Siena), "Bao necci" che significa: tanto (Lucca), "Boia dè!": nessuno sa cosa significa ma in toscana tutti lo capiscono, (Livorno). Durante la lettura delle indagini del Commissario Benvenuti, poi potrà capitarti di tro-

vare le stesse parole talvolta scritte in un modo talvolta in un altro, non me ne vogliate, è difficile tenere a mente come scrivo ogni singola parola e per questo ho deciso di andare a ruota libera e cioè, così come mi viene sul momento, senza pensare troppo a come avevo scritto la stessa parola qualche riga sopra. Oltre al linguaggio, ho dato grande importanza alle bellezze artistiche, storiche e paesaggistiche della regione, con brevi descrizioni e molto alla buona sia chiaro, ma tanto quanto basta, a mio avviso per calarsi mentalmente nel luogo in cui si muovono i personaggi in quel preciso momento. In ogni storia troverete cenni anche sulle magnificenze della cucina toscana, con semplici e rapide descrizioni dei piatti tipici. Non dimentichiamo poi il vino, in toscana è il principe della tavola così come l'olio, con varietà e qualità davvero eccezionali. Metto per ultimo la cosa che mi sta più a cuore, il messaggio! Ogni episodio cela sotto sotto il mio modo di pensare. Il commissario, i suoi amici e familiari, si muovono vivono e ragionano come il sottoscritto. Sicuramente qualcuno condividerà in parte o tutto il mio pensiero, molti altri lo contesteranno, non importa, è giusto che sia così. In fondo come si dice "Il mondo è bello perché è vario", l'importante è essere veri, genuini e lasciare sempre la porta aperta a chi la pensa diversamente da te. Ma… penso di essermi dilungato già abbastanza, quindi onde evitare di annoiarti mortalmente mi stoppo, ah senti… se vuoi fammi sapere le tue impressioni, ti lascio il mio indirizzo di posta elettronica, va bene? a.kisso57@gmail.com
Ciao
Andrea Giovanni Kissopoulos*

*Si, "Kissopoulos" un è proprio tipi'o della zona e in effetti voleo scrive un libriccino più intonato ar mi 'ognome, aveo già in mente anche ir titolo, si, L'Odissea; ma lo voi sape'? Un te l'ha già scritta un tale che un mi ri'ordo 'ome si 'iama? Boia dè! Allora ho pensato di scrive' "Un anno con il Commissario Benvenuti", tanto più o meno… il livello 'ulturale è lo stesso. Ma… ora mettiti 'omodo, 'ominciano le storie. 'Omunque pe' la crona'a, sono nato a Lucca quindi so come funzionano le 'ose vi in Toscana. Buona lettura

Secondo voi è facile trovare qualcosa che manca a noi toscani? Forse la lettera "c" quando parliamo, ma per il resto abbiamo espresso eccellenze in tutti i campi. Conoscete ad esempio un certo Dante? Leonardo, Galileo Galilei, Giotto, Modigliani, avete mai allietato il vostro palato con vini del calibro del Sassicaia, Brunello, Masseto, conosciuti in tutto il mondo? I vostri occhi hanno mai ammirato bellezze come piazza dei Miracoli a Pisa, le Mura di Lucca, Firenze Siena, il duplice filare di Bolgheri, i borghi medioevali della Maremma? In questo contesto, si svolgono le indagini del mio personaggio, entusiasta delle cose belle e… della cucina Toscana, visto che è anche un buongustaio. Qualche volta per lavoro, si spinge al di fuori dei confini della sua terra, apprezzando anche in queste occasioni le bellezze artistiche ma anche le prelibatezze gastronomiche che si trovano nel resto di una nazione meravigliosa di nome, manco a dirlo "Italia". Per questo motivo vi vado a presentare un commissario toscanissimo, con una bella famiglia e tanti amici, che incontra giornalmente in un piccolo bar e che spesso con le loro intuizioni, sono fondamentali nella risoluzione dei casi più complicati. Paolo Benvenuti, commissario di polizia da pochi mesi in pensione, è un pisano doc, nato cresciuto e vissuto sempre all'ombra della torre pendente. Oddio sempre… da bambino aveva abitato qualche anno a Livorno, dove suo padre era stato trasferito per lavoro, ma questa "macchia" del suo passato non deve saperla nessuno. Ecco perché adopera abitualmente il "dè" usato anche a Pisa per carità, ma in maniera molto ridotta rispetto alla rivale Livorno. Il "dè" gli è rimasto appiccicato addosso come un francobollo su una cartolina e a tanti concittadini, questo fatto ha creato più di un sospetto. Valente studente in giurisprudenza, voto di laurea 110 con lode, entra presto in polizia, grazie anche alle sue performance sportive, era infatti uno schermidore di eccellente levatura. Aveva vinto tornei di fioretto fra i più prestigiosi in Italia e all'estero. Era arrivato a partecipare persino alle Olimpiadi. Purtroppo quella fu un'avventura poco fortunata, a causa di una polmonite che lo aveva tenuto lontano dagli allenamenti per diverse settimane, e per questo arrivò all'appuntamento più importante per la carriera di uno sportivo, in pessime condizioni di forma e i risultati non furono molto esaltanti.

A 28 anni si sposa con Alessandra Tintori, detta Sandra. Lei è originaria dell'isola D'Elba, studentessa modello in Lettere e successivamente professoressa presso il Liceo Classico di Pisa. Anche lei da poco in pensione. Dal loro matrimonio nascono due figli, Marco e Simona, e attualmente hanno due nipoti Matilde e Giacomo e... un cane, Un bastardino di nome Bullo, che è il terrore di idraulici e postini. La carriera di Paolo è veloce, diventa apprezzato Commissario, il suo intuito e le sue capacità ne fanno un personaggio insostituibile simile ad un ben noto investigatore londinese. Tutti i colleghi della toscana ed oltre lo cercano e lo consultano per le proprie indagini, risolve i casi più intrigati. Purtroppo passano gli anni e un bel giorno, la pensione... ma dai, niente pantofole, tutti ancora lo cercano. il segreto del suo successo? Sono gli amici di una vita che lui vede e con i quali si confronta tutti i giorni in un piccolo bar... volete sapere? E allora sentite...

Il morto di Antignano

<Paolo… Il tuo caffè è pronto.>

<Arrivo.>

Paolo Benvenuti, commissario di polizia da pochi mesi in pensione come ogni mattina si trova al bar vicino casa per consumare con rito che si perde nella notte dei tempi, la sua colazione. Sfoglia calda con ripieno di mela, macchiatone in tazza grande e giornale per sbirciare la cronaca locale.

Il racconto comincia qui, in un piccolo bar di un minuscolo paese alle porte di Pisa, frequentato da gente semplice di campagna anche se siamo a due passi dalla città. Atmosfera tranquilla, ovattata, dove i problemi scivolano via come l'acqua in un ruscello. Il Bar Gello che prende il nome, non dal noto museo fiorentino, ma da quello del paese appunto Gello, è il luogo di ritrovo per molti del posto.

Lo frequentano personaggi di tutti i tipi, a volte normali, a volte pittoreschi, come Tullio che abita sopra il bar e ogni mattina scende in pigiama e vestaglia, ordina un cappuccio per lui e signora e sbadigliando se ne torna in casa a consumare la colazione; Giuseppe detto Maradona, per aver giocato nelle file del Pisa calcio una stagione in cui la squadra fu retrocessa in serie C; Ugo, bancario, Amulio, nulla facente e nulla tenente, si vocifera che non abbia lavorato neanche un quarto d'ora in tutta la vita e campa alle spalle della povera Maria, moglie mamma e sorella di questo scioperato che… comunque un pregio ce l'ha, è buono come il pane fresco. Poi Marione, Giulio, Filippo e così via. Il bar in toscana è un luogo sacro, ed ha una grande dote, quando si entra a far parte della tappezzeria che tradotto significa… "quando diventi un frequentatore abituale", bancari, contadini, professori, meccanici tutti sono uguali, tutti sono amici tra loro e nessuno è più o meno importante dell'altro.

Paolo legge la cronaca sul giornale… "Vediamo un po' le notizie der giorno, sciopero de' benzinai, un delfino a preso dimora nell'Arno, ma un avea un posto migliore dove anda'? Povero pescione; Assessore indagato per tangenti… questi politici buscano un sacco di soldi e rubano pure, vengono indagati, ma po' dopo tre giorni è tutto dimenti'ato e vivono felici e arricchiti, l'unico bischero che un busca mai niente sono io".

"Ho lavorato una vita dormendo una notte si e una no, mangiando panini e bevendo caffè pe' un perde tempo, sempre in mezzo a cadaveri e delinquenti di ogni tipo e ora che sono finarmente in pensione, mi chiamano ancora per risolve' casi in tutta la Toscana, senza neanche darmi il rimborso delle spese di benzina e pasti per giunta, al massimo quando va bene come compenso mi danno una bella pacca sulla spalla, sono proprio un bischero!"

"Ma… ca ci posso fa', in fin de 'onti vesta è la mi vita, e poi… 'osa mi manca, uno stipendio ce l'ho, in famiglia grazie a Dio siamo tutti in salute, ho una moglie, Sandra, che mi sopporta, due figli Marco e Simona, due nipoti splendidi che hanno per altro continuato la tradizione sportiva di famiglia a cui tengo molto… è sì, sono schermidori in erba e fare una 'apatina alla storica palestra "Accademia della scherma Pisa", dove avevo militato in gioventù con esiti agonistici di tutto rispetto, è d'obbligo, un occhio ai ragazzi che tiran di fioretto, due chiacchere con il maestro Antonio e chi sta meglio di me".

Suona il telefono, Cecco il barista…. <Paolo ti vogliono…>

< chi è?>

<boh? Un certo Piras dal comando di polizia di Livorno.>

<Ho capito, un'altra gatta da pela'… passamelo.>

<Dottore appuntato Piras sono, mi ha detto di disturbarla il dottor Palmieri, avevo telefonato a casa perché al cellulare non risponde e sua moglie mi ha dato il numero del bar…>

<Ha si passamelo> disse Paolo

<Dè Paolo, bello, 'ome stai?>

<Carlo, quale rottura di santissimi mi stai per propina'? riesci a scassarmi anche se tengo il cellulare spento.>

<Ma sai, è stato trovato un cadavere sulla scogliera di Antignano e… dè, voleo un tu' parere.>

< Va beh ho capito, dove ci vediamo? Parto subito.>

<dè, un saprei, magari ner mi ufficio.>

<ok avverto la moglie e ci vediamo tra un'ora.>

<Sei un grande, dè, non ti tiri mai indietro.>

"Ah, questi labronici sono la disperazione di noi pisani!"

Per chi non l'avesse capito, l'amico Carlo Palmieri anche lui commissario, è un livornese verace e chi è toscano sa benissimo che fra Pisani e livornesi un si possano vede', ma poi sotto sotto si voglian bene come fratelli.

Un'ora dopo Paolo è a Livorno sotto al comando di polizia dove lavora L'amico Palmieri.

"Ma chi me lo ha fatto fa'?" Paolo pensa tra sè, "piove come Dio la manda, è giugno e sembra ottobre... in questa cavolo di città poi un si trova mai da parcheggià".

<hoo, finalmente un posto libero per questo cassone di macchina.>

Saltando di pozzanghera in pozzanghera, arriva tutto inzuppato a destinazione, dove trova il Palmieri bello sorridente ad accoglierlo.

<O Carlo, tutto bello asciutto vero? Io no, e mi girano anche i santissimi, potevo già esse a vede' i mi ragazzi tira' di scherma in palestra e invece, sono qui con te... asciutto e io bagnato a parla' di adaveri!>

Carlo...<Dè allenamenti la mattina?>

<si, in estate li fanno vando è più fresco.>

<Bello, se vuoi vedere tira' di scherma, andiamo alla palestra Antares vostra acerrima rivale da sempre, 'osì finisci di incazzarti.>

<Prendi per le mele pure? Guarda che un ho fatto tanta strada per farmi prende pe' i fondelli da te.>

l'amico Palmieri ride di gusto e...

<Come ar solito... ti ci ho cuccato è?>

<Ma veniamo a noi, dè... Ti avevo accennato del morto trovato sulla scogliera di Antignano, ora è presso il Dr Natali per l'autopsia.>

<non mi dire, sempre in attività vel rompi'oglioni di medico, bah, andiamo a vede'.>

<Allora dottor Natali, 'osa ci dice der morto...>

<'sa vole che le dica... prima di tutto è deceduto in seguito a

overdose di eroina, il braccio sinistro ha i soliti bu'i di un 'valsiasi tossi'o, ma…'vesti bu'i sono tutti stranamente freschi come se avesse 'ominciato a drogassi il giorno stesso che ha tirato il calzino. Ha anche segni multipli di colpiture e ferite varie su tutto il corpo, evidentemente le onde lo hanno fatto sbattere sugli scogli. Tracce di collante su bocca polsi e caviglie, forse dovute all'uso di un nastro adesivo che deve esse' servito pe' legallo e chiudelli la bocca; è morto probabilmente tra le 21 e le 24 di ieri l'altro 12 giugno è stato gettato in mare già morto, età intorno ai 30 anni origine nordafri'ana, questo è tutto…>

<ma…>

<niente se e ma, 'vesto è tutto arrivederci, il tempo è scaduto e non mi scassi i santissimi ancora!>

<gentile 'ome sempre… dottore.>

<Senti Carlo ma do'umenti del morto?>

<Niente, solo una ricevuta di pagamento per l'affitto di un appartamento, se non ricordo male… via dell'Origine numero… hee… non ri'ordo, ma il biglietto è al comando e posso telefona'.>

Carlo prende il cellulare e…<pronto appuntato Piras?>

<Si Dottore, io sono, dica.>

<volevo sapere l'indirizzo preciso scritto sul foglietto del morto di Antignano.>

<Subito Dottore, attenda che chiedo… allora, via dell'Origine 234>

<Grazie Piras.>

<Dovere Dottore… ah Dottore, mi sono ricordato che poche sere fa ho ricevuto una strana telefonata e una voce tremolante ha detto sei numeri e poi ha riattaccato, la telefonata è registrata se le interessa…>

<Va beh, poi vediamo Piras, grazie per ora.>

<Questo Piras… brava persona, ma mi deve rende' conto anche di quante volte va ar gabinetto dè, ora per esempio, mi ha voluto racconta' di un tale che ha telefonato per dì una serie di numeri, forse credea fosse la ricevitoria del lotto! ahahah.>

Paolo rimane un po' pensieroso.

<O Paolo, io ho fame, è il tocco, che ne pensi d' andà a mangiare un boccone naturalmente ognuno paga per sè… scherzo, mi voglio rovina' offro io.>

Paolo <ma non mi porterai mica in quel troiaio di osteria dell'ultima vorta dove per poco un ci avvelenarono?>

Carlo <no, ho trovato un bugigattolo dove fanno un caciucchino che dè, è la fine der mondo, si chiama "L'osteria del vecchio pazzo" vicino alla Fortezza nuova.>

Paolo <si, il vecchio pazzo sono io a datti retta, ma fammi il piacere…>

I due si incamminarono passando per i pittoreschi vicoletti e ponticelli del quartiere Venezia, un luogo incredibile che ha dato spunto per i quadri di molti famosi pittori Labronici. Si narra che proprio i veneziani furono chiamati a costruirlo, con la stessa tecnica e impressionante somiglianza della città veneta conosciuta in tutto il mondo.

Il locale si presentava piuttosto dimesso, tavoli apparecchiati con tovaglie di carta, quadri orripilanti alle pareti, due belle finestre affacciate sul canale, il vocio degli avventori. Si accomodarono e subito il proprietario e contemporaneamente cameriere che era piuttosto simpatico, come del resto tutti i livornesi in genere lo sono…<Allora oggi abbiamo…>

<Dè, siamo qui per il cacciucco… c'è oggi?> Disse Carlo.

<Si Dottore provvedo subito…>

Mangiarono bene e altrettanto bene bevvero, chiusura con il classico "poncio" alla livornese, un caffè che galleggia sul rumme, e Paolo…

<Sta volta ci hai indovinato pe' davvero, bel posticino, da ri'ordasselo, ora però di 'orsa al lavoro che un ho tanto tempo…>

Carlo <Ma che hai da fà, sei un pensionato rincorbellito ahahah.>

Si incamminarono verso via dell'origine al numero 234, dove arrivarono in pochi minuti a piedi. Il numero civico corrispondeva ad un palazzo fatiscente dove avevano dimora molti extracomunitari di tutte le etnie.

Carlo <Quale appartamento sarà, dè, è un palazzo da nulla, è enorme…>

<senti bello, torniamo al Comando e vediamo di fa' ir punto della situazione.>

<Dottore, "disse Piras" vedendo i due commissari rientrare… in sala d'attesa ci sono due Marocchini (Piras identificava con "marocchini" tutti gli extracomunitari nordafricani), che dicono di

voler sporgere denuncia di scomparsa di un loro parente.>
<Dè, falli passare nel mio ufficio.>
<Buongiorno, osa desiderate?>
<Signore, crediamo che a nostro cugino sia accaduto qualcosa, sono due giorni che non lo vediamo e che non lo sentiamo, il cellulare sembra spento.>
Carlo <come si chiama?>
<Djamal Zayed Signore.>
<quanti anni ha?>
<31 anni, lavora su un peschereccio, il suo principale dice che anche lui non avendolo più visto nè sentito, ha paura che gli sia capitato qualcosa…>
I cugini <per favore ritrovatelo, siamo preoccupati!>
Carlo <faremo il possibile, voi sporgete denuncia di scomparsa, vi faremo sape'.>
<sentite, sapete mi'a dirmi se vostro cugino si drogasse?> disse Paolo.
<Si purtroppo e già da molto tempo gli dicevamo di smettere perché è pericoloso.>
Carlo e Paolo rimangono soli e subito parte la ridda delle ipotesi… forse il cugino è il morto, in effetti sappiamo che il cugino si droga e questo coincide, forse anche loro abitavano nello stesso palazzo fatiscente. Dobbiamo parla con il proprietario del peschereccio… e così andarono per le lunghe fino a che…
<O Carlo, lo sai il che ti di'o? So' quasi le cinque e mezzo e io ti saluto con… con la tromba e con l'imbuto, ciao ci sentiamo domani.>
<Dè Paolo, grazie per ora, domani faccio vede' il morto ai due marocchini e ti fo' sape' qualcosa, va bene?>
<dai ci sentiamo.>
Paolo uscì dal comando di polizia e si diresse alla macchina, il tempo si era completamente rimesso, era una bella serata. Durante il viaggio di ritorno, ascoltando un giornale radio locale, sentì la notizia del cadavere ritrovato. Spense subito per cercare di rilassarsi un po' ma i pensieri dell'accaduto lo accompagnarono durante tutto il viaggio.
Arrivato a Gello, passò dal bar per un caffè e li trovò come era logico aspettarsi, i soliti personaggi compagni di interminabili

briscolate domenicali.

<Paolo, hai sentito del morto sulla scogliera di Livorno?> disse Marione meccanico in pensione.

<Si, vengo proprio da lì, mi hanno 'iamato per una mi' opinione.>

<Ma, se'ondo me> disse Marione <un mi 'onvince, vedrai che questo disgraziato è finito senza volello in un casino legato al traffi'o di droga, magari ha visto 'valcosa che un dovea vede', io li 'onosco i pescatori nord africani, sono gran lavoratori e il tempo per drogassi un ce l'hanno davvero.>

Paolo torna a casa dalla moglie Sandra, che aveva preparato una bella panzanella, piatto toscano per eccellenza a base di pane raffermo inumidito e strizzato, condito con cipolla pomodori cetrioli basilico olio e aceto, di cui Paolo andava pazzo.

<Sei stato dar tu ami'o livornese tutto il giorno?> disse la Sandra, <si cara mi ha chiamato pe un caso di un nordafri'ano...>

Sandra <ah sì, ho sentiti al tg toscana.>

Improvvisamente Paolo diventa serio e pensieroso.

<che succede?> disse Sandra.

<niente, Marione forse mi ha messo sulla buona strada, dice che i pescatori non hanno il tempo di drogassi e il dottor Natali che ha fatto L'autopsia, dice che è morto di overdose ma che i bu'i nel braccio erano tutti fatti lo stesso giorno, quindi è probabile che sia tutta 'na messa in scena per svia' le indagini.

La mattina successiva, dopo la immancabile colazione al bar Gello, Paolo aveva il compito molto lieto di accompagnare i nipoti Matilde e Giacomo all'allenamento di scherma.

<Forza ragazzi, sono quasi le 9 e l'allenamento sta pe comincia', avete preso tutto? Fioretti maschere passanti...>

<bene andiamo.>

Non fece in tempo ad arrivare a destinazione che...

<O no, di già a rompe' 'oglioni.>

<Nonno, non dire le parolacce...>

<scusate ragazzi ma quando ci vole ci vole, boia!>

<Che vuoi Palmieri.>

Carlo <Paolo, il morto è proprio cugino de' due di ieri e abita nel palazzaccio che abbiamo visto, ho le chiavi dell'appartamento anche, me le hanno date i du' 'ugini...>

<senti lascio i nipoti a scherma e vengo da te.>

Arrivano alla palestra e… <Paolo un ti fermi neppure un se'ondo? > fece il Maestro Antonio, allenatore dei nipoti ed ex atleta insieme a Paolo…

<caro Antonio, vorrei tanto vede' i nipoti all'opera, lo sai quanto mi garba, ma il lavoro mi 'iama e devo scappa' e… non ho voglia neanche.>

Durante il tragitto che lo portava a Livorno, telefona all'amico per dirgli di trovarsi direttamente al palazzo fatiscente dove dimorava il Pescatore morto.

<Dè, Paolo va bene, alle 10 ci vediamo li.>

<Ciao Carlo…>

<O Paolo buongiorno, ecco le chiavi e il mandato di perquisizione, andiamo.>

Entrarono nel palazzo, salirono due rampe di scale tetre buie e maltenute, i muri avevano chiazze di umidità sparse qua e là, tutto avrebbe fatto pensare alla casa dei fantasmi, se non fosse stato per le urla e le risate di bambini che nelle case erano intenti ai loro giochi.

Finalmente trovarono l'appartamento. La chiave gira nella serratura e la porta si apre, lo spettacolo che si presenta non è dissimile da quello visto all'esterno, l'ingresso buio e senza finestre si presenta in tutto il suo squallore, pareti ricoperte da una carta da parati tristissima intrisa di umido e strappata in vari punti, un odore di chiuso che quasi non si respirava. Procedendo si entra in un salottino con pochi mobilucci di modesta provenienza e per giunta mezzi scassati. Dalla finestra con vetri talmente sporchi che quasi non entrava la luce, si vede il cortile interno del palazzo dove alcuni bambini si rincorrevano gioiosi sotto lo sguardo vigile delle loro mamme. Ancora avanti una piccola stanza da cucina, un bagno che più che bagno si può definire una latrina e infine due camere con letti ricoperti di lenzuola e poveri indumenti fino all'inverosimile.

<Dè, sembra d'esse ar Gran Hotel, un ti pare Paolo?>

<Purtroppo non tutti buscano lo stipendio che c'hai tu, esistono anche i morti di fame in questo sporco e ingiusto mondo.>

La Perquisizione

<Da dove cominciamo> disse Carlo

<da dove ti pare, tanto qui è una baraonda.>
Fogli scritti in arabo, scatole di biscotti, cassetti pieni di fotografie, medicinali mezzi scaduti e schifezze varie. Paolo si sposta in camera, a prima vista non aveva notato niente a causa della gran confusione ma guardando meglio...
<Ei Carlo vieni qui a vede'.... la lastra di marmo del comodino è spostata e la lampada che doveva esse sopra è qui arruciolata per terra tutta distrutta, la tenda della finestra strappata e mezza staccata, come se qualcuno vi si fosse aggrappato per non casca'... e ci sono piccole macchie... che sembrerebbero... si, sembra proprio sangue... e continuano, sul pavimento c'è un sudicio incredibile ma le gocce di sangue si vedono abbastanza bene, seguiamo il percorso.>
<O Paolo, mi sembra la storia di Pollicino> E giù una risata.
La striscia continuava dritta dritta fino al portone d'ingresso.
<Bisogna iama' la scentifi'a...> disse Paolo
<Dè, chiamo subito.>
Paolo <Bene, ora è mezzogiorno, ho giusto il tempo di torna' a casa per pranzo così faccio contenta quella povera donna della mi moglie e oggi dopo pranzo pennica e briscolata al barino con quei quattro scioperati... te fammi sape' cosa dicano quelli della scentifi'a dopo i rilievi, va bene?>
<Paolo, che santo è...>
<cosa Sandra?>
<Mi stavo meravigliando della tu' presenza a casa>
<sono riuscito a veni' via da Livorno, tanto dobbiamo aspettare il resoconto della scentifi'a e non avevo altri rompimenti di c...>
<Paolo sempre questo linguaggio però.>
<i nipoti dove sono?>
<Se Dio vole a casa loro, gli ho lavato le divise della scherma quando sono tornati dalla palestra, puzzavano che era una roba incredibile, ma ora c'hanno a pesare i su genitori.>
<Ma via che ti fa piacere quando li hai per casa, sono così simpatici e cari...>
<hai ragione, ma ogni tanto... con tutto il bene che gli voglio... devo rifiata' anch'io, non credi?>
Paolo dopo pranzo prende il caffè sprofonda nel divano, accende la tv e dopo due minuti d'orologio si addormenta. Un'oretta di

sonno, poi sbadigliando si alza dal divano e...
<io vado un po' al baretto...>
non finì la frase che...
<ma Paolo, un mi dovevi porta' all'Ikea? Me lo avevi promesso!>
<Cara scherzavo, volevo vede' se te lo ri'ordavi...>
e fra sè pensò... "Boia, all'Ikea! Pomeriggio da urlo, se lo di'o agli amici sai che ralla..."
Quando arrivarono a destinazione, a Paolo venne un groppo alla gola a vedere quel formicaio di persone che si inerpicavano sulle scale mobili e nei vari padiglioni, alla ricerca di qualcosa da compra' pe' forza, quasi a giustifi'a' la presenza nel negozio. La gente sfrecciava da ogni parte con oggetti di ogni tipo, nei classici sacchettoni colorati o in giganteschi carrelli, ai quali devi fare molta attenzione, perché se ti battono negli stinchi, vedi La Madonna con Gesù bambino e tutti i santi del paradiso.
<Paolo, compro questi bicchieri, 'sa ne dici?>
<belli davvero cara... ma... che te ne fai... a casa un ci mancan mia...>
<sei il solito orso, vedo una 'osa carina e mi critichi sempre, io li prendo alla facciaccia tua!>
Squilla il cellulare...
<anche quando sei a giro con me ti chiamano?>
<Non sono mi'a io che decido quando gli altri mi deano chiama', è Carlo devo rispondere.>
<Pronto Carlo, dimmi.>
<o Paolo, ci sono parecchie novità domani puoi capita'?>
<Va bene come al solito alle dieci al tu ufficio.>
Alle dieci in punto del giorno successivo, Paolo si presenta all'ufficio dell'amico Carlo.
<Allora, spara le novità.>
< Dè Paolo... in prati'a la scientifi'a ci ha sommerso di elementi.
Le tracce di sangue che avevamo visto sono del morto, in camera come avevamo previsto c'è stata 'olluttazione, sotto il letto è stato trovato un cucchiaio, un ago da siringa e una bustina con tracce d'eroina, usate dal morto, poiché le analisi di questo ago dicono che a usallo è stato proprio lui. Il portone di casa non è stato forzato, probabilmente ha aperto ai suoi aguzzini che forse conoscea e dopo è successo qualcosa di brutto...>

<faccio pe' fa un ipotesi, per intanto penso sia logico indaga' negli ambienti dello spaccio, forse non aveva pagato la roba chissà... magari è stato ammazzato per dà un esempio ai clienti morosi, o a visto qualcosa che un dovea vede'...boh?>
Paolo <può esse, ma ci sono delle 'ose che un mi tornano, per esempio, perchè tutti quei bui nel braccio fatti insieme il giorno della morte? Era un drogato o ce lo voglion fa' crede come dice il mi ami'o Marione?>
<Marione? E chi è un collega?>
<no un meccanico...>
<un meccani'o? Ma che ci 'ombina un meccani'o con le nostre indagini...>
<E lo so io, lascia perde. Ha... I cugini che dicano... mi sembrano tipi strani...>
<Te vedi strano chiunque, anda' bene un ti sconfinfero pure io e mi fai arresta'.>
<e un sarebbe mi'a tanto sbagliato, con quella faccia che tieni.>
<Ah, hanno trovato nella tasca di un giubbino che era nel mucchio di indumenti su uno dei letti, la foto di un tizio nordafri'ano con dietro scritto Camp Derby e un pezzo di giornale dove si parla... sai di quella cellula terroristica che fu decimata qui da noi...>
<interessante> disse Paolo... <bene, ora torno a Pisa tanto qui per il momento un c'è altro da fa', rimugino un po' e se mi viene in mente qualcosa di faccio sape'.>
<Se ci sono novità chiamami anche la notte... anzi no, sono un pensionato e ho il diritto di dormì quanto voglio, chiamami dopo le 8.> Carlo <Ah Paolo, domeni'a c'è la partita amichevole Livorno Pisa, la vieni a vedè con me?>
<si, cosi prendo una bella scari'a di randellate anche, che c'hai nella zucca, pioppini?>
Carlo rise a squarcia gola.
Tornato a Gello, Paolo, visto che per pranzo era ancora presto, si ferma al bar dove trova gli immancabili avventori ed amici.
<Allora Paolo, queste indagini?>
<che vi devo dì, sono come al solito compli'ate, e ... in barba al segreto professionale, vi dio che ci so' tante possibili strade da seguì, pensate che questo è morto di overdose lo stesso giorno

che ha cominciato a drogassi. Non hanno forzato la porta di 'asa pe portallo via e gettarlo in mare, penso quindi che conoscesse i suoi assassini, ah ... hanno pure trovato la foto di un nordafri'ano con dietro scritto Camp Derby e un pezzo di giornale che parla di una cellula terroristi'a sgominata a Livorno poco tempo fa.>

Amulio il nulla facente, <mmmm si fa pe' ragiona'... ma se lui, sì il morto intendo... fosse entrato in contatto con dei terroristi che vogliono fa un attentato al Camp Derby... magari lui è una brava persona, perché riordatevi che la maggior parte di questi che vengon dall'affri'a son brave genti, e non voleva partecipa' al fattaccio ma ormai sapeva tutto... un lo potrebbero aver fatto fori?>

<Però Amulio, un'idea interessante> disse Paolo.

<Sandra sono io, ero a Livorno e poi mi sono fermato al bar.>

< si ti ho sentito Paolo, quella macchina è inconfondibile, quando arrivi ti si sente vai...>

<Che c'è pe pranzo che ho fame?>

<ho fatto la ribollita.>

<Ma di giugno? Non è un mangiare invernale?>

<Ma è appena tiepida, così mangiamo varcosa di diverso una volta tanto... a proposito di mangia', oggi bisogna proprio che tu mi porti al super, sennò bisogna fa la dieta stretta perché nel frigo c'è rimasto ben po'o e poi ci sono le promozioni anche.>

<Volevo andare a fa una briscolina.>

<e ci andrai in un alto momento, domani dopo la scherma, vengono i bimbi a pranzo e quelli quando mangiano non scherzan mi'a.>

Dopo pranzo pennica, passeggiatina con Bullo che alzando la gambetta a destra e a manca aveva inondato tutte le strade del quartiere e... via al super.

<Ma, regalano qualcosa? Quanta gente, boia!>

Dentro c'era tanto di quel traffi'o di arrelli e cestini che ci voleano i vigili a regolamentallo... Comprarono un'infinità di roba e il baule della macchina quasi non bastava.

<Oggi ho delapidato mezza pensione con la spesa.>

<almeno così sei libero per qualche giorno e ti puoi dedica' alle indagini e le briscole.>

Salirono in macchina e... <Porca p...>
<O Paolo, parla per benino, sempre quella boccaccia piena di parolacce!>
<mi squilla il cellulare e so già chi è!>
<O Paolo, sono Carlo>
<e lo avevo intuito vai, mi chiami solo te in questi giorni, 'sa voi.>
<altre novità, pare che abbiamo individuato l'uomo della foto, è un sorvegliato per legami con il terrorismo.>
<qui la faccenda si fa brutta> disse Paolo.
<Senti Carlo ormai ci vediamo domani, ora sono con la Sandra al super.>
L'indomani mattina di buon'ora si reca all'immancabile appuntamento con la colazione e l'amico Maradona o meglio, Giuseppe...
<Torni a indaga' sul caso del marocchino?>
<Se'ondo me se è vero quello che scrivono sui giornali, l'hanno fatto fori perché non cantasse probabilmente sul traffi'o di droga o su una cellula terroristica.>
<anch'io comincio a ragiona' in questa direzione> Disse Paolo,
<ma ancora mi mancano diversi tasselli del puzzle.>
In meno di quaranta minuti arriva a Livorno.
"Stamani a quanto pare sembra che la mia prima missione sia parcheggia', e non so come fare, ci sono più vigili che piccioni anche". Trovò un buco che era una multa assicurata, chiuse la macchina e si avviò dall'amico Carlo.
<Caro Paolo, entra... bella la giacchetta che hai in dosso, dove l'hai 'omprata che la voglio anch'io... ahahah >
<perché un ti garba, per caso mi fai la ralla?... Parliamo der caso, dai che è meglio.>
<è sì, come ti diceo sembra che sia una faccenda molto ingarbugliata. Ho fatto un po' di ricerche, il marocchino è un eroe vero. Pare che un giorno sugli scogli a Quercianella sia stato maltrattato da una coppia di ragazzi che non lo voleano vicino, poi uno dei due si è buttato dagli scogli per fa il bagno e dopo poco a cominciato a grida' aiuto perché si era sentito male e il marocchino, non ha esitato un se'ondo a rischia' la su' vita pe' salvallo, ti rendi 'onto? È stato ricevuto dal sindaco anche.>
<Direi che è una brava persona, per questo non credo all'uso di

droga, ma piuttosto che abbia visto qualcosa di troppo anche se ancora un so cosa.>

<Ah Paolo, dietro la foto del presunto terrorista c'è come sai un numero di cellulare, appartiene al proprietario dell'appartamento, certo Mingozzi Sergio, l'ho convo'ato e dovrebbe esse qui a momenti.>

Suona il telefono dell'ufficio di Carlo...

<Piras sono, è arrivato un tale Mingozzi che chiede di lei Dottore.>

<Ha sì lo aspettavo, fallo entrare.>

<Buongiorno> disse Carlo.

Il signor Mingozzi alzando il cappello dal capo assai spelacchiato, rispose al saluto. Era un omino secco come un chiodo, alto, anzi basso un metro e sessanta, centimetro più centimetro meno, il viso tutto scavato che sembrava 'un avesse mangiato da un mese, occhiali con lenti che pareano due fondi di bottiglia e un vestito che non rendea giustizia di quello che si diceva di lui e cioè che fosse un omo fra i più facoltosi di Livorno.

<Dunque, lei è il proprietario della 'asa.>

<Si signor Commissario, l'appartamento è di mia proprietà.>

<Era affittato al povero defunto> disse Carlo.

<Si, e le di'o anche che mi dispiace per quel pover'omo, si faceva in quattro per pagammi la pigione, e se ri'ordo bene, solo una volta mi pagò con poi giorni di ritardo.>

Interviene Paolo... <Lei conosceva i cugini del morto?>

<purtroppo si caro 'ommissario, li avevo avuti come clienti in un altro appartamento che posseggo in via delle navi, gente po'o raccomandabile mi creda, sono riuscito a mandalli via prima che mi distruggessero l'appartamento. Ah, le di'o anche che aveano brutte frequentazioni, almeno così mi hanno raccontato alcuni 'ondomini, per giunta mi deono ancora gli ultimi tre mesi di pigione e ho consumato le sole delle scarpe a furia di viaggi pe' fammi paga', boia! 'un mi ci faccia pensa' via.>

<I rapporti col cugino?>

<Dè, 'un saprei, l'unica cosa che mi hanno detto i vicini del povero ragazzo che la sera prima del ritrovamento del corpo ad Antignano, li hanno visti uscì di 'asa come spesso accadeva, ma questa volta dopo una lite furibonda e con un grosso tappeto

arrotolato.>
<Dice che sembrava contenere qualcosa di lungo e pesante da tanto sforzo che faceano pe' portallo via.>
<Quando me l'hanno detto ho pensato, io un tappeto in casa un ce l'aveo, per prega' usano dei tappetini piccoli e che ce lo avessero messo per bellezza 'un ci credo, visto che nel tene' le 'ase… via me lo faccia dì Commissario, sono un po' trucioni.>
Carlo e Paolo si guardarono e…
<Grazie, è stato di grande aiuto, adesso può andare.>
Il Mingozzi salutò sollevando nuovamente il cappello dallo spelacchiato capo e disse…
<Se avete bisogno sapete dove trovarmi, ah se arrestate i cugini del morto e vedete che hanno un po' di soldi, ricordate la mi pigione.>
Carlo e Paolo si guardarono e…
<stia tranquillo non mancheremo, arrivederci.>
Paolo <dè, vedi perché un ciò un becco di un quattrino… Quello è capace di non mangia' per paura di rifalla al gabinetto, sono queste persone che c'hanno i quaini, mia noi.>
<Bah, o Paolo, che idea ti sei fatto.>
<non so che dire, fammici ragiona' e così fai anche te, ora vado a Gello ci sentiamo domani.>
Paolo tornò alla macchina, la ritrovò miracolosamente senza multa e pensò…" oggi deve esse il mi giorno fortunato, non mi hanno beccato i vigili e forse comincio a capì qualcosa del caso".
Il viaggio verso Gello pareva praticamente impossibile, il traffico era come al solito caotico e per mette la ciliegina sulla torta c'era una bella manifestazione subito fori del centro, erano operai delle raffinerie di Stagno che avevano bloccato la strada e l'unica cosa da fare era tornare verso il centro.
Paolo chiama Carlo.
<O sono io Paolo, qui è tutto bloccato da una manifestazione di operai, quasi quasi torno da te, m'è venuto in mente di fa un sarto al porto, a sentì il padrone del peschereccio, datore di lavoro del morto.>
<va bene ci vediamo davanti alla statua dei quattro mori, tanto moro più o moro meno… ahahah.>
Arrivato a destinazione Paolo incontrò subito l'amico collega e

posteggiata la macchina in zona da rimozione forzata garantita, insieme a lui si avvia verso le barche da pesca.

<Dobbiamo trovare la "Triglia che strilla" questo è il nome assai ridi'olo della barca.>

Quando l'ebbero trovata, proprio davanti, sulla banchina, alcuni pescatori erano intenti a rammenda' le reti.

Carlo... <chi è di voi Igniazio Anzalone?>

<Io che desiderano?>

<Polizia, siamo qua per il povero ragazzo ritrovato ad Antignano.>

<Ah, sono rimasto malissimo di quello che è successo, era tanto un bravo cristiano.>

<Musulmano vorrà dire> disse il solito burlone di Carlo ...

<l'unica cosa che vi può interessare è che proprio stamani nel mobiletto dove teneva la sua roba ho trovato una busta con un foglio con sopra scritto: "Banca Popolare di Livorno, sentire telefonata polizia... questo è tutto.>

<Ci può dare la busta?>

la prendo è ancora a bordo, ve la volevo portare ma visto che siete venuti voi...>

<Ora però è proprio l'ora di rincasa' altrimenti Sandra è capace di telefona' a "Chi l'ha visto" pe davvero, ciao Carlo domani è sabato e un credo proprio di torna' a Livorno, ma per qualsiasi osa sai come rintracciammi.>

<Ok Paolo, riguardati eh.>

<Ciao Sandra, mentre tornavo in macchina da Livorno, mi hanno telefonato Marco e Simona per avvertirci che domani a Piombino i nipoti Hanno l'ultima gara prima delle va'anze estive e se ci vogliamo anda', che ne pensi?>

<Si così magari si mangia la zuppa di pesce alla Corsa che fanno nella trattoria... o come si 'iama ovvia... lì nel centro storico, quel bel posticino...>

<Trattoria "il pesce innamorato".>

<si proprio lì, è deliziosa.>

L'indomani alle sette in punto l'allegra brigata è pronta per partire alla volta di Piombino; Paolo Sandra, figli, nipoti, generi, il maestro Antonio e gli altri compagni di palestra con le rispettive famiglie. <Dopo un'ora e mezzo di viaggio... <Finalmente siamo

arrivati, con tutte ste rotonde nove, ho perso l'orientamento ma ce l'ho fatta ugualmente, ecco il palazzetto.>

I ragazzi scaricano dalle macchine le sacche contenenti i fioretti, maschere e divise da scherma e tutti in ordine sparso fra una risata e uno schiamazzo, entrano e posano i loro arnesi come di consueto tutte vicine fra loro e si avviano sul terreno di gara per il riscaldamento.

Il maestro Antonio con un tono nostalgico si rivolge all'amico Paolo…

<Ti ri'ordi bei tempi quando c'eravamo noi al loro posto… che bello ma anche che fifa e spesso che delusione…>

<Si è vero erano più le delusioni che le gioie, ma quando una gara andava per il verso, ti ripagava con gli interessi, ti sentivi un eroe e sognavi di diventa' un campione olimpico… e se 'un mi fossi buscato quella maledetta pormonite, forse anch' io… ma 'un mi ci fa' pensa' che mi girano ancora.>

Alle nove in punto i ragazzi e le ragazze vengono chiamati alle rispettive pedane per l'inizio gara. Per chi non è del mestiere, le competizioni di scherma prevedono una suddivisione in gironi, generalmente di sei o sette ragazzi separati ovviamente per sesso e per arma (fioretto, sciabola e spada), dopo i gironi viene stilata una classifica che serve per l'abbinamento degli atleti per le eliminazioni dirette che, una dopo l'altra portano alla finale. Prima però tutti sull'attenti in silenzio, rimbomba nel palazzetto l'inno Nazionale, un microfono gracchiante intona… Fratelli d'Italia, terminato il quale la voce del direttore di gara dice… <gli assalti possono avere inizio.>

Fra lo stridore dei fioretti i bip bip delle apparecchiature elettriche che aiutano gli arbitri nel difficile compito del giudizio, la gara procede e i nipoti si mettono in luce, con l'approvazione che si leggeva sul viso del maestro Antonio.

Sandra…<Paolo si va a mangia'?>

<ma proprio ora che viene il bello?>

<Va beh, come al solito te e Marco e il caro generino Ermanno, rimanete a seguì la gara, e io tu figlia e Roberta (moglie di Marco) andiamo al ristorante.>

Un assalto via l'altro e si arriva alla fine della gara, <bilancio positivo> dice il maestro Antonio, <in genere tutti sono andati bene,

i tu nipoti come al solito sono stati i migliori. Peccato per quella stoccata sennò anche la bimba faceva almeno il se'ondo posto come il tu Giacomo, comunque è sul podio e quindi va benone così.>

Al rientro a casa, visto che era abbastanza presto Paolo si rivolge a Sandra... <passo dal baretto così racconto de' nipoti e faccio morì d'invidia Ugo che c'ha il nipote che ha smesso scherma.>

<che cattivo che sei, pover'omo Ugo.>

<ma via un po' di sana ralla 'un ha mai fatto male a nessuno.>

Ugo non c'era, in compenso Marione e Filippo, bancario sempre in attività, erano intenti in una briscolata che aveva come premio al vincitore un bell'aperitivo.

<Ciao Paolo, non dirmi che anche oggi che è sabato eri a indaga' a Livorno?> disse Marione

<no ero a Piombino pe una gara di scherma de' mi nipoti.>

<come sono andati?> chiesero i due senza alzare lo sguardo dalle carte.

<Bene, se'ondo il bimbo e terza la bimba.>

<accipicchia, sempre positivi, ma che sono macchinette?>

<La geneti'a 'un è un'opinione, modestamente hanno preso dal nonno...>

<E del fattaccio di Antignano?>

<Un sacco di carne sul foo, ma pe' srotola' la matassa mi manca sempre qualcosa. Proprio ieri, il su' datore di lavoro, ci ha dato una busta co' dentro il nome di una banca e una frase che dicea "Sentire numero telefonata alla Polizia".>

Filippo... Paolo, un avrà per caso una assetta di si'urezza con dentro qualcosa di importante?>

<è, potrebbe esse' pe davvero.>

estrasse il cellulare e...

<Carlo sono Paolo, lunedì mattina dobbiamo anda' alla banca scritta sur foglio, potrebbe esse importante.>

<va bene, dè, ti aspetto come al solito in ufficio.>

Lunedì mattina...

<Sandra esco, sono a Livorno stamani.>

<'un fà tanto tardi che stasera voglio anda' a Lucca al cinema all'aperto, danno "Gioventù Siciliana" del regista Santo Bizzante che mi garba tanto.>

<Va bene> disse Paolo e dentro di sè…"Boia, l'ultima volta trampò casco dalla sedia tanto che dormivo, quel regista è peggio di un sonnifero, ma come farà a garbagli osi tanto alla Sandra?"

Arrivato a Livorno Trovò l'amico che lo aspettava Sotto l'ufficio, si salutarono e Carlo…

<Un posteggia' neanche, si và con la tu' macchina tanto è qui a du' killometri>… <Si tanto la benzina la paga pantalone.> Ribatte Paolo

<O Paolo, de, ma sei di Pisa o di Lucca, quando parli di spende sordi mi pari proprio un lucchese.> (I lucchesi sono conosciuti per il garbo, ma soprattutto per… la tirchiaggine).

<Un mi fa pensà a Lucca, boia! Stasera devo andacci con la Sandra a vede un firme ar cinema e un ho punta voglia.>

Arrivarono in via Risorgimento dove ha sede La Banca Popolare di Livorno, entrarono Presentandosi come polizia, li ricevette quasi subito il direttore.

<Bongiorno, sono Cardelli, il direttore della filiale, in cosa posso esservi utile?>

<senta, un ragazzo nordafri'ano è morto pochi giorni fa…>

<Si, sono a conoscenza dell'accaduto, era per altro nostro cliente, aveva un conto corrente e una 'assetta di siurezza…>

Paolo a Carlo… <abbiamo fatto bingo!>

<direttore, ce la può aprire?>

<un è pe non vole', purtroppo senza numero segreto non si può fare nulla.>

<e ora? Dè come si fa.>

Intuizione di Paolo….

<E si fa così, telefoni a Piras e ti fai dire i numeri della telefonata dell'altro giorno, ti ri'ordi?>

<dè, è vero, potrebbe esse'.>

<Pronto Piras, mi sai dire i numeri di quella strana telefonata che mi hai detto di aver ricevuto?>

<Dottore, mi immaginavo che fossero importanti e gli ho qui nel cassetto della mia scrivania… allora Dottore… 236767>…

<Grazie Piras.>

<Ci vorrà anche un mandato> disse il direttore

<altrimenti un posso aprilla, 'omunque le di'o che il numero è proprio vello della assetta.>

<Va beh, chiediamo sto mandato, caro Paolo qui si va a domani…
>
<Bene, allora torno a casa e appena ce l'hai la apriamo.>
<Pronto Sandra? Manca venticinque al tocco, mi fermo al baretto a be' un bitterino.>
<Ciao Paolo> salutarono in coro i presenti.
<Come vanno le indagini?>
<Mi sento che ci siamo quasi, abbiamo diverse 'ose che bollono in pentola. Ho idea che ci siano impli'ati i cugini. L'altro giorno ho chiesto loro se il morto si drogava, loro mi hanno risposto che già da tempo gli diceano di smette perché era peri'oloso, ma noi sappiamo che i bu'i nel braccio erano fatti tutti lo stesso giorno che è morto. Molto probabilmente è stato fatto pe' facci crede quello che un era e svia' le indagini. Poi se'ondo me sono loro che arrotolato il cadavere in un tappeto l'hanno portato via con bocca chiusa e mani e piedi legati con un nastro.>
<Quindi sul nastro ci so' l'impronte> fece Marione.
<Cavolo è vero!> disse Paolo…
<devo telefona' a Carlo!>
<Carlo, sono Paolo, mi dici un po', ma la scentifi'a ha mica trovato un rotolo di nastro adesivo in casa del morto?>
<Dè, e 'un lo so proprio, chiedo al volo resta in linea.>
Dopo qualche istante…
< é si, l'hanno trovato e ci sono delle impronte pure, di chi saranno?>
<Provo a indovina'>… disse Paolo…<per me sono de' cugini che lo hanno legato, ammazzato e gettato in mare… se'ondo me è andata 'osì.>
Carlo <ma sono venuti tutti preoccupati e hanno sporto pure denuncia…>
Paolo <o bischeraccio, ma sei un commissario o uno che crede all'asino che vola!>
Carlo <Dè, se le ose stanno come dici si vede subito, faccio prende l'impronte dei due e si vede se c'hai preso.>
Il pomeriggio scorre piuttosto noioso e arriva inesorabile l'ora della partenza pe Lucca…
<sei pronto marito?>
<si, ho portato Bullo un po' a giro, ha fatto tutti i su' bisogni, pos-

siamo andare.>
Per arrivare a Lucca presero come al solito la via Pisana vecchia la loro preferita, forse un po' più lunga della via del foro, ma molto più bella e meno trafficata. Vi si affacciano splendide ville storiche e frondosi alberi formano fresche e ombrose gallerie.
Arrivati a Lucca, era quasi l'ora dello spuntino prima del cinema che iniziava alle ventuno e trenta. Entrarono in città attraverso porta Sant'Anna. Come al solito salirono un attimo sulle mura, che circondano e proteggono come un abbraccio il centro storico, dall'avanzare di un'edilizia scriteriata. La medioevale bellezza dei campanili e dei palazzi si presenta in tutto il suo splendore.
<Ti ri'ordi da fidanzati? Che belle passeggiate...>
Lucca è una città magica, da Via S. Paolino si arriva in piazza San Michele, splendida con la chiesa al centro e a circondarla palazzi con bifore e trifore che sono uno spettacolo. Da qui vie e viuzze pittoresche, portano in Fillungo, la strada dello "struscio" con tanti bei negozi. Poi Piazza dell'anfiteatro dalla caratteristica forma ovale, è costruita sull' antico anfiteatro romano... la torre Guinigi con l'albero sopra, piazza San Martino con la stupenda Cattedrale dove si trova "Ilaria del Carretto", un gioiello scultoreo di Jacopo della Quercia, e potremmo nominare bellezze ancora per molto tempo tanto è ricca questa città.
<Andiamo a mangia' all'osteria da Giocondo? > disse Sandra
< così mi mangio un bel tagliere di affettati e formaggi e te ti mangi il pollo al mattone che ti garba tanto.>
<va bene cara, andiamo.>
La serata scorre via veloce, dormitina al cinema dove il film era più al mattone del pollo dell'osteria e... si ritorna a Gello felici contenti e un tantino stanchi, "d'altronde un siamo più cosi giovani da potessi permette di tira' tardi la notte", pensò Paolo.
Un messaggio sul cellulare....
"ci hai colto vecchio mio, le impronte sono dei cugini e ho già predisposto il fermo, ho anche il mandato per la banca, ci vediamo domani?"
<era l'ora> disse a voce alta Paolo.
Sandra, <Che voi dì.>
<mi ha mandato un messaggio Carlo e sembra proprio che siamo

alla risoluzione der caso, ora gli rispondo.>

"E vai, ci siamo, ore dieci da te".

La notte passò quasi completamente insonne tanto era l'eccitazione per il caso che si presentava con soluzione a portata di mano, Paolo sembrava quasi più un novellino alle prime armi preso dall'emozione, piuttosto che un commissario navigato e ormai in pensione.

<Parto pe Livorno…>

<ma sono le sette…> disse Sandra Sbadigliando.

<un mi riesce dormì, sono già vestito, passo al bar pe' la 'olazione e mi avvio.>

Quando arrivò dall'amico Carlo era talmente presto che…

<O Paolo, ma ca ci fai qui all'alba, ma c'hai le rufole nel letto?> (piattole in livornese.)

<E un mi riusciva dormì e sono partito prima del solito, ma… andiamo alla banca?>

<va bene, dovrebbe esse già aperta.>

Quando arrivarono, furono ricevuti immediatamente dal direttore che li portò altrettanto celermente alla cassetta di sicurezza.

<Ir mandato è questo.>

<Grazie commissario, mi serve pe' fa' la relazione der caso.>

Il direttore digitò il numero segreto in una frazione di tempo che sembrava non finire mai, poi il cigolio dello sportello che finalmente si apre e…

<Un cellulare, ecco perché un si trovava, fogli, foto, c'è un mucchio di roba, prendiamola e vediamo di che si tratta.>

I due, espletate le formalità salutarono il Cardelli e si avviarono al commissariato con il materiale.

<Piras, c'è mica un cari'a batterie pe' questo cellulare?>

<Subito dottore.>

Mentre aspettavano, con impazienza si misero a guardare il resto del materiale. Su un foglio trovarono scritto in un italiano stentato…

"Questa documenti, sono le prove di omini di mio paese che voliono preparare un atentato alli americani, quando leggi questo follio forse sono già morto".

Finalmente il cellulare si accende.

<Vediamo 'ome si usa sto trabiccolo, pigia questo, è il tasto pe'

vede' foto e filmati.>

Viene fuori di tutto, fotografie in cui si vedono persone riunite, foto di armi e materiali che sicuramente sono bombe artigianali, filmati della base americana, video probabilmente fatti di nascosto in cui si vedono ritratte persone e fra queste anche i cugini aguzzini.

<E finalmente ci siamo, il caso è risolto.> disse Paolo

<Questo povero ragazzo ha sacrificato la su vita per evita' l'attentato, ha raccolto quante più prove possibili, ci ha fornito foto dei componenti della banda e cosa ha avuto in cambio... la pace eterna...>

Carlo a Paolo...<Grazie amico mio, come sempre sei stato prezioso, ti sono grato di tutto quello che hai fatto.>

Paolo lo guardò e disse...

<Adesso non servo più, torno a casa...>

<Non servi più lo dici te, forse pe' questo caso, ma chissà se domani sarò di nuovo a romperti i santissimi...>

Paolo tornando verso casa, non sapeva se essere contento o se essere triste, quell'atto eroico compiuto da una persona come tante... anzi come poche, lo aveva profondamente scosso.

Arrivato a Gello si sentì in dovere di passare al baretto per ringrazia' l'amici che come al solito senza neanche rendessene 'onto lo avevano aiutato.

<Allora il caso è chiuso, grazie anche a voi tutti, che quando con una parola quando con una intuizione mi avete portato sulla strada giusta. Meritate una bevuta, aperitivo pe' tutti, offro io.>

Alzarono i bicchieri per brindare e Paolo...

<Questo brindisi è in onore del defunto Djamal Zayed, un povero nordaffri'ano che dovrebbe farci riflettere sui pregiudizi che abbiamo nei confronti di chi pensiamo sia diverso e inferiore a noi... ha agito per la giustizia e il bene di tutti senza se'ondi fini, sapendo quello che avrebbe rischiato... grande persona e anche se domani sarà dimenti'ato dai più, avrà sempre un posto di primo piano nei miei ri'ordi.>

Il fantino del palio

<Finarmente è arrivato l'invito da parte della 'ontrada dell'Onda ad assistere ar palio di luglio, è firmata 'ome ar solito dar capitano, ir tu' amio Raul Bedei.> Una eccitata Sandra si rivolge al marito Paolo con in mano la lettera che annuncia il lieto evento. Raul è un caro amico conosciuto durante il periodo universitario, assieme avevano frequentato le lezioni, preparato esami, tesi finale e soprattutto risolto casi complicati visto che facevano il solito mestiere. È un senese doc e come tale il palio ce l'ha nel sangue. Da alcuni anni è diventato capitano della sua contrada, per questo l'Onda riserva sempre due posti in tribuna d'onore per i coniugi e cari amici Benvenuti.

<Sto aspettando pell' appunto na su' telefonata, cara.>

Squilla il cellulare <Pronto Paolo?>

<Oh il dottor Raul Bedei.>

Raul <Quando partite tu e Sandra?>

<Abbiamo ricevuto ora l'invito, si'uramente domani mattina.> rispose Paolo.

<Allora a domani vecchio mio.>

<Andiamoci piano, vecchio... ci sarai tu caro Raul io so' un giovine di belle speranze...>

<Si ma per la 'asa di riposo hahaha, dai ci vediamo a Siena.>

L'indomani mattina <Dai Sandra, siamo pronti pe' parti'?>

<Dammi un se'ondo, un mi riesce di 'iude la valigia.>

Finalmente è tutto a posto, <hai 'iuso ir portone?>

Paolo <Si un ti preoccupa', cari'o le urtime robe.>

Gira la chiave della macchina, romba il motore e finalmente partenza alla volta della stupenda Siena, città fantastica che grazie alle sue medioevali bellezze, al palio ai costumi storici, ai piatti della tradizione sembra riportarti in dietro nel tempo.

Come ogni anno, percorrono la bellissima strada che passa dai paesi di Cascina, Peccioli, Terricciola, territori che regalano vini magari non famosi come altri toscani, ma genuini e di una bontà che solo chi li beve può sapere. Dopo circa un'ora di strada, in cima alla collina si comincia a intravedere il profilo imponente di Volterra, uno dei borghi più belli d'Italia. Città medioevale ma sicuramente di origine etrusca, circondata da mura, che hanno diverse porte di accesso. Nel medioevo fu sede di un important-ante signoria Vescovile. Il centro storico è dominato da un vero gioiello, la Piazza dei Priori, dove si affaccia vanitoso il Palazzo Comunale (o appunto, dei Priori). Sul lato opposto della piazza invece si trovano il Palazzo Pretorio e la Torre del Porcellino, chiamato così per la presenza sopra ad una mensola, di una statua di un maialino. Nella vicina piazza San Giovanni, la splen-dida Cattedrale di Santa Maria Assunta con accanto il campanile quattrocentesco.

<O Paolo, che bello, tutte le volte che ci torno è sempre 'ome la prima volta, girottola' pe' le vie e le piazze di 'vesto borgo è ver-amente un'emozione ma…. ora andiamo si fa una 'apatina a San Gimignano che c'ha tutte 'velle belle torri.>

<Si cara moglie, stiamo proprio in una bella regione, ti di'o che un capisco tutti 'velli che c'hanno da anda' in va'anza all'estero pe' forza e magari un sanno neanche che esistono posti 'ome questi.>

Si stava avvicinando rapidamente l'ora di pranzo e con tacito ac-cordo come ogni anno….

<Ecco la trattoria "Il Bistecchiere">… Disse Paolo <Mi viene già l'acquolina in bocca, mi prendo il solito menù di sempre che è una garanzia.>

Quando ebbero mangiato e ben bevuto, erano ormai le due, ri-partirono felici e contenti alla volta di Monteriggioni, Fortezza che domina il paesaggio dal cucuzzolo di una collinetta. Anche questa è una meta fissa per Paolo e Sandra. Si possono percor-rere le mura di cinta da cui si gode un panorama che si perde nell'infinita bellezza delle dolci colline toscane con olivi cipressi e campi lavorati che presentano un inconfondibile colore terra di Siena.

<Troppo bello, non mi abituo mai> disse Paolo.

<Ormai ci siamo 'uasi, fra po'i 'ilometri siamo a Siena, l'appuntamento è al solito posto di sempre vicino a porta Tufi.>

Raul li stava aspettando insieme a Elena, sua moglie...

<Ooh, finalmente rivediamo la famiglia Benvenuti, che piacere... ma fatevi vede' un po', non cambiate mai, il tempo pe' voi un scorre? Siete i soliti citti di sempre.>

<Ma 'sa dici, un lo vedi che i capelli son più po'i e grigi anche?>

La tua calata pisana però è rimasta la solita.>

<Be, 'vella si, un è cambiata e me ne vanto, viva la Repubbli'a marinara di Pisa!>

Raul <Venite, il vostro appartamentino vi sta aspettando.>

Parcheggiarono l'auto scesero i bagagli e si avviarono. Le ruote delle valige facevano un gran rumore sul pavimento lastricato delle vie del centro storico, un rumore che sapeva di vacanza.

Percorsero Via di Città, strada principale di Siena e si diressero verso "Via Casato Di Sotto", non lontano dalla superba Piazza Del Campo, stupenda con le facciate medioevali che la circondano e il palazzo comunale imponente sovrastato dalla torre del Mangia. Sulla piazza in occasione del palio viene stesa la pista in tufo dove nel lento passar dei secoli mille corse e mille battaglie hanno regalato gioie e dolori agli abitanti di Siena, che per pochi giorni all'anno divisi per contrade si danno battaglia. Posarono le valige l'appartamento piccolo ma carino e confortevole era stato ristrutturato di fresco.

Sandra <Guarda che bel bagno, i pavimenti... certo che Elena e Raul hanno proprio gusto.>

Paolo <Effettivamente concordo.>

<Finarmente! una delle po'e volte che la pensiamo uguale.>

La serata come al solito prevedeva cena in contrada. Canti propiziatori, prese in giro per le altre contrade barzellette e succulenti piatti a base di pici all'aglione, tipica pasta fatta a mano a base di acqua e farina, con la 'aratteristica forma a spaghettoni, cinghiale in umido, affettati e formaggi da leccarsi i baffi, il tutto innaffiato da vino rosso di Montalcino e...non vi di'o altro, anzi si, vi di'o che acqua un se nè è bevuta punta, in Toscana si dice che fa veni' la ruggine. Verso mezzanotte, alluvionati non da eventi atmosferici, visto che era piena estate, ma dal buon vino bevuto in contrada, decisero di andare a riposare, salutarono e si incamminarono verso casa.

Al mattino successivo Raul ed Elena li aspettavano per andare a vedere lo spettacolo dell'assegnazione dei cavalli alle contrade partecipanti.

Elena <Avete dormito bene?>

Sandra <Si ottimamente, il letto è comodissimo.>

<Ora facciamo 'olazione che poi Raul ci lascia perché co' tutti i capitani deve partecipa' all'abbinamento de' 'avalli.>

È quasi mezzogiorno, la piazza brulica di gente. Turisti e senesi si mescolano in un turbinio di bandiere e si fanno sempre più fitti quanto più ci si avvicina all'evento. Cominciano ad entrare in corteo i contradaioli. Ogni contrada si riconosce dal fazzoletto in mano o intorno al collo. Procedono cantando in coro ritornelli propiziatori e scaramantici. Quando le contrade sono tutte presenti in piazza, scende il silenzio assoluto. Il mossiere comincia ad estrarre gli abbinamenti dei cavalli con l'urlo di gioia o di disperazione a seconda che il cavallo ricevuto in sorte sia ritenuto buono oppure un brocco.

Sandra <che emozione i 'avalli in piazza, i canti i 'olori, vero Paolo?>. <Si è sempre bellissimo.>

Verso il "tocco" la fame fa capolino e i quattro si dirigono alla mitica trattoria "La vecchia Nonna", dove si gustano prelibatezze del luogo al giusto prezzo.

<Chi è il vostro fantino> disse paolo a Raul....

<Tuono, il miti'o!>

<Allora siete messi bene vai, fantino bono, più cavallo bono.... uguale...>

<zitto che porta male, un di' nulla.>

<Ma Raul...un crederai mi'a a queste 'ose...>

<no, ma... Un si sa mai.>

<Vado a paga' ir conto.> disse Paolo.

<Prova se ci riesci> Ribatte Raul < un credo proprio.>

<Un mi fai offrì neanche un pranzo? Ma mi dai la possibilità di sdebita'mmi un minimo!>

<un ti agita' vedrai che un mancheranno occasioni.>

Verso le cinque… <vi devo lascia' per un po', mi aspettano in contrada c'è la prova in pista.>

Paolo <vai, ci vediamo dopo noi andiamo in piazza a gustarcela insieme a tua moglie.>

Elena Sandra e Paolo arrivati a destinazione si sedettero sulle gradinate vicino alla temuta curva di San Martino, dove spesso cadute allo stesso tempo spettacolari e disastrose, condizionano e non poco l'andamento della corsa e purtroppo anche l'incolumità di cavalli e fantini. Una parola tira l'altra. La piazza si va gradatamente riempiendo, iniziano le consuete schermaglie tra contradaioli che spesso sfociano addirittura in violente scazzottate.

<Certo siete strani vo' Senesi> dice Paolo a Elena <vivete d'amore e d'accordo tutto l'anno, lavorate e andate a cena insieme, i vostri figli so' amici fra loro e pe' po'i giorni di luglio e d'agosto diventate i peggior nemici!>

Ma l'ora è giunta, uno squillo di tromba annuncia l'ingresso sulla pista di tufo dei cavalli. Entra la Torre, il Nicchio il cui destriero è nervosissimo, la Giraffa e finalmente l'Onda!

Paolo <ma… il fantino un è Tuono, lo 'onosco com'è fatto, un è lui.>

<è vero> dice Elena <che sarà successo, ora 'iamo Raul e mi faccio di' quarcosa.> Il telefono squilla e…<Pronto Raul, ma perché un c'è Tuono, se sentito male?>

<Un me lo di', siamo tutti sottosopra, nessuno sa' dove sia, da ieri sera non si è più fatto ne vede' e ne senti', abbiamo dovuto mette' a cavallo Barbetta.>

<Ma è un ragazzino esordiente un c'ha esperienza, e poi Tuono dov'è?>

<Guarda siamo tutti preoccupati prima pe' lui e poi pe' il Palio, un so' che di', non so' da che canto rifa'mmi…>

Elena, <ha detto che si so' perse le tracce di Tuono, nessuno sa dove sia.>

Paolo penso': "Ecco fatto, ci risiamo, vengo a vede' ir palio pe' rilassarmi e divertirmi e invece mi tocca lavora' perché un si trova più ir fantino".

Sandra a Paolo < che dici, sara' meglio che te ne occupi?>

Paolo <è proprio 'vesto che stavo rimuginando… boia.>

Paolo a Elena <Raul non può ovviamente preoccuparsi del caso quindi lo faccio io ma ho bisogno del tuo aiuto e magari di qualche fidato contradaiolo dell'onda.>

Elena <Michele il campanaro e Valindo lo stalliere sono persone molto vicine a Raul.>

<Va be' portami da loro.>

Elena <guarda sono proprio là.>

<Buonasera signori, mi presento, sono Paolo Benvenuti Commissario… o meglio ex…>

<Si, la 'onosciamo di fama, Raul ci parla spesso di Lei e sappiamo anche che avete lavorato insieme e risolto 'asi 'ompliati.>

I due erano tipi parecchio pittoreschi, Valindo era un omone alto un metro e ottanta, barba e capelli lunghi e disordinati, aveva una pancia che gli impediva di vedersi le scarpe, Michele al contrario era un omino secco e basso e praticamente calvo, entrambi vestiti che un li avrebbero fatti entra' neanche al carnevale di Viareggio.

<Ma veniamo a noi> disse Paolo, Tuono dove abita?>

<A Chiusdino, un paesino della provincia, li ha anche un piccolo allevamento di 'avalli pel palio.>

Paolo <Naturalmente avete già provato a contatta'llo…>

<Si ma senza esito, sono andato io di persona a casa sua ma c'era la moglie co' bimbi disperata e di lui…. Nessuna traccia.>

<Immaginavo, de'! Sarebbe assurdo che durante i giorni der palio un si presentasse.>

<Un so' che pensa'.> disse Valindo.

Paolo <Cellulare spento e… l'ultimo che l'ha visto chi è stato?>

Michele <Ma? Ieri sera era passato di 'ontrada e aveva parlato anche co' Raul…>

Paolo <Si, in effetti mi 'riordo, c'ero anch'io con mia moglie e lo abbiamo intravisto.>

Arriva la sera, Paolo e Raul Brancolano nel buio senza sapere cosa fare. Un ragazzino di contrada rosso paonazzo per la corsa raggiunge i due urlando...<ho trovato questo, ho trovato questo...> Era il portafoglio di Danilo Lobina ovvero "Tuono", si, è di origine sarda come molti fantini del palio.

Paolo <Dove lo hai trovato?>

<in piazza der mercato, dietro na macchina posteggiata.>

Paolo a Raul <Sembrerebbe che un sia stato rapinato, i sordi ci so', la 'arta di credito e ir bancomatte pure, i do'umenti... un hanno preso niente.>

Paolo <Mancano du' giorni abbondanti, nella nostra 'arriera abbiamo scovato terroristi, assassini delinquenti di ogni tipo, possiamo si'uramente trova' un fantino, anche se i fantini so' piccoli e si vedono male, hihihi>

Telefona l'amico Marione... <Ciao Paolo, ho sentito sul Tg regionale che è sparito ner nulla il fantino della 'ontrada der tu' 'amio.>

<Si è proprio così e purtroppo abbiamo po'o tempo pe trovallo prima della 'orsa.>

<Ma un potrebbe esse' che ir fantino sostituto ci abbia messo lo zampino?>

<caro Marione m'hai dato un'idea da seguì... in effetti il fantino Barbetta è un esordiente e pe' correre magari ha fatto quello che un dove'a fa'.>

Paolo <Come mai il portafoglio in piazza del mercato?>

<quando viene a Siena posteggia quasi sempre li.> disse Raul, <anche perché nei pressi c'è ir negozio del socio con cui 'ondivide l'allevamento di 'avalli, è un tipo un po' sbandato, sempre al verde, sperpera tutti i sordi che un ha e ultimamente ha avuto qualche screzio anche co' Tuono.>

Paolo, <Andiamo a trovallo.>

Arrivarono in piazza del mercato dove si presentarono al Marini, socio di Tuono, detto Cipolla a causa dell'alito non proprio dei migliori.

Raul <Buongiorno Cipolla, quando hai visto Tuono l'ultima

volta?>

<Ieri pomeriggio, ha posteggiato come al solito qui in piazza ed è passato da me prima di Sali' in città e veni' in contrada, almeno questo è quello che mi ha detto. Perchè mi fate 'sta domanda?>

Paolo <perché tuono un si trova più.>

<O questa?> fece il Cipolla.

Raul <che vi siete detti?>

<le solite 'ose sui 'avalli.>

Paolo <mi di'ono che un andate più troppo d'accordo...>

Il Cipolla <un pensera' mi'a che l'ho rapito o che vi nascondo qualcosa, io sono un mezzo disgraziato ma queste 'ose un le fo'!>

Paolo <Ok per ora basta così, ma si tenga a disposizione.>

Suona il cellulare di Paolo, <O ciao Ugo, sei al bar con gli amici?>

<Si so' co' Amulio, Giuseppe e Marione, stiamo seguendo le vicende del fantino der palio. Che aria tira?>

<Per ora nulla di nulla, l'uni'a cosa un bimbetto ha trovato ir su portafoglio con tutto ar posto, soldi 'arte di credito, bancomatte e do'umenti, forse c'è stata una 'olluttazione e il portafoglio è caduto.>

Dice Ugo <è chiaro che se era pe' rubagli i sordi, il portafogli sarebbe stato trovato voto, o con i soli do'umenti e lui avrebbe denunciato ir fattaccio. E invece s'è volatilizzato... no no il motivo è si'uramente un altro.>

Paolo, <avete ragione il motivo è un altro, grazie ragazzi vi saluto e... se avete in mente qualcosa un esitate a chiama', va bene? Ciao per ora.>

"Dunque un furto un è, un rapimento a scopo estorsione neppure, visto che un è poi così ricco. Marione dice che sarebbe possibile un legame con il sostituto Barbetta... bisogna che provi questa strada, mi sembra la più accreditabile e il tempo vola".

<Senti Raul, Barbetta mi sembra piuttosto giovane.>

<Si, ha solo 23 anni, e per di più è esordiente e sono di molto preoccupato anche pel palio.>

Paolo <Conosci i familiari?>

Raul <certo, il padre è un nostro 'ontradaiolo, uno dei più agguerriti, un so' cosa darebbe pe' fa' vince la 'ontrada!>

<Come si 'iama?>

<Giampaolo Pieraccini.>

Paolo <pensi che sia possibile che abbia fatto 'valche cosa di losco pe' fa monta' nel palio il su' figliolo?>

Raul <Che ti devo di'… conoscendolo un ci avrei mai pensato, però la mano sul fo'o un ce la metterei… sai il palio è il palio.>

<Fammici parla', disse Paolo, te stai qui bono, non voglio creatti situazioni d'imbarazzo.>

Il tipo per l'appunto era nei pressi di piazza del mercato dove gestisce una bottega di frutta e verdura.

Paolo <Buongiorno, è lei il signor Pieraccini?>

<Si, rispose… ma lei chi è?>

<Sono ir Commissario Benvenuti, mi occupo della sparizione del Fantino della vostra 'ontrada.>

<A si, un bel pasticcio, chissa' che gli è successo…>

<Lei è il padre di Alessandro detto "Barbetta"?>

<Si, ma 'sa c'incastra ir mi' figliolo.>

Paolo <forse nulla, ma è una persona che potrebbe essere avvantaggiata da questa scomparsa, in parole povere, se un c'è Tuono chi monta pell' Onda?>

Il Pieraccini <Senta, Tuono un sè più visto da ieri l'altro sera quando è venuto in contrada, mio figlio era a dammi una mano qui in bottega come del resto fa tutti i giorni, e sia ieri l'altro che ieri era qui a lavora' lo possono testimoniare i clienti abituali ma soprattutto gli altri negozianti della zona, è stato qui fino a quando un l'hanno 'iamato per 'monta' nella prova per altro con suo grande stupore e dispiacere perché Tuono è il suo idolo.>

<Ora un è qui perché dovendo monta' non viene in bottega, mi dà una mano la fidanzata.>

Paolo <dov'è adesso la ragazza?>

<A prepara' la festa di stasera perché è il compleanno di mio figlio e ci sara' il fidanzamento ufficiale anche, proprio come a nostri tempi.>

< come si 'iama?>

<Sofia.>

<di cognome?>

<Carello.>

<Mmm il cognome non mi è nuovo l'ho già risentito.>

Il Pieraccini con imbarazzo <Purtroppo ci 'redo, suo padre è in galera 'vi da noi nel carcere di Ranza vicino a San Gimignano, pare che sia un camorrista e la famiglia si è spostata dalle nostre parti pe' sta'lli più vicino. La ragazza però sembra ammodino, all'inizio quando si sono 'onosciuti, io e la mi' moglie eravamo preoccupati e di morto e contrari pure. Avevamo l'impressione che tutti ci guardassero, che ci giudi'assero male, ma poi col tempo tutto s'è sistemato, la ragazza ci pare una buona citta, in fondo se suo padre un è 'na persona perbene mia c'ha colpa lei, no?>

Paolo telefona a Marione… <Sei al baretto coll'amici?>

<Si Paolo, le 'ose come procedano?>

<Ma ho scoperto che la ragazza del Barbetta è figlia… ti ri'ordi di vel camorrista che fu' portato in carcere a San Gimignano… tale Carmine Carello… io penso ci possa esse' un nesso tra lei e la scomparsa di Tuono, anche perché stasera è il compleanno del ragazzo e per giunta fanno la festa di fidanzamento.>

Marione <sta a vede' che pe' regalo n'ha fatto rapi' Tuono pe' permettergli di monta' ner palio.>

<Una possibile ipotesi caro Marione, con un padre del genere non mi meraviglierei di certo, ma ora ti lascio, è sera e devo vede' Raul saluta tutto il baretto.>

Raggiunse Raul in contrada dove ad aspettarlo c'erano anche le mogli Elena e Sandra. La serata proseguì in un'atmosfera cupa dove nessuno aveva voglia di ridere e scherzare e tutti azzardavano ipotesi le più disparate sulle sorti di Tuono.

<Signori> disse Paolo, io e Sandra andiamo a dormi', domani è la vigilia del palio e speriamo di trova' la soluzione, buonanotte.>

L'indomani mattina mentre si faceva la barba disse a Sandra <io ho da fa' i mi' giri per cercare di risolve' il problema, te vai con Elena poi più tardi ci vediamo.>

Usci, si fermo' in un bar per fare colazione con l'intenzione di proseguire per la piazza del mercato. Mentre era davanti alla tazza fumante del suo macchiato con un cornetto in una mano e il giornale nell'altra, vide passare Valindo e Michele. <Ragazzi prendete un caffè?>

I due <No, grazie andiamo di fretta a vede' il cavallo che c'ha la provaccia.>

<buona giornata a voi.>

Riprese a far colazione e nel contempo apri' il giornale sulla cronaca di Siena. " Mm vediamo un po' che dicano... Lotta per il record di vittorie consecutive tra Danilo Lobina detto Tuono e Pietro Sulcis detto Stonfo, la gara fra i due avrà luogo se si troverà Tuono che pare essere svanito nel nulla".

Uscito dal Bar si diresse verso piazza del mercato. Camminando scorge in un vicolo Valindo e Michele che discutevano animatamente con un tizio...

"Ma un aveano fretta pe' il cavallo? Penso' Paolo, Bo... lo sapranno loro".

Arrivato alla bottega di frutta e verdura, fu subito accolto dal Pieraccini. <Buongiorno 'ommissario, voleva 'onosce' la fidanzata di mio figlio? Eccola.>

Paolo si voltò e vide una ragazza piuttosto minuta, scura di carnato, occhi verdi Capelli neri e lisci che sembravano di seta, lineamenti bellissimi e nell'insieme un aspetto dolce e rassicurante.

<Buongiorno, mi 'iamo Benvenuti, sono un collega del Bedei... Raul, e lo sto' aiutando per risolve la faccenda della scomparsa di Tuono.>

<Si, mio suocero, ormai lo posso chiamare così, visto che proprio ieri sera mi sono ufficialmente fidanzata con suo figlio, mi ha detto che lei sta indagando.>

<Ma io cosa posso fare?>

Paolo fra sè, "questa mi ci gio'o i santissimi un centra nulla, istinto di sbirro"... <Mi creda, ho in testa mille ipotesi fra le quali poteva esse' impli'ata anche lei.>

la ragazza sbalordita <Davvero?>

<Ma un si preoccupi, a vede'lla il mio sesto senso mi dice che un può essere...>

<Forse però posso aiutarla.> Disse la ragazza <Ora che ci penso l'ultima volta che ho visto Tuono era qui in piazza che stava liti-

gando con due tipi che vedo spesso in città, uno alto grosso e l'altro piccoletto e pelato, si sono dati anche delle spinte e Tuono è caduto all'indietro. Non avevo dato importanza alla cosa, perché anche se sono del sud, ormai vivo qui da anni e litigate prima di un palio ne ho viste tante.>

Paolo cambia improvvisamente espressione, come se gli si fosse accesa una lampada in testa. Dopo aver brancolato nel buio per giorni, era la prima volta che vedeva una luce infondo al tunnel. <Grazie per l'informazione può essermi utile, che dico...utilissima.>

Paolo convinto di essere sulla strada giusta si incamminò verso il centro. " 'Uasi 'uasi telefono a Marione pe' di'lli che forse ci siamo". <Ciao, sei al baretto? Si, ci so' quasi tutti l'amici, allora? Seguite la televisione domani e vedrete.>

<Un ci posso 'rede, hai risolto!>

<Forse, 'redo d'ave' imboccato la strada giusta.>

Arrivato in centro chiamò Raul <pronto, sono in centro vediamoci!>

<Raul, forse ci siamo, comincio a capì le 'ose.>

<O Paolo, sarebbe un mira'olo>. <senti, ho bisogno di te e una macchina non di ordinanza con du' poliziotti in borghese.>

<Va bene subito.>

Arriva finalmente il grande giorno del Palio, la città è elettrizzata per l'evento tranne i contradaioli dell'Onda visibilmente abbacchiati. Sono passate da poco le ore 15, la piazza comincia a riempirsi. I ragazzini senesi, ormai da ore seduti sul selciato in prossimità della balaustra che disegna il percorso della pista di tufo, si sventolano con i fazzoletti della propria contrada per cercare di mitigare l'afa e la tensione che comincia a salire. D'altra parte per avere i posti migliori un po' bisogna soffrire. Gli stranieri si aggirano quasi tutti senza capire quel che succede. Poverini... il palio è cultura, storia tradizione che solo noi italiani siamo in grado di apprezzare, almeno in questo... non siamo secondi a nessuno. Entrarono in piazza anche Paolo Raul e rispettive mogli. Come sempre sedettero in tribuna d'onore. Le trombe squillano, Comincia ad entrare in piazza il corteo storico fra gli applausi. Il carro tirato da buoi con su il drappellone ovvero il palio, quest'anno dipinto dal maestro Natali, è accompagnato dallo sventolio propiziatorio dei fazzoletti dei contradaioli. Come ogni anno attira le critiche della città, ma forse è solo scaramanzia visto che tutti per vincerlo non si sa' cosa farebbero. I costumi sono al solito bellissimi e affascinanti, sembrano fatti a posta per intonarsi con la piazza, gli sbandieratori fanno le loro acrobazie che si traducono in gesti porta fortuna ognuno per la propria contrada. Lentamente il corteo avanza accompagnato dal suono delle trombe e il ritmo scandito dai tamburi. Si comincia a sistemare i canapi. È il segnale che i cavalli stanno per entrare in piazza. I canapi sono due grosse corde, una tesa davanti ai cavalli, serve per l'allineamento e va a sbarrare l'intera larghezza della pista, quello dietro invece è un po' più corto e lascia un passaggio per il così detto "cavallo di rincorsa". In pratica tutti i cavalli meno uno, sorteggiato dal mossiere, entrano fra i canapi e si devono allineare, il cavallo di rincorsa, sta fuori e quando deciderà che è il momento giusto entrerà in velocità tentando di sorprendere tutti, in particolare la contrada nemica e il canapo di allineamento cadrà, permettendo la partenza della corsa. Questa operazione spesso dura a lungo perché i cavalli imbizzarriti creano immancabilmente problemi al mossiere e ai fantini, e viene ripetuta fino allo sfinimento degli spettatori.

Si apre il portone dell'entrone del palazzo comunale dove i cavalli attendono l'ingresso in pista. Comincia ad uscire la Giraffa con le urla dei propri contradaioli, il Montone il Nicchio l'Onda e… un boato interminabile di gioia e stupore sale dalla piazza, in sella a Tartufo, il cavallo avuto in sorte all'Onda, c'è Tuono… sì, proprio lui!

Elena e Sandra guardano sbalordite e nel contempo ammirate i loro eroi <Un ci avete detto nulla, birbanti!>

Raul <Il merito è tutto di Paolo, ma ora guardiamo ir palio.>

nel frattempo tutti i contradaioli si voltano verso il capitano e il suo amico applaudendo per ringraziare.

Si tendono i canapi, in piazza scende un silenzio tombale, rotto dalla sola voce del mossiere che comincia a chiamare i cavalli per l'allineamento, il cavallo di rincorsa è quello della torre. Giraffa, Nicchio, Onda, Montone…il mossiere chiama più volte i cavalli alla partenza fino a che il fantino della Torre decide che è il momento di andare e sale il boato della folla in tutta la piazza. Scatta al comando l'Onda seguita dalla Giraffa il Nicchio la Torre partita molto bene. Arrivati sulla curva di San Martino nell'ammucchiata generale cadono il Nicchio e la Lupa. Paolo chiude gli occhi; ama il Palio, ma molto di più gli animali, e quando vede che non si è fatto male nessuno compresi i fantini tira un sospiro di sollievo. Il cavallo dell'Onda sotto l'incitamento del proprio interprete allunga deciso e sembra aver la vittoria in tasca quando dalle retrovie viene rimontato energicamente dalla Giraffa con la monta di Stonfo, il rivale di Tuono. Dopo un vibrante testa a testa, sul traguardo Tuono riesce a mantenere qualcosa di vantaggio sul rivale e a vincere un palio incredibile.

Inizia la festa per i contradaioli dell'Onda che corrono verso il loro cavallo e fantino ma con un fuori programma che passerà alla storia, un folto gruppo di contradaioli sale in tribuna e prende Paolo che con stupore e la gioia di Sandra viene portato in trionfo insieme a Tuono. In fin dei conti la conquista del palio è anche merito suo. La scena naturalmente viene ripresa dalla tv e al bar di Gello tutti l'amici co' bicchieri alzati urlano di contentezza e brindano al loro amico Paolo.

Nel dopo palio anche Tuono visibilmente commosso, ha finalmente l'occasione di ringraziarlo <Senza di lei, sicuramente non sarei qui a festeggiare la vittoria e il record di vittorie consecutive, grazie.>

Anche Raul quasi in lacrime per l'emozione si rivolge a Paolo con riconoscenza e lui da buon toscano burlone… <ma un mi hai detto al ristorante che avrei avuto occasione pe' sdebita'mmi? Guarda che l'ho fatto solo pe' questo… ahahah.>

Paolo e Sandra sono ormai tornati a casa, neanche il tempo di riaprire il portone che… <Io vo' a saluta' l'amici al baretto.>

<Dai vai, tanto a riapri' le valige tocca sempre alla tata, un fa' tardi però che stasera vengono i nipoti.>

<Va bene cara, sta' tranquilla.>

Arrivato a destinazione, Paolo viene accolto dai presenti con calorose urla di gioia. Marione <ma come hai fatto, racconta...> <Beh, come ho fatto un lo so' neppure io, sono andato per esclusione: il socio di Tuono, la Fidanzata di Barbetta, lui e il padre, mi pareano sinceri, mentre invece mi sono parsi strani 'ome si chiamano quei due che somigliano a Stanlio e Olio, a sì Valindo e Michele. La mattina del palio li incontro, fo' pe' offrirgli un caffè ma mi di'ono che erano di 'orsa pe' porta' il cavallo alla prova in piazza. Po'o dopo te li trovo a questiona' con un tipaccio in un vi'olo, e la 'osa mi è parsa subito strana perché aveano così fretta.... poi la fidanzata di Barbetta mi dice che l'ave'a visti la sera della scomparsa litigare co' Tuono in piazza der mercato e probabilmente è in quel momento che perde il portafoglio ritrovato dal bimbetto. Allora mi è venuta un'illuminazione, può esse' che questi abbiano 'ombinato 'valche malefatta? Per questo ho chiesto a Raul una macchina e du' poliziotti in borghese e tutti insieme ci siamo appostati vicino al furgoncino dei due e l'abbiamo seguiti. Sapete dove ci hanno portato? Dritto dritto in un cascinale di 'ampagna mezzo diroccato, dove era segregato Tuono, legato come un salame. Pe' falla breve, li abbiamo arrestati e liberato Tuono che poi è stato portato a Siena pe' monta' il palio, e come sapete l'ha pure vinto. Ho ricostruito l'accaduto dopo il palio, 'vando Tuono c'ha spiegato che gli erano stati offerti sordi pe' perde la 'orsa dai due che a loro volta avrebbero intascato una bella somma ciascuno, ma lui s'è rifiutato. Allora pe' un perde' i sordi "ir gatto e la vorpe" un hanno fatto storie, l'hanno rapito. Il tipaccio del vi'olo era il cugino del rivale "Stonfo", ir mandante.>

Ugo <Grande Paolo, hai fatto der bene proprio a tutti, ai 'ontradaioli dell'Onda, al tu' ami'o Raul, a Tuono e anche ai du' tipacci.> <perché anche a loro? Ma 'sa dici...> <Perché de', con questo 'ardo l'hai messi al fresco>... risata generale e brindisi.

Il tombarolo di Populonia

Quando si dice la coincidenza: suona il telefono in casa Benvenuti.

Sandra <Pronto chi è?>

<Sono Attilio, Attilio Papucci.>

<Carissimo, te l'ha detto Paolo che domani veniamo al mare pe' du' settimana dalle tu' parti? Abbiamo prenotato lo stesso appartamento dello scorso anno. 'Ome sta la Teresa?>

Attilio <bene dai, un ci si può lamenta', preparatevi perché la temperatura è bollente, oggi 34 gradi.>

<Bene, ar mare ci vole un po' di cardo, vuoi ir mi' maritaccio? Te lo passo… Paolo…>

<chi è?>

<Attilio Papucci.>

<Oh … Attilio vecchia 'anaglia come stai.>

<Bene, ma a te in pensione andrà si'uramente meglio.>

Paolo <Un ti crede, mi 'iamate tutti da tutte le parti, lavoro 'ome prima ma senza busca' un soldo… arriviamo domani al mare e avevo in mente di 'iamatti, ma come mai m'hai cercato?>

Attilio <'Un vorrei rompetti le scatole, ma c'ho un caso per altro dove è coinvorta una persona che tu conosci bene.>

Paolo <ho capito, in va'anza non mi annoierò di si'uro, ma chi è 'vesta persona?>

Attilio <Giovanni Burchi il tombarolo, l'hanno ritrovato morto dentro 'asa sua, freddato con un corpo alla testa.>

Paolo <O ma come, 'sa mi dici… mi dispiace veramente tanto, era un omo che face'a cose illegali ma a modo suo con correttezza… va be' tanto domani quando arrivo ti passo a trova' e vediamo.>

È già il terzo anno di fila che passano in questa località meravigliosa, l'ultima settimana di luglio e la prima d'agosto insieme ai nipoti. Mare, paesaggio e storia qui si fondono insieme come spesso accade nella nostra fantastica Toscana.

A cena si parla immancabilmente delle valigie, del traffico sulle strade e naturalmente del tempo che quest'anno è previsto bello per tutto il periodo di vacanza anche se piuttosto caldo come confermato dall'amico Attilio.

Sandra <Che bello, finalmente il mare, per un Elbana è come torna' all'origini…>

Paolo interviene <anche pe' un Pisano 'ome me il mare è nel mi' 'orredo geneti'o e mi pare che anche i nipoti…>

Sandra <ti ha telefonato Attilio pe' dirti 'osa?>

Paolo <purtroppo hanno fatto fori una persona che forse ri'ordi anche te, Giovanni Burchi, il tombarolo. Era una persona gentile edu'ata di cultura 'ontadina e ner su lavoro non certo encomiabile, ave'a comunque una sua morale, quando trovava quarche reperto importante, non lo vende'a ai traffi'anti, ma face'a in modo attraverso le su' 'onoscenze che arrivasse in mani sicure e venisse esposto nei musei etruschi della zona, così che tutti ne potessero godere.>

<Certo che mi ri'ordo, te ne parlavi sempre. Mi dicevi che era un uomo di grande spessore anche se di origini umili e non ave'a studiato, che gli portavan' rispetto anche 'velli delle belle arti tanto si intendeva di etruschi. Chissà 'osa gli è successo pover'omo.>

L'indomani mattina il gran vocio dei nipoti da poco arrivati e l'abbaiare di Bullo, il loro cane, stava a significare che l'ora della partenza era ormai imminente. La figlia di Paolo e Sandra, Simona e la nuora, salutarono i bimbi con le solite raccomandazioni di obbedire ai nonni:

<Ciao bambini, fate i bravi e tornate belli neri.>

Sandra <Un vi preoccupate, sono sempre bravi quando so' con noi, e poi ora siete grandi… un è vero ragazzi?>

<Si nonna.>

Partirono alla volta di Baratti, imboccarono l'autostrada per Rosignano e fra un discorso e una risata, in poco più di un'ora e mezza erano a destinazione. La casa, immersa nella pineta, era come al solito ben tenuta e pulita, dalla veranda si gode la vista del mare. Per raggiungere la spiaggia un minuto a piedi in mezzo alla pineta e…che desiderare di più.

Paolo, <Sandra io intanto che sfate le valige e preparate qualcosa da mangia', passo da Attilio…>

Sandra <ho capito, 'vest'anno torni a Gello più bianco di 'uando sei partito vai.>

Il comando di polizia dove ha il suo ufficio l'amico Attilio si trova a Piombino, cittadina molto particolare: a prima vista fra traghetti e zona industriale, sembra di arrivare nella classica anonima città portuale, ma addentrandosi nel centro storico, le cose cambiano, e come: si trovano angoli pittoreschi bei negozi e percorrendo la via centrale in direzione mare, si arriva in una piazza bellissima che sembra sospesa tra le onde, con davanti l'isola D'Elba, così nitida e vicina che pare di toccarla.

Paolo arriva al Comando in località Salivoli e si presenta al piantone: <Buongiorno, sono il Commissario Benvenuti, cercavo il collega Papucci.> <Si accomodi se'onda porta a sinistra.>

<Caro Attilio…>

<O Paolo, che piacere rivedetti… ti trovo un po' bianchino ma bene…>

Paolo <Vest'anno al mare un ci ho ancora messo piede ma se un mi fai tribola' troppo vedo di reupera' dai.>

<Sandra ed io abbiamo pensato di invita' te e la tu' moglie una di 'veste sere a cena a casa a Baratti, abbiamo una verandina eccezionale, fresca, si vede il mare e c'è un silenzio da un crede'.>

Attilio <Molto volentieri, ma a una 'ondizione… che poi sarete voi nostri ospiti.>

<Ma certo Attilio… te e la tu' moglie siete cuochi eccezionali, mi ri'ordo sempre 'vel pesce all'acqua pazza dell'ultima volta, una vera squisitezza.>

Paolo <Veniamo a noi, dimmi del povero Burchi.>

<Ma senti, è stato un fulmine a ciel sereno, nessuno se lo aspettava, era ami'o di tutti e… bo? che ti posso di'!>

<Ma la scentifi'a, il dottore che l'ha visto…>

<I rilievi di'ono che quando è stato trovato, cioè ieri mattina, 24 luglio per la precisione, era morto da po'e ore, con un colpo di pistola alla tempia. La scena del delitto è nelle 'ampagne vicino a Populonia in un cascinale dove il povero Burchi abitava cor figlio da 'uando gli era morta la moglie diversi anni fa.>

Paolo <senti, bisogna fa' un sopralluogo alla 'asa, ci andiamo domani? Ora vo' ar mare co' Sandra e i nipoti.>

Attilio <Va bene domattina alle otto ti 'iamo.>

Tornato a Baratti Paolo entra in casa, la Sandra e i nipoti erano già seduti che mangiavano beatamente una bella insalata di riso freddo. Si unì all'allegra brigata.

Subito dopo pranzo… I nipoti <Dai si va ar mare?>

Sandra <Avviatevi col nonno, io rigoverno questi quattro ciottoli e poi vi raggiungo. Mettetevi i 'ostumi datevi la 'rema che ir sole scotta e prendete i teli da spiaggia.>

<Va bene nonna.>

Paolo si chiuse in camera per mettersi il costume, il nemico specchio gli presentò uno spettacolo desolante… gambe secche e spelacchiate, sedere piatto, gobbetta, pettorali cadenti e per concludere un bel pancione flaccido, il tutto di un colore bianco che più bianco non si può, come diceva una pubblicità. "Vent'anni fa però un'ero mi'a così… che tristezza!"

La mattina dopo alle otto in punto squilla il telefono. Paolo era in riva al mare con bullo, la giornata si presentava magnifica, la prospettiva di lavorare un po' meno.

Paolo <Pronto Attilio?>

<Ciao> Rispose l'amico, allora ci incontriamo?>

<Certo> rispose Paolo, ci vediamo tra mezz'ora al bar "Il Gallo della Checca" lo 'onosci vero? Così si prende anche un caffè.>

<Si che lo 'onosco, dai a fra mezz'ora.>

Paolo anticipò Attilio e nell'attesa chiamò gli amici del bar Gello.

<Pronto Marione, sono Paolo, 'ome va laggiù?>

<Bene dai, siamo 'uasi tutti qui a fa' colazione, abbiamo letto sur giornale che hanno fatto secco un tombarolo lì vicino a dove sei in va'anza lo sapevi?>

<Purtroppo si, mi ha già chiamato il mio ami'o e collega che sì occupa del caso e mi ha chiesto di aiutallo...>
Marione <Tienci informati, lo sai che 'valche volta ti se' dato na mano...>
Paolo <Lo so ed è pe' questo che vi ho chiamato, vi aggiorno e se vi viene in mente 'valcosa io so' qui, va bene?>
<Ok Paolo dai, buona investigazione.>
Paolo <Buongiorno Attilio, prendi un caffè?>
<è già il terzo ma...si vai che sarà mai.>
<Andiamo sul luogo del delitto> dice Paolo, <Hai la relazione della scentifi'a vero?>
<Certo, eccola.>
Arrivati sul posto, una zona di campagna stupenda, dove a farla da padrone erano i vigneti, così estesi che si perdevano all'orizzonte.
<'Vesta è una zona come un po' tutta la 'osta toscana del sud a vo'azione vitivinicola, si producono ovunque ottimi vini con eccellenze ri'onosciute a livello mondiale> disse con orgoglio Attilio.>
Paolo, <lo so' ma siamo 'vi per ir morto i vini ce li beviamo un'altra volta, dov'è la 'asa?>
<è 'vel casolare la dietro i cipressi.>
Paolo <finalmente ci siamo, togli i sigilli e entriamo.>
Dentro il casolare un gran disordine compensava la curata sistemazione esterna. Stoviglie ammucchiate da lavare, pantaloni, maglie, calzini ovunque, vetri sporchi polvere e un odore di chiuso che faceva pensare che non avessero dato aria alla casa da anni.
<Guardiamo un po' la relazione della scentifi'a> disse Paolo. <Dunque... il Burchi sarebbe morto fra le ventidue di giovedì e le due del mattino di venerdì. Un solo 'olpo alla testa... la pistola è stata ritrovata in camera del figlio, il cadavere steso su un divano con davanti la televisione accesa. Prova della paraffina al figlio risultata positiva di 'onseguenza è attualmente l'uni'o indiziato ed è stato arrestato. Foto del cadavere, foto del figlio, della pistola eccetera... scusa Attilio, ma 'sto figlio, Possibile che sia 'osì fesso

da lascia' la pistola con cui per altro ha sparato, come confermato dalla prova della paraffina, in camera sua? 'sa volea di', venitemi a prende'?>

Attilio <il figlio è un tipo strano, fa uso di antidepressivi, e si droga anche, pe' fortuna sua con sostanze leggere in parti'olare marijuana. Era la disperazione di su' pà.>

Paolo <beh, ora vado al mare co' nipoti e la moglie, stasera venite a cena? Con piacere rispose Attilio, ti porto un vinello che fa risuscita' i morti...>

<Allora portamene una damigiana, 'osì comincio a fa' una cura preventiva vai.>

Uscendo dal casolare, a circa trenta metri di distanza, Paolo scorge una pietra con una macchia rossa.

Paolo <E 'vella?>

<Quella 'osa?> disse Attilio.

<Vella macchietta rossa sul pietrone, la vedi?>

<Dè! E la vedo sì, Paolo hai ragione, forse il figlio imbrattato di sangue dopo il fattaccio è scappato di 'asa.>

Paolo <guarda un'altra macchia...> Attilio <potrebbe esse' la 'onferma del figlio in fuga.>

Paolo <ma? Un lo so', ci de'o riflette', ci vediamo a cena stasera.>

Paolo prese la macchina per tornare a Baratti e durante il viaggio rimuginava. Era poco convinto della tesi del figlio, anche se tutto portava nella sua direzione. Ma era proprio questa quantità di indizi che non lo convinceva; la pistola in camera, le macchie di sangue per altro non rilevate dalla scientifica, la prova della paraffina, gli indumenti del figlio erano tutti senza tracce di sangue.

Arrivato a destinazione, asciugamano in spalla berrettino e costume da bagno e via in spiaggia.

<Ciao moglie, buongiorno nipoti... che ne dite di fa' un tuffo?>

Sandra <I nipoti hanno mangiato ora la merenda, mi sembra il caso di aspetta' armeno un'ora.>

I nipoti <dai nonna ma che voi che sia...>

Paolo <O Sandra pe' un po' di merenda dai...>

Mentre prendeva il sole nella speranza di togliersi da dosso quel colorito bianchiccio da famiglia Adams, decise di telefonare a

Ugo.

<Pronto Ugo?>

<Sì, Paolo 'ome va' a i' mmare?>

Paolo <Tutto bene, a parte che come si'uramente saprai ho trovato da fa' anche vi.>

<Certo so' tutto, io Marione e Amulio si ragionava proprio stamani der caso... a legge' i giornali ci è sembrato assurdo che possa esse' stato il figlio; 'vesto ammazza su' pà e poi lascia la rivoltella in camera? Un esiste, oppure è scemo.>

Paolo <Già è proprio vello che ho pensato anch'io.> Ugo <se'ondo noi c'è un legame col traffi'o di reperti archeologici, perché proprio in 'vesti giorni è venuto in Toscana un russo molto fa'oltoso che 'olleziona opere d'arte e reperti storici.>

Paolo <Davvero? Da dove viene la notizia...>

Ugo <su la Nazione, lo riporta nelle pagine regionali.>

<Sandra. Vado a compra' la roba pe' la cena di stasera, mi dai la lista?>

<Eccola, mi raccomando fatti dà il pesce migliore, voglio fa' bella figura.>

Paolo partì per Piombino dove c'era un'ottima pescheria "La Lampara" già sperimentata gli anni passati, ma prima comprò il giornale e lesse l'articolo.

"Dunque... Atterrato a Pisa con il suo aereo privato il miliardario russo Liev Volkov venuto in Toscana per trascorrere un periodo di vacanza. Con molta probabilità soggiornerà presso una villa affittata dallo stesso nelle compagne di Bolgheri. La scelta non sembra casuale in quanto il magnate Russo è un grande appassionato di vini oltre che di arte, in particolare collezionista di reperti Etruschi."

"Boia, potrebbe esse importante pe' le indagini."

Paolo dopo essersi smarrito per Piombino, lui come dice Sandra sarebbe capace di perdersi in casa, finalmente raggiunse la pescheria. Acquistò dell'ottimo pesce freschissimo, tutto come riportato sulla lista: anche questo per Paolo è inusuale perché qualche cosa, state sicuri, se lo deve dimenticare per forza. Spese una fortuna, tanto che pensò "ma se face'o il pesciaio un'era meglio? Invece di ragiona' di morti ammazzati e delinquenti avrei parlato di frittura di paranza e spigole e soprattutto guadagnato 'vello che mi pare'a!"

Tornato a casa, Sandra e i nipoti avevano già fatto le docce. I nipoti <Nonno oggi l'acqua era bella trasparente a abbiamo visto un sacco di pesci 'olle maschere.>

<O bravi via, se li acchiappavate spendevo meno alla pescheria.>

Sandra <Fammi un po' vede' 'osa' hai 'omprato? Sì, strano, c'è tutto e mi pare anche fresco, stasera cena coi fiocchi.>

Sandra si mise ai fornelli aiutata da Paolo, e in amen, prepararono una cena che a dir poco avrebbe risuscitato un morto... "oddio" pensò Sandra "lasciamo sta' i morti che altrimenti a Paolo gli sembra di lavora' anche mentre mangia".

Alle venti e quaranta, ritardatari come i numeri del lotto, l'appuntamento era per le venti e quindici", si presentano Attilio con la Teresa.

<Oh carissima Teresa, il tu' marito l'ave'o già visto ma te... Fatti vede un po'? sempre bella, pare che l'età per te sia un optionalle.> disse Paolo.

<Sandra... anche te un cambi mai> dissero Attilio e Teresa.

<Sì sì un cambio mai, magari!>

<E i nipoti? 'Ome so' cresciuti, so' bellissimi.>

Sandra <Ma ora mettiamoci a tavola ch'è tutto pronto.>

Attilio <Questo è il vino di cui ave'o parlato, Paolo, è un vermentino di Bolgheri della miti'a 'antina "Guado Del Tacchino".>

Sandra <Dai sì principia? Porto l'antipasti.>

Subito dopo tra una risata e l'altra arrivò in tavola una splendida spaghettata allo scoglio e poi gli scampi al guazzetto, le alici e giù vino un bellissimo pinzimonio con l'olio bono portato da casa e dai fino a che...

<Ragazzi tutto speciale ma io nella panza non ciò più posto manco pe' na briciola> Disse Attilio.

Paolo <ora sì prende un bel caffè e po' sì va' sulla battigia a fa du' passi che ti de'o parla' del Burchi.>

In riva al mare la sera era magnifica, la luna con la sua luce faceva brillare le onde che parevano nastri d'argento. Paolo e Attilio passeggiavano.

Paolo <Sai che è arrivato a Bolgheri un Russo ricchissimo, collezionista di reperti etruschi?>

<No, non l'ho sentito ma non è una novità, ti posso di' che viene spesso anche d'inverno.>

<I mi amici di Gello mi hanno acceso una lampadina ner cervello e son convinto che questo tipo in un modo o nell'altro c'incastra 'valche cosa.>

<i tu' amici sono poliziotti in pensione 'ome te?>

Paolo <No uno è un bancario, uno un meccani'o in pensione, un'artro ancora ex calciatore, scarpone aggiungo, insomma... tipi che con il nostro mestiere un ci azzeccano pe' nulla.>

<E che indagini puoi fa' con un meccani'o e un bancario.>

<Hanno un intuito e un fiuto pe' le indagini che un ti di'o, li rendo partecipi del mi' lavoro perché 'uasi sempre riescono a darmi degli spunti importanti. La notizia del Russo l'ho saputa da loro per esempio.>

Paolo <A me che sia stato il figlio mi 'onvince po'o, penso che dietro ci sia 'valcosa di losco, quindi vorrei senti' il figlio prima di tutto e po' vediamo dove ci portano le indagini.>

Attilio <va bene, domani mattina si va a parla' col figlio? È in carcere a Livorno è stato messo dentro pel rischio di inquinamento delle prove.>

<va bene però si parte presto che se ce la fo' in tarda mattinata raggiungo al mare Sandra e i nipoti.>

L'indomani mattina ore sette... <Attilio che prendi?>

<caffè con cornetto alla marmellata, però offro io.>

Arrivati al carcere di Livorno ed esplicate tutte le formalità del caso, accompagnati da una guardia carceraria, arrivano alla cella del ragazzo. Il rumore delle chiavi che girano nella serratura, precedono il sinistro cigolio della porta che si apre. Seduto sulla branda in fondo alla cella, il giovane li guardava. Era un ragazzo di ventisette anni alto circa un metro e settanta, capelli castani, sporchi e arruffati, barba incolta vestiti sudici lo sguardo perso nel vuoto. Aveva paura si vedeva lontano un miglio.

Paolo e Attilio si guardarono e poi Paolo... <ti vorremmo fa' qual-

che domanda, te la senti di rispondere?>
<Non l'ho ammazzato io, non l'ho ammazzato io, non so chi è stato, non so chi è stato.> Ripeteva il giovane con occhi sbarrati.
<Senti, se ci aiuti vediamo di farti uscire da qui.>
<non voglio uscire, ho paura, ho paura.>
Si resero conto immediatamente che il giovane era stato minacciato ed era terrorizzato al punto di voler rimanere in gattabuia.
Paolo al ragazzo <Senti, noi ora andiamo, se poi decidi di dirci qualcosa facci sapere… d'accordo?>
Chiamarono la guardia carceraria per farsi accompagnare all'uscita.
La guardia ai due…< Sentite, un so' se sia importante, ma ne' suoi deliri notturni il ragazzo ha fatto spesso riferimento ad una tomba con tante statue dentro e ad un tipo che lo vole'a rinchiude' proprio in questa tomba.>
<Direi molto importante> disse Paolo < grazie.>
<Pronto Marione, tutto bene al baretto? Non vedo l'ora di fa' una briscolata in santa pace.>
<Sì dai, qui tutto bene, e le indagini?>
Paolo, <Senti proprio stamani siamo andati a trova' il figlio del morto in carcere, è terrorizzato, lo de'ono ave' minacciato, non vuole usci' di cella e la notte fa' sogni deliranti in cui un tale lo vuole rinchiude' in una tomba piena di statue.>
Marione <Un potrebbe esse' che su pà abbia trovato da litiga' co' traffi'anti e un volesse vende' della roba e per questo è stato fatto fori?>
Paolo <è più o meno quello che penso anch'io 'onoscendo il Burchi, però ci so' molte 'ose che un mi spiego, ad esempio il ragazzo dice di non aver accoppato il padre e però ha sparato perché la prova della paraffina è positiva.>
Marione <Io pe' un sape' nè leggere nè scrive', indagherei sui "'olleghi" del Burchi.>
<è proprio quello che penso anch'io, ora ti saluto, vo' a fa' il bagno co' nipoti.>
<Nonno andiamo sugli scogli?>
<Ok attenti co' le ciabatte a un scivola' che c'è duro e ci si può fa'

der male.>

Paolo <ora mi tuffo, prima però scendo un po'... ahi ahi che male!
>

I nipoti <Sa' è successo nonno!>

<Mi sa' che ho pestato un bel riccio di mare perché sotto il piede
mi ci fa' un male boia!>

Tornarono in qualche maniera dalla nonna che comodamente
seduta su una spiaggina, si stava avidamente leggendo le ultime
notizie della rivista "Vip forever", uno di quei giornali che piac-
ciono tanto alle signore.

<Sa' è successo Paolo?>

<Ho mantenuto la tradizione del riccio ner piede, tutti l'anni è
così, se un pesto un riccio un mi pare neanche d'esse' in va'anza,
boia!>

<Giù vieni vi che si fa m'ama non m'ama con le spine, pe' fortuna
che c'ho le pinzette.>

L'ora successiva fu tutta un...<ai, boia! Ai, ai, Boia che male!>

Subito dopo pranzo, mentre seduto in veranda si gustava un
buon caffè insieme a Sandra, decide di telefonare ad Attilio...

<Pronto, Sono Paolo.>

<A ciao, dimmi...>

<Vorrei convoa' i Tombaroli della zona, sia gli amici che i nemici
del po'ero Burchi.>

<Si fa presto, sono rimasti in cinque, sai la scarsità di reperti,
ormai è stato prati'amente setacciato tutto il territorio, ha fatto
sì che questo "Lavoro" andasse a finire.>

Paolo <Meglio, 'osi è più facile.>

<Pe' stasera va bene?> Dice Attilio

<Sì vo' un po' sulla spiaggia e verso le 18,30 so' da te, Ok?>

Sulla spiaggia si stava divinamente, una brezzolina mitigava la
calura, a distanza i gridolini dei bambini che giocavano e il rumore delle onde facevano come lo chiamava Paolo, "effetto televisione", in altre parole sprofondò in un sonno piacevolissimo.
Quando si svegliò...

"Boia! sono le cinque, mi de'o prepara' pe' anda' all'appuntamento". "porca p... mi so' bruciato col sole, vedrai che da oggi un

sono più bianco 'ome il latte, ma piuttosto rosso 'ome i gamberi dell'altra sera, boia!"

Arrivò al comando di polizia in perfetto orario. Nel corridoio davanti alla stanza di Attilio, alcune persone in evidente stato di tensione, sedevano su delle panche di legno appoggiate lungo muri ammuffiti e di colore verdino chiaro. Su una mensola faceva bella mostra di sè un mazzo di fiori di plastica dentro ad un vaso sicuramente vinto ad una fiera di paese. Le lampade al neon, del corridoio senza finestre, parevano più un semaforo lampeggiante che altro. Paolo pensò "ma in che ambienti ci fanno lavora', e po' ci redo che appena uno pole, va in pensione, co' tutta 'vesta allegria..."

<Ciao Attilio, si 'omincia?>

<Sì, ma... c'hai fatto... sei rosso paonazzo.>

Mi vole'o toglie' di dosso quel pallore tipo morto e mi so' messo un po'ino ar sole, ma... cominciamo dai.>

Attilio <prima ti fo' una presentazione. Le persone che hai visto la fori sono i tombaroli, Allora: Giuliani Amedeo, Allori Sandro, Meoni Vittorio, Bacci Alfredo e Tori Flavio. So' tutti co' precedenti penali p' ricettazione e traffi'o di reperti archeologici ovviamente, come del resto anche il po'ero Burchi.>

Paolo <'valche screzio col Burchi?>

<Che io sappia no, diciamo che collaboravano, e il Burchi spesso lavorava col Meoni, ma pel resto un so' che di'.>

Paolo <facciamoli entra' uno alla volta e 'ontrolliamo gli alibi, se ti viene in mente 'valche domanda un esita'.>

Attilio aprì la porta cigolante del suo ufficio e con gli occhiali calati sul naso e il foglio coi nomi disse:

<avanti Giuliani...>

Questo con una finta spavalderia tradito però da voce tremula disse <eccomi.>

<Si accomodi signor Giuliani> disse Paolo... domanda di prassi: vuole dirci dove si trovava la notte tra il 23 e il 24 luglio?>

Un sorriso che andava da un orecchio all'altro precedette la risposta dell'interrogato.

<Ero al cinema e poi a mangia' na pizza con la mi' signora.>

<dove?>

<a Piombino al cinema Odeon e poi alla pizzeria "Sapore di Napoli".>

Paolo <'Valcuno può testimonia'?>

<Si'uramete il pizzaiolo Gaetano, è mi' ami'o e 'vella sera abbiamo parlato anche, e poi c'ho ancora la ricevuta ner portafoglio.>

<Ok può bastare, ma si tenga a disposizione.>

Attilio <Signor Meoni tocca a lei.>

Paolo <Signor Meoni…ha un alibi pe' la notte dell'omicidio?>

L'interrogato rispose a voce sussurrata quasi a non volersi fare sentire.

<Ero in una tomba a cerca' reperti.>

<Perché parla 'osì piano, ha paura che lo senta la polizia?>

Attilio <ahahah, sei buffo anche nelle situazioni più serie.>

Il Meoni <ha ragione scusi.>

Paolo <era solo?>

<no, cor Tori.>

<avete trovato 'varche bel pezzo da rivende'?>

<No, solo du' cocci che un hanno nessun valore.>

Successivamente la deposizione del Tori combaciava perfettamente, mancavano le deposizioni del Bacci e dell'Allori.

Paolo <Signor Bacci, ci vor di' anche lei la notte del delitto do'era?>

<Ma veramente… io… giù via, ero col Burchi, però c'era anche Sandro.>

Attilio <Sandro chi, devi di' ir cognome!>

<l'Allori, è l'unio che fra noi si 'iama 'osì dè!>

Paolo <Fai entra' 'vesto tizio sentiamo 'sa ci racconta.>

L' Allori entrò e impacciato si sedette davanti a Paolo. Era un omone alto e grasso, aveva un ciuffo di capelli unti sulla fronte sudacchiata, la barba fatta forse tre giorni prima e addosso una maglia con enormi aloni di sudore alle ascelle, in altre parole non era proprio un uomo di gran classe.

< Signor Allori dov'era la notte del delitto?>

Smarrito si guardò intorno, cercando di intercettare lo sguardo del suo compare quasi a chiedergli cosa avesse spifferato. Non sapendo che fare non trovò altra soluzione che raccontare la verità, in fondo se lo avevano fatto entrare insieme al Bacci era chiaro che li volessero mettere a confronto:

<Ero con lui e il Burchi, però io non gli ho torto un capello lo giuro!>

Paolo <allora è stato il suo "collega" qui presente?>

<Non credo, erano grandi amici.>

Il Bacci lo guardò con un sorrisetto di compiacimento.

Paolo <Sapete, se il Burchi avesse 'valche "lavoretto in sospeso? Sì insomma, se avesse trovato dei reperti importanti?>

<Aveva trovato con nostro stupore una nuova tomba con materiale intatto e di grande pregio, sa, il territorio è stato 'ompletamente setacciato e trova' na nuova tomba è quasi un mira'olo.>

<'Ome mai sapete 'veste notizie? Non ve le nascondete?>

<Anni fa sì, eravamo tanti e giovini, ognuno pensava ai propri interessi, ora è tutto 'ambiato, siamo rimasti più po'i e vecchi anche. Vista l'amicizia fra noi abbiamo 'ominciato a collabora'.>

<Va bene, per ora potete andare, ma rimanete a disposizione.> disse Paolo.

Paolo e Attilio rimangono soli nell'ufficio. <spesso dietro a 'vesti traffici c'è la mafia che fa affari d'oro, un potrebbe esse' che per paura i tombaroli che abbiamo sentito si siano messi d'accordo di non parla'?>

Attilio <Certo, è un'ipotesi possibile, ora che mi ci fai pensa' qualche mese fa a Follonia c'è stata una sparatoria dove era impli'ato un certo Publio Bellomo, rampollo della omonima famiglia mafiosa... pare che abbia o'minciato a fa' i su' traffici loschi 'vi da noi.>

Paolo <Senti Attilio, pe' caso un avete mi'a i bossoli della sparatoria di Folloni'a? Mi è venuto in mente di 'onfrontalli con 'velli del Burchi... è un tentativo 'iaramente.>

Attilio <si pol fa' 'siuramente il confronto, però la vedo dura.>

<'Iama la scentifi'a e proviamo...è dura ma non impossibile.> disse Paolo.

L'indomani mattina Paolo è coi nipoti sulla scogliera armato di canne ami e vermi. Si è sempre dato un sacco di arie di grande pescatore e raccontava spesso di fantomatiche battute con catture da record…

I nipoti <nonno, ma come mai se hai preso tutti quei pesci grossi, non acchiappi nulla 'vi sugli scogli? Per ora hai pescato solo un sacchetto di plasti'a e ti sei pescato il tu' 'ostume da bagno, e per po'o un ci cavavi un occhio con l'amo…>

Paolo <In effetti sono un po' fori allenamento, e poi… l'attrezzatura un è delle migliori dai.>

Suona il cellulare, è Attilio… <Pronto Paolo, stasera venite da noi a cena?>

Paolo <Certo, con piacere almeno vedo du' pesci visto che a pesca co' nipoti un si tocca boccia, sa' posso porta', un dorce, del vino… >

<Ma, se porti un dolce va bene, il vino c'ho ancora diverse bottiglie del vermentino dell'altra sera.>

<Vai, allora si ribeve bene.>

<Dai ragazzi, fate le docce e anche te Paolo preparati che un mi garba arriva' in ritardo> disse Sandra.

Per strada si fermarono alla mitica pasticceria "Dolci sogni" e presero la specialità della casa, la torta ricotta e cioccolata.

Alle venti in punto, arrivano a destinazione, i Papucci abitavano in una villetta con splendida vista sul mare.

Attilio <prendiamo un aperitivo in terrazza?>

Dalla terrazza si vedeva L'Elba e Sandra esclamò:

<Guarda marito, là è nata la 'tu mogliera sai?>

<Certo che lo so'… infatti è una vita che mi domando perché mai l'omo abbia inventato le barche! Ahahah.>

Tutti a loro volta risero e Sandra… <t'è andata bene vai… immaginati se sposavi una delle tu' parti, avresti 'apito 'osa 'vol di' il proverbio "meglio un morto in casa che un pisano all'uscio…>

Fra risate battute e fritture di pesce la serata scorse via allegra e spensierata fin quando… squillò il cellulare di Attilio.

<Pronto?… si?… ah mi di'a.>

Attilio cambiò colore e… <davvero? Ma è si'uro? Ok grazie a domani.>

Chiuse la telefonata e con espressione incredula si rivolse a Paolo e disse:

<C'hai preso in pieno, era uno della scentifi'a, m'ha detto che la pistola che ha ammazzato il Burchi è la stessa della sparatoria di Folloni'a.>

Paolo passò la notte come tante volte gli era successo, cioè sveglio a rimuginare sugli indizi e i possibili sviluppi dell'indagine. Si alzò molto presto, preparò la macchinetta del caffè. La caffettiera sul fuoco, cominciò a borbottare annunciando che era pronto il caffè, ne prese una tazzina e usci a sorseggiarla in veranda. Era una mattina bellissima, ma solo dal punto di vista climatico, per il resto invece si presentava molto complicata e sicuramente impegnativa.

Paolo prende il cellulare e… <Pronto Attilio, a che ora voi che ci vediamo?>

<Ciao Paolo, io sono già in ufficio con l'esito della scientifi'a, vieni pure anche ora.>

Paolo lasciò un biglietto per Sandra "sono partito presto, mi de'o vede' con Attilio, se ce la fo' vi raggiungo al mare".

Arrivato a Piombino, decise di andare sulla passeggiata lungomare prima di presentarsi al comando. Mentre si godeva il panorama, telefonò agli amici del bar.

<Pronto Marione?>

<O Paolo, ciao, stavo cercando sul giornale arti'oli riguardanti il caso che stai seguendo, ma mi pare che un ci sia nulla.>

<Te la do' io la notizia bomba: a Folloni'a un po' di tempo fa un mafioso della famiglia Bellomo, ha ingaggiato una sparatoria, e la voi sape' la novità? La pistola usata nella sparatoria è la stessa che ha ammazzato il Burchi… mi raccomando, sono notizie riservate eh? Non deo'no usci' dalle nostre amicizie.>

<Tranquillo Paolo, sarò una tomba… etrusca, ahahah.>

<Buongiorno Attilio, ma quella lampada nel corridoio, un la potete cambia'? È irritante, pare un semaforo lampeggiante.>

Attilio <Ma un c'abbiamo manco l'occhi pe' piange' e te vorresti cambia' le lampade… magari con i soldi risparmiati ci 'ompro du' litri di benzina pe' insegui' i delinquenti… parliamo del caso vai

che è meglio.>
Attilio <dunque c' hai colto in pieno... ma come hai fatto a pensa'
una 'osa del genere.>
Paolo <De'i sape' che a me il Commissario Maigret mi fa un baffo,
la differenza più grande tra me e lui, che il suo sì 'iama "intuito"
mentre il mio "sedere", ahahah.>
Paolo <Bisogna pensa' come anda' avanti, va sbrogliata la
matassa.>
Attilio <Allora, Burchi ammazzato con stessa pistola di Folloni'a,
quindi è chiaro legame con mafia, i tombaroli un hanno pro-
ferito sillaba a riguardo, il ragazzo, ha sparato come dicono le
prove, ma un v'ole usci' di gattabuia perché ha paura, tomba con
reperti importanti...Bo?>
Suona il cellulare di Paolo...<Pronto so' Ugo, eravamo ancora 'vi
al baretto co' ragazzi e si parlava del tu' 'aso: a Marione è venuto
in mente che il figlio del morto sia stato messo di mezzo, e cioè
che l'abbiano fatto spara' con la rivoltella per fallo diventa' positivo alla prova della paraffina e così svia' l'indagini, un potrebbe
esse'?>
Paolo <Certo che potrebbe esse', ci stavo girando intorno anch'io.
Grazie ragazzi mi avete come ar solito dato un bello spunto.>
Paolo <I mi' amici, pensano che il ragazzo potrebbe esse' stato
messo di mezzo pe' danni la 'olpa, magari facendolo spara' pe'
fallo risulta' positivo alla prova della paraffina.>
Attilio <in effetti de'o riconosce che il meccani'o, il bancario e
gli altri tu' amici, hanno delle 'apacità intuitive mi'a da poco. Il
ragionamento mi torna, i tombaroli stanno zitti pe' paura e magari hanno dovuto costrui' la scena del delitto in modo da incastra' il ragazzo e salva'ssi loro. È stata fatta una messinscena
po'o credibile e questo avvalora la tesi che siano stati i tombaroli
si'uramente po'o avvezzi a pistole e morti ammazzati.>
Paolo <Anch'io penso che sia andata 'osì, bisogna interrogalli di
nuovo. Ora io raggiungo la mi' moglie e i nipoti sul mare te organizza l'incontro, sei d'accordo?>
<Certo, mi sembra anche a me la meglio 'osa da fa'. Ti faccio
sape'.>

Sandra <Paolo, 'ome va' coll'indagini?>

<'Valche progresso l'abbiamo fatto, però è ancora "nebbia in val Padana".>

Non fece in tempo a mettersi al sole che inesorabile squilla il telefono...

<Pronto, sono Attilio, la voi sape' l'ultima?>

Certo che sì, dai spara.>

<Stavo pe' prende' in mano il telefono per organizzare l'incontro con i tombaroli, e mi bussa il piantone, gli fo'...avanti e lui tutto eccitato mi dice.>

<Dottò ci so' i tipi delle tombe, che de'o fa'?>

< Io Naturalmente un me l'aspettavo e li ho ricevuti, allora lo voi sape'? Hanno avvalorato la tesi tua e de' tu' amici. Sembra che minacciati dal Bellomo che traffi'a in opere d'arte, siano stati 'ostretti a mette' ne' guai il po'ero figlio del Burchi pe' salvarsi il sedere. Hanno 'ostruito, come avevamo detto in modo po'o 'onvincente la scena del delitto e presi dal rimorso siano venuti a rovesciare ir sacco... questo è quanto.>

Paolo <Beh il caso è prati'amente risolto, bisogna prende' il colpevole però: e come sì fa, avete un indirizzo di 'sto verme?>

Attilio <macchè, è latitante, ogni tanto ri'ompare pe' combina'nne una.>

Paolo fammici ragiona', ora vo' al mare poi mi faccio vivo io.>

Sulla spiaggia... Un tizio scaraventa una bottiglietta per terra e Paolo prende spunto per fare una lezione di ecologia ed educazione ai nipoti.

<Dunque cari nipoti, stamani parliamo di quanto è stupido il genere umano, che nonostante tutto si definisce "essere superiore". Vedete 'vel sacchetto e 'vella bottiglia di plasti'a là sulla riva buttata da quell'ignorante che passeggia?>

<Si nonno.>

<Bene, allora sappiate che se per assurdo un sì movessero di li, le vedrebbero anche i vostri figli e i vostri nipoti perché sono prati'amente indistruttibili.>

<Davvero nonno? Ma se le lasciamo 'osa può succedere?>

<Guardate 'vi sul giornale 'osa c'è scritto: capodoglio trovato

morto sulla spiaggia con venti kg di plastica nello stomaco, uccelli morti di fame perché la plastica ingerita li fa sentire sazi e non mangiano più...e così via. Una vera tragedia planetaria causata da 'velli che si ritengono superiori... superiori un cavolo!
>

<Ma abbiamo sentito a scuola che delle brave persone vanno a ripuli' le spiagge, i fiumi e le 'ampagne...>

<Certamente danno il buon esempio, ma ripuli' una spiaggia qui e un fiume la, non è sufficiente, ormai nei mari e nei fiumi c'è più plasti'a che acqua.>

<E come si fa...>

<Be, al mondo abbiamo superato i sette miliardi di abitanti, se per esempio ognuno prendesse un sacchetto e una bottiglia, sarebbero quattordici miliardi di oggetti di plasti'a in meno ad inquina' il mare, se prendesse du' sacchetti e du' bottiglie, sarebbero ventotto miliardi di oggetti di plasti'a in meno e così via... Osa voglio di', che se riuscissimo a sensibilizzare tutto il mondo, potremmo interveni' dando sì, il buon esempio, ma anche facendo 'valcosa di veramente 'oncreto. Per intanto andiamo a raccatta' 'vella plasti'accia.>

Le ore passano e si fa sera, sulla spiaggia fa ancora molto caldo. Paolo è immobile sotto l'ombrellone, di tanto in tanto si avvicina all'acqua e si bagna nella speranza di sopportare meglio l'afa. I ragazzi giocano a pallavolo con amici conosciuti durante la vacanza. Sandra legge un libro.

"Come al solito mi so' rosolato perbene: è incredibile, io che da sempre al mare divento nero 'ome il carbone, quest'anno non riesco a togliermi di dosso vesto rosino tendente al viola: sulla pancia poi a causa de girelli di grasso che mi nascondono i possenti addominali, si alternano strisce rosso fo'o a strisce bianchicce, bello, bello davvero!"

"Ma, come faranno i ragazzi a sopporta' sto' 'aldo, giocano e si dimenano come se nulla fosse. Bah? forse ner mi 'aso sarà la vecchiaia che sta facendo 'apolino".

"Fammi un po' senti' quelli al baretto che di'ano".

<Pronto Amulio, animalaccio, 'ome stai...>

<Oh Paolo, si si tutto bene, ho appena vinto un coretto al rumme gio'ando a carte co' Marione… ma… le indagini?>

<Prati'amente abbiamo risolto, i tombaroli erano tenuti in scacco dal Bellomo, il mafioso, e pe' svia' le indagini aveano messo di mezzo il po'ero figlio del Burchi proprio su ordine del malvivente. Noi abbiamo dimostrato che i proiettili che hanno fatto secco il po'ero Burchi padre, erano stati sparati con una rivoltella del Mafioso, e pe' conclude' i 'olleghi del Burchi, che avevamo interrogato, sono venuti, presi dal rimorso, spontaneamente a vuota' il sacco. Ora manca di acciuffa' l'artefice cioè il Bellomo, ma è latitante e non sappiamo dove batte' la testa.>

Amulio <O Paolo mi suggerisce Marione una 'osa che mi pare interessante, senti un po': Il Bellomo traffi'a in opere d'arte, il Russo dell'arti'olo sulla Nazione di po'i giorni fa invece le 'olleziona. Se uno più uno fa due, un potrebbe esse' che questi si de'ano incontra'? Forse il Burchi è stato ammazzato perché un ha rivelato dove è la tomba che ave'a scoperto…>

Paolo <Giusto… giusto, grazie ragazzi, vi fo' sape'.>

Paolo telefona ad Attilio. <Pronto, ci è venuta un'idea.>

<Cosa vol' di' "ci…" in quanti siete?>

<Io e gli amici del baretto der mi' paese.>

<Già, dimenti'avo, il meccani'o, il calciatore…>

<Bisogna mette' sotto 'ontrollo il Russo Di Bolgheri, è facile che si debba vede' cor Bellomo se un l'ha già fatto, è un collezionista di opere d'arte.>

Attilio <Va bene Paolo se lo dici tu… do' subito ordini alle mi pattuglie di mettere sotto 'ontrollo la villa del russo, se c'è 'valcosa di novo ti fo' sape'.>

E' sera, in veranda si respira dopo il caldo del giorno, Sandra siede accanto a Paolo. Le ultime luci all'orizzonte annunciano l'arrivo di una notte tranquilla, almeno dal punto di vista climatico.

Sandra <certo che vest'anno ti sei goduto po'o la va'anza, hai sempre lavorato co sta benedetta indagine.>

Paolo <Sai come so' fatto, non sopporto le ingiustizie e come sempre, mi so' schierato dalla parte dei più deboli e ner caso

specifi'o di 'vel po'ero ragazzo che mi fa una gran pena, e di su' pa' che ri'ordo sempre come una degna persona. Se vai nei musei etruschi, molte delle 'ose più belle esposte è facile che le abbia trovate lui e regalate alla vista di tutti noi.>

Sono le nove del mattino, fatta colazione ci si prepara per il mare. Paolo da buon elegantone, si infila prendendo a caso dall'armadio, dei boxer da mare con su disegnate delle palme su sfondo verde smeraldo e una maglietta con la scritta: "Pisa città de-livornesizzata", una di quelle magliette che evidenziano l'antica rivalità dei popoli delle due città.

Paolo prende la borsa del mare quando squilla il telefono, è Attilio.

<Paolo, ci siamo, ave'i ragione te. Abbiamo beccato il Bellomo che entrava nella villa del Russo, non siamo però intervenuti perché c'erano bambini. Poi una volta andato via dalla villa si è re'ato con una giovane ragazza alla discote'a "Paradise" dove ha trascorso il resto della notte. Ora è in un cascinale, la ragazza è andata via e noi a questo punto siamo intervenuti. Se vieni subito puoi assistere alla cattura in diretta.>

Paolo <Ok arrivo, ma dove?>

<Ti ri'ordi "il Gallo della checca", il barre dove ci siamo incontrati l'altro giorno?>

<Certo.>

<Bene, d'angolo col bar c'è via "Carlo Murroni", la percorri pe' 300 metri e sulla sinistra vedi il cascinale con un mucchio di 'uriosi a vede' 'osa succede, un ti poi sbaglia'.>

<Va be', corro.>

Paolo infilò al volo un paio di calzini e scarpe prese la macchina e si incamminò di gran carriera. Arrivato sul posto, in effetti non si pote' sbagliare perché una gran folla tra cui anche giornalisti e telecamere di tv locali e nazionali, stavano a testimoniare che era proprio quello il posto. Parcheggiata la macchina, si avvicinò facendosi largo fra la folla e arrivò allo sbarramento predisposto dalle forze dell'ordine. Un poliziotto lo pregò di andare indietro, e Paolo…

<Senta agente, sono il Commissario Benvenuti mi 'iama il col-

lega… anzi lo 'iamo io… Attilio, Attilio.>

Il Papucci sentendosi chiamare si voltò e riconobbe lo sbraitante amico e collega:

Attilio <Agente lo faccia passa' è un mi' 'ollega> e rivolto a Paolo…<Sei venuto in alta uniforme? Scarpe 'alzini boxer da mare che un ci 'ombinano nulla e maglietta con presa in giro pe' livornesi… sei proprio trendy dai lasciatelo di'!>

Paolo <dai Attilio, un mi fa la ralla, pe' un perde tempo sono venuto 'osi, ma se sei proprio invidioso ti di'o dove andare a compra' questi vestiti 'osì la smetti di fa' ir bischero.>

Il Bellomo si arrende e come richiesto dalle forze dell'ordine esce a mani alzate e viene ammanettato e portato via.

<La missione è compiuta, abbiamo 'assiurato alla giustizia un delinquente vero, che ha ucciso, il po'ero Burchi, rovinato forse irrimediabilmente la vita del figlio e attentato gravemente al nostro patrimonio artisti'o.> Con queste parole Paolo e Attilio rispondono ai giornalisti e agli inviati delle varie televisioni.

Paolo <ora vo' al mare, è l'ultimo giorno di va'anza e me lo voglio proprio gode' co' nipoti e la moglie caro Attilio…>

<Hai proprio ragione ami'o mio te lo meriti proprio, se un venivi 'vi da noi forse sarei ancora a combàtte 'ome Donchisciotte 'ontro i mulini a vento, ma sei venuto pe' fortuna e, ir caso è risolto… grazie, però…>

<però cosa?>

<Però belli vesti vestiti, dove li hai 'omprati che li voglio anch'io… ahahah.>

Terminata la "oziosa" vacanza, e tornato a Gello, non fa in tempo a posteggiare la macchina che …<Vo' un attimo al baretto.>

Sandra <pe' scaria' le valige …ti aspetto caro mio.>

Paolo <un ti preoccupa' le tiro giù fra po'o, saluto l'amici e torno.>

Non fa in tempo ad entrare che inizia la festa, Marione ordina da bere per tutti e alzando il calice al cielo, dice:

<Al nostro ami'o Paolo, che ancora una volta a dimostrato d'esse' un 'omo al servizio della giustizia e dei più deboli, però…>

<però cosa?> Dissero tutti in coro…

<Però…ti abbiamo visto in televisione quant'eri elegante, e se te

lo dice un meccani'o, ci puoi crede' ahahah.>

Il Corto di Firenze

Una mattina di inizio settembre, sorseggiando il suo caffè con l'immancabile quotidiano sotto il naso, Paolo sbircia la cronaca regionale. Gli amici Ugo e Marione sono intenti nell'improba interpretazione delle analisi del sangue di uno dei due.

Paolo <Ragazzi, un furto al Bargello... mi pare impossibile, dai con tutti i 'ontrolli che ci so' oggi.>

Marione e Ugo <Hanno rubato qui al barre? E quando che un abbiamo sentito di' nulla!>

Paolo <Macchè barre, al "Bargello" il museo di Firenze!>

Marione <Ma a Firenze un ci' so' l'uffici!">

Paolo <Bona 'vesta, semmai "Gli Uffizi">

Marione <E io che ho detto.>

Paolo <Ok va bene, ti fo' presente che a Firenze ci sono tanti musei tra cui il Bargello, scritto tutto attaccato e non come il nostro baretto che si 'iama "Bar Gello". Ci si trovano opere d'arte di inestimabile valore, in parti'olare statue.>

<Dunque, 'vi c'è scritto che sarebbe stata rubata il 27 agosto un'opera del Giovanni Della Robbia, una natività di piccole dimensioni 32 cm per 37...>"ma che delinquenti, e... che intenditori, hanno trafugato un Della Robbia mi'a un pinco pallo 'valsiasi'. <C'è scritto anche che I lavori dei Della Robbia, sono morto parti'olari, perché sono fatti co' una tenni'a detta "terra'otta invetriata", un metodo inventato da loro alla metà der 1400, che dà molta resistenza nel tempo e permette di fare delle vere e proprie pitture "imprigionate" nella cerami'a.> "Ma senti 'vesti, so' dei geni, si inventano nuove tenni'e artisti'e, ganzi davvero."

Tornato a casa per il pranzo, mentre aiuta Sandra ad apparecchiare la tavola, ascolta il telegiornale dove viene dato ampio risalto alla notizia.

Paolo <Hai visto? Un furto al Bargello.>

Sandra <Si ho sentito il telegiornale stamani, hanno intervistato il tu' 'ollega Gino Messeri.>

Paolo <il buon Gino, è un sacco che un lo sento, 'uasi 'uasi lo 'iamo dai.>

Paolo compone il numero e…<Pronto? O Gino 'ome stai?>

<Ciao Paolo, è un po' che 'un ci sentiamo, qual buon vento.>

Paolo <Ho sentito la notizia del Bargello e mi sei venuto in mente.>

Gino <Già che ti sento, se hai voglia di dammi una mano, vù potete 'venì a Firenze te e Sandra, naturalmente ospiti a casa mia…>

Paolo <Accetto, sai che Firenze mi garba da morì e 'vesto vale anche pe' la Sandra, e poi finarmente ci rivediamo, stasera siamo da voi.>

Gino <Affare fatto, vi vedo molto volentieri, allora a casa mia alle diciannove ok?>

<morto bene> disse Paolo.

Paolo <Sandra, siamo invitati da Gino a casa sua, si parte nel pomeriggio, dobbiamo esse' da lui alle sette.>

Sandra <dai, mi garba l'idea, 'osì rivedo anche la Giulia, prepariamo un po' di valigia? Poi telefono a figlioli pe' sistemà il cane.>

I Messeri abitavano in uno splendido appartamento che si affaccia sul lungarno Torrigiani, a poca distanza dallo splendido Ponte Vecchio. Un appartamento da sempre appartenuto alla nobile famiglia di Gino, anch'egli con titolo nobiliare, ma guai a ricordarglielo, infatti anche lui come Paolo, schierato in difesa della giustizia e dei più deboli, era una persona semplice e convinto che nobile è solo colui che fa qualcosa per gli altri. Alle sette in punto Paolo e Sandra, sono sotto il portone dei Messeri. Suonano il campanello. Gino al citofono <Vecchio brigante sei arrivato?>

Paolo <Si Gino, siamo proprio noi.>

<Dai entrate.>

Giulia moglie di Gino <Oh Sandra, Paolo, che bello rivedevvi, mi fate ri'ordà i vecchi tempi 'uando Paolo e Gino faceano i tornei di fioretto e noi due a trepida' in tribuna… 'uanti batticuore, che stanchezza la sera, ma che bello 'uando faceano bei risultati e poi tutti insieme si festeggiava…>

Sandra <è sì, momenti indimenti'abili, e poi hanno fatto lo stesso lavoro anche.>

Giulia <beh, sistemate le vostre 'ose in camera che poi abbiamo prenotato un posticino…>

Ridendo e scherzando, si diressero rigorosamente a piedi, camminando per graziose strade e vicoletti del centro, verso la mitica "Osteria del Campanaro", storico locale molto conosciuto per la bistecca alla fiorentina.

Non me ne vogliano i vegetariani e ancor più i vegani, ma desidero fare un cenno sulla "bistecca alla Fiorentina" piatto tipico la cui origine si perde nella notte dei tempi.

Questo gustoso taglio di carne, famoso in tutto il mondo, si ottiene dalla lombata di vitellone in corrispondenza delle vertebre lombari. Deve sottostare ad un rigoroso procedimento di preparazione che ha come caratteristica principale, una frollatura che dura minimo dieci giorni, che trasforma questo bel pezzo di carne in un tenerissimo e saporitissimo piatto della tradizione fiorentina.

Gino <Con cosa vù volete comincia'? Che ne dite di una "pappa al pomodoro"?>

Gli altri <e vai, un piatto 'osi un sì pole rifiuta'.>

Durante l'allegra cena Paolo dice a Gino <ma allora 'sto furto al Bargello?>

Gino <Ma che ti de'o di, un lo so', mi parea inespugnabile con quei sistemi di si'urezza…>

Paolo <è la prima 'osa che ho pensato 'vando ho letto la notizia sur giornale.>

Gino <Domani andiamo a vede', ora bevi 'sto rosso di Montalcino che tanto dopo un c'hai da guida'.>

Sandra e Giulia <badate bene che al Bargello veniamo anche noi.>

Paolo <guarda 'veste... pe' un paga' ir biglietto d'ingresso, si spacciano detectivve.>
Dopo una furibonda lite per pagare il conto, si alzarono e fra una chiacchera e una risata raggiunsero casa, dove... vuoi per la stanchezza ma soprattutto per il buon vino bevuto, fecero le corse a prepararsi per la notte e a mettersi sotto le coperte.
Il mattino seguente dopo una bella colazione preparata dalla Giulia, si incamminarono verso il Bargello. Passarono l'Arno percorrendo lo splendido Ponte vecchio, arrivarono nella stupenda Piazza Della Signoria, dove si fermarono per qualche minuto ad ammirare Palazzo vecchio, così bello che con la mente ti riporta indietro nei secoli e sembra che da un momento all'altro debba uscire dal portone Lorenzo De'Medici.
Arrivati al Bargello, c'era ad aspettarli sulla porta d'ingresso il Direttore del Museo, il signor Vieri Giuliani.
Gino <Buongiorno signor Giuliani, Le presento ir mi' 'ollega Paolo Benvenuti e le nostre signore, siamo venuti pe' le indagini.>
Il Direttore <Prego venite con me.>
Paolo <Ma le signore... il biglietto?>
Il direttore <Ma non vole mi'a scherza', oggi e tutte le prossime volte che vorranno entrare saranno ospiti e di riguardo.>
Paolo <Grazie, molto gentile.>
Una volta entrati, il Giuliani li condusse verso il luogo del furto, soffermandosi strada facendo a mostrare i capolavori degli artisti più importanti, Michelangelo, Donatello, Giambologna, Cellini e naturalmente anche del Della Robbia visto che proprio di questo scultore è l'opera sparita.
Paolo <Mi dica signor Giuliani, ma... l'allarme è uni'o pe' tutto il museo o diviso a settori.>
Il direttore <Diviso sala pe' sala, possiamo accendere tutto l'impianto o solo una parte isolando 'vello che ci interessa. Quando ad esempio facciamo dei lavori in 'vesta sala, la escludiamo da tutto il resto, altrimenti un si potrebbe lavora'.>
<Signori, ecco dov'era la Natività. È stata portata via proprio da 'vesto punto.>

Gino Paolo e signore, si sguinzagliarono attorno per cercare di capire da dove era stata fatta passare l'opera trafugata.

Paolo <Dalla finestra, direi che è po'o probabile, perché oltre alle diffi'oltà, qualcuno vedendo una statua calata co' una fune da una finestra der museo si pote'a quantomeno incuriusi', un credete? 'Vindi so' due l'ipotesi, o dalla porta do'e siamo arrivati o la successiva.>

<Po'o ma si'uro, disse Sandra, di certo un è andata via da sola, 'valcheduno l'ha trasportata.>

Gino <Vù avete notato 'valcosa di strano, che so'... porte aperte o forzate, persone strane...>

Il direttore <no niente di parti'olare.>

Paolo <I rilievi della scientifi'a?>

Gino <Dovrebbero esse' pronti in serata.>

Paolo <Penso che pe' il momento un ci sia altro da vede', arrivederci Direttore, appena abbiamo novità le facciamo sape'.>

Appena fuori... Gino <Io devo anda' in ufficio, vieni con me Paolo?>

<Certo 'osi parliamo der caso, voi mogli?>

Giulia <la Sandra ed io Andiamo a fa' un giro in centro, poi ci sentiamo cor cellulare e andiamo a mangia' un panino da "Amleto" lì in 'vella traversa di via Calzaioli... 'ome si 'iama dai... va be' te Gino hai 'apito di si'uro, ci si sta' da principi.>

Paolo <Allora Gino un viene di si'uro, i nobili un li digerisce.> Ahahah.

Suona il telefono di Paolo <O Ugo, che fate al baretto?>

< si ragionava del furto della statua, ma ner museo che è un palazzo vecchio, un ci so' passaggi segreti?>

Paolo <più che vecchio, direi palazzo antico, 'omunque un lo so', pole esse'.>

Ugo <se'ondo Amulio e Marione potrebbe esse' stata portata via attraverso percorsi non usuali.>

Paolo <Si, potrebbe ma per ora siamo in alto mare, anzi in... alto Arno.>

Verso il tocco, (le 13), si ricongiunsero con le consorti dal mitico "Amleto".

Paolo <Ovviamente pago io artrimenti mi alzo e vo' via prima di sgrana'.>

Gino <e stai tranquillo... Amleto portami un panino con aragosta e tartufo, tanto vol' paga' ir signore...>

Amleto <Va bene ma prima vù fatemi vede' la 'arta di credito Ahahah.>

Ordinarono chi una cosa chi l'altra. Paolo si fece consigliare e prese un panino col mitico "Lampredotto" che non vi descrivo per decenza, anzi mi voglio divertire...

"Il lampredotto, tipico mangiare di strada fiorentino, è un piatto poverissimo ma gustoso per molti e disgustoso per quei pochi che si lasciano condizionare dal fatto che per farlo, si usa l'ultima parte del tubo digerente, in particolare quella che intravede la luce esterna non dalla cavità della bocca ma esattamente dalla parte opposta... avete capito, vero?"

Dopo aver mangiato e ben bevuto, decisero di andare a Piazzale Michelangelo, che si trova in cima ad una collina, dal quale si gode una vista su Firenze che dire meravigliosa è poca cosa. Presero un Taxi e una volta a destinazione...

Paolo <Che veduta, ci pensate che c'è gente che pe' vede' le nostre bellezze come questa devan fa' migliaia di 'ilometri.>

<Senti un po' Gino, mi dice'ano i mi' amici del Bar Gello...>

Gino < amici al Bargello?>

<No, non il museo, il bar del mi' paese...Gello, insomma mi 'iedono se ci so' passaggi segreti o percorsi non usuali nel museo.>

Gino <ma 'vesti tu amici chi so'.>

Paolo <sono bancari operai in pensione e 'valche sciagurato nulla facente.>

<E che c'entrano nell'indagine.>

Paolo <tutte le vorte che faccio un'indagine loro seguono il caso insieme a me e spesso mi danno spunti utilissimi.>

Gino <Ti fo' sape'.>

Nel pomeriggio arriva il resoconto della scientifica. Praticamente dai rilievi sembrerebbe che l'opera sia sparita nel nulla, senza lasciare traccia in pratica volatilizzata.

Sandra <Voi omini che fate? Noi andiamo in giro, ci vediamo

stasera.>

Verso le otto di sera i quattro si ritrovano a casa.

Gino <che si cena?>

Gli altri <Se si ordinassero delle pizze?>

Gino <Ok, 'iamo al "Pizza pazza fatta a pezzi", vù 'sa volete?>

<Pronto è la pizzeria? Vorrei ordina' quattro pizze, du' margherite, una napoli e una vegetariana, da bere tre birre e una 'oa 'ola…>

Il pizzaiolo da buon burlone napoletano <'Olla 'annuccia?>

Sandra <buona 'sta pizza…. del furto avete novità?>

Paolo <No, sono arrivati i rilievi della scientifi'a, ma pare sia volatilizzata.>

Sandra <Oggi io e la Giulia, si ragionava della faccenda… ma un potrebbe esse che sia stata presa per pulilla, che so', restauralla… ci sarà di si'uro una procedura pe' queste 'ose, e magari un ha funzionato?>

Paolo <Bella pensata, in effetti se un si trova nulla potrebbe esse' proprio per un motivo di 'vesto tipo.>

Gino <Domani andiamo novamente ar museo e si 'iede al signor Giuliani.>

La mattina seguente, di buon'ora i quattro si avviano verso il Bargello.

Il direttore <Buongiorno a lor signori…vù avete novità?>

Gino <Siamo 'vi pe' falle alcune domande… volevamo sape' se quando un'opera deve esse' restaurata, viene attivata una procedura parti'olare.>

Il Giuliani <Certamente, sennò come si farebbe a tene' sotto 'ontrollo la situazione… abbiamo centinaia di 'apolavori.>

Paolo <e in cosa 'onsiste 'vesta procedura?>

<Dunque, 'vando un opera pe' un motivo o pe' l'altro deve esse sposta'a, va redatto un do'umento che indi'a ogni movimento. Ad esempio, un'opera va pulita? Sul do'umento viene riportato dove viene spostata e il motivo. Generalmente pe' la pulizia e il piccolo restauro abbiamo delle stanze apposite 'vi al museo, se de'e esse' esposto in 'valche mostra, il do'umento indi'a tutti i movimenti in modo da garanti' la tracciabilita'. Se il restauro

è importante e deve esse' portata al laboratorio, verrà riportato dove quando e perchè l'opera viene portata fori dal museo, e il restauratore che la prende in cari'o. Generalmente noi ci serviamo del Corto.>

Paolo <Il corto? Che signifi'a.>

Il direttore < Scusate, è talmente familiare per me… il Corto è il miglior restauratore di Firenze, in realtà si 'iama "Duccio Del Corto" detto "il Corto" pe' via del cognome e della su' altezza anzi…bassezza visto che a stento arriva al metro e sessanta.>

Gino <Sarebbe possibile parlacci?>

<Certamente, lo 'iamo e poi vù vedete dove incontrallo.>

Il direttore < Pronto Corto? 'Ome va' … tutto bene? Ci so' du' 'ommissari che investigano sul pezzo del Della Robbia sparito che ti voglion parla', te li passo.>

Paolo <Buon giorno signor Del Corto, stiamo seguendo le indagini 'ome le ha detto il direttore e avremmo il bisogno di vedella.>

Il Corto <Salve, Va…bene, dove e quando.>

Paolo avverti' una sfumatura leggermente rigida nel modo in cui disse "salve… va bene", il che fece intuire a Paolo che il Corto non era del tutto a suo agio.

<Domani qui al Bargello alle dieci.>

<D' accordo, a domani.>

Paolo <ok domani mattina vediamo il signor Del Corto qui alle dieci.>

Mentre camminavano per le vie del centro, dove i turisti seguivano le loro guide con in mano bastoni muniti di bandierine sollevati in alto per farsi riconoscere, incrociarono una signora inappuntabile nei suoi abiti svolazzanti di color azzurro con capelli neri ben curati e occhi celesti, una bella signora sulla cinquantina.

<Vù vedete quella signora?> Disse Gino, <è una gallerista molto 'onosciuta 'vi in città.>

Sandra <Un si occupera' mi'a anche di statue antiche?>

Gino e Giulia <Ci risulta che tratti solo quadri e di ogni epo'a.>

Il giorno successivo, i quattro, si dirigono nuovamente verso il

Bargello. All'arrivo ad attenderli il Direttore Giuliani che con la sua proverbiale gentilezza…<Buongiorno signori, nell'attesa del "Corto" vi posso offri' un caffè?>

<Grazie> risposero.

Nel mentre che stavano parlando con le tazzine in mano, si avvicina un tipo piccolino, spelacchiato e grasso impallato, di quei tipi che come diciamo noi toscani, "si fa prima a saltarlo che giracci intorno".

<Buongiorno direttore> fa questo.

Il Direttore si gira, poiché il piccoletto proveniva da dietro le sue spalle e…<ciao Corto, ti presento i signori Messeri, Benvenuti e… vedo solo la moglie del signor Gino…>

Paolo <Si, scusate ma mia moglie è andata in bagno.>

<Buongiorno signori> disse il Corto.

Gino <Allora dove possiamo metterci pe'fa' du' 'iacchere.>

Il Giuliani <Venite, vi metto il mio ufficio a disposizione.>

Paolo <Allora signor Del Corto, sa benissimo per cosa siamo 'vi.>

Il corto <Certo, ma io un so' nulla…>

Gino <siamo 'vi pe' falli delle domande, pe' arresta' varcheduno è un po' presto.>

Gino <Sa' mi'a se sia stata aperta una 'valche procedura pe' lo spostamento dell'opera?>

Paolo notò che la fronte del corto, ora aveva una curiosa luminosità, stava cominciando a sudare, prima di parlare poi inumidì le labbra con la punta della lingua <Dovete 'iede alla Marika, è lei che apre le procedure pe' gli spostamenti.>

Gino <senta, lei dov'era il giorno 27 agosto?>

Il Corto deglutì nervosamente e con voce tremula rispose <Ero 'vi al Bargello a fa' il giro delle Opere pe' vede' se ci fosse stato bisogno di interventi, verso metà pomeriggio sono andato al mi' laboratorio in via Baracca.>

Paolo <'Valcuno pole 'onfermà?>

Il corto <Il direttore e alcuni ragazzi che fanno vigilanza nelle sale lo potrebbero 'riorda'.>

Paolo <Va bene, grazie e si tenga a disposizione.>

Mentre il Corto se ne stava andando i due commissari decisero di sentire la signora Marika.

<Ci scusi Signora, l'abbiamo fatta 'iama' pe' il caso della spariz-ione del Della Robbia... ci hanno detto che è lei 'vella che apre le procedure pe' lo spostamento delle opere.>

La signora <Beh si, me ne occupo io, ma nel caso specifi'o un è stato aperto nulla... oltretutto 'vel giorno, me lo ri'ordo bene, è mancata la luce pe' un bel pezzo e 'vi tennologi'amente siamo ri-masti in dietro, ai tempi... dei Della Robbia pe' intenderci, 'vindi mancando la luce non funzionano i computer e le procedure deano esse' fatte a mano.>

Sandra e Giulia, sono a spasso per le vie dei negozi.

Sandra <Guarda la signora gallerista di ieri, sempre elegante... tanto elegante lei 'vanto ridi'olo 'vel tipino ciccione che ci parla.>

Giulia <è sì, è lei, 'vi dietro c'è "Art Florenzi" la sua galleria, ma... 'vel tipo che dici tu è il Corto!>

Sandra < Davvero? 'Vando ci parlavate io ero in bagno.>

Sandra <sembra che parlino animatamente... senti Giulia me un m'hanno visto nessuno de' due 'vindi un mi 'onoscono, può esse' che siano impli'ati nella faccenda, mi avvicino e vediamo se capisco il che di'ano.>

Sandra facendo finta di guardare la vetrina che era dietro ai due si mise ad origliare in maniera talmente evidente che l'amica Giulia si mise a ridere davanti alla scena.

Capì poco, ma quel poco che basto' per rendersi conto che par-lavano proprio del furto del Bargello.

Pochi minuti dopo il Corto prosegui' a piedi, Sandra e Giulia lo se-guirono. Si fermò presso la bottega di un elettricista, entrò e sub-ito ne usci con un tipo con cui discuteva nervosamente, anche lui piccolo e piuttosto somigliante.

Poco dopo Il Corto salutò l'elettricista e si incamminò con le due donne alle costole anche se lui non si accorse di nulla. Girò all'an-golo, estrasse dalla tasca delle chiavi, Sali su un furgone e se ne andò in una nuvola di fumo.

Sandra e Giulia, non hanno altro da fare e decisero di telefonare ai mariti.

Giulia <Ciao Gino, andiamo a mangia' da "30"?>

Il locale prendeva il nome dal numero dei posti a sedere.

Gino <Va bene ci troviamo li fra po'o.>

Dopo aver ordinato da mangiare, Sandra cominciò a raccontare l'episodio del Corto con la gallerista, e poi quello con l'elettricista che gli somigliava.

Paolo <Pronto Marione, come va?>

<Tutto bene, le indagini?>

Paolo <Ma? 'Sa v'oi che ti di'a, abbiamo 'onosciuto il restauratore di fiducia del Bargello, ma nulla di parti'olare, forse ha un figlio o un fratello elettricista, è mancata la luce al Bargello il giorno della sparizione e il Del Corto, era nel museo. La 'oincidenza della 'orrente che mancava mi ri'onduce all'elettricista, tutto'vi... anzi no, una gallerista molto 'onosciuta a Firenze è stata sentita dalla Sandra parlare con il restauratore della sparizione.>

Marione <Si, ma chi è il Del Corto?>

Paolo <è il restauratore che diamine!>

La mattina dopo, mentre i quattro facevano colazione e pianificavano la giornata squilla il telefono di Paolo.

<Pronto Ugo? Qual bon vento...>

<Ciao Paolo, sarà una 'oincidenza, Ma ieri dopo la telefonata di Marione abbiamo parlato dell'elettricista e del blake outte ar museo, e mi è venuto in mente che po'o tempo fa sul giornale c'era una notizia di un tale elettricista fiorentino, le cui iniziali sono Del C. P. trovato in una bisca clandestina 'vi ner pisano. Il tale, gio'atore incallito, è stato più volte denuncia'o e fermato pe' truffa e tentata rapina.>

Paolo <Grandi ragazzi, 'veste notizie e quelle di Sandra e della moglie del mi' 'ollega, credo che daranno una svorta all'indagini.>

Sorridente Paolo si rivolge alla compagnia <Sembra che un elettricista fiorentino le cui iniziali potrebbero corrispondere a 'velle del nostro, sia stato beccato nel pisano qualche giorno fa in una bisca illegale e che più volte ha avuto a che fa' con la giustizia.>

Gino <Si mi ri'ordo...un mesetto fa, ora telefono pe' sape' come si 'iama.

Gino mette in viva voce per far sentire anche gli altri.

<Pronto Sono Messeri, mi passi Laudano?... Senti Laudano, ti ri'ordi cognome e nome di 'vel disgraziato che avevate pizzi'ato più volte a rubà e a fare piccole truffe pe' pagà i debiti di gio'o?>

<Certo, si chiama Del Corto Pietro.>

Gino <Grazie, grazie che bella notizia...>

Paolo <Piano piano ci s'arriva a risolve', 'onvochiamo i due.>

L'indomani ore undici in commissariato.

Paolo <Buongiorno Gino, a che ora è l'interrogatorio de' due... fratelli?>

Gino <No... padre e figlio, il gio'atore incallito è proprio il giovine. Dovrebbero esse' già qui, ah eccoli.>

Paolo <Buongiorno signori...allora accomodatevi prego.>

I due erano visibilmente contratti e a disagio.

Gino <Lei signor Pietro è elettricista e ha un incarico al museo, questo è quanto ci risulta.>

Il giovane <S...si ommissario, ma...ma 'vesta è una 'olpa?>

Paolo <Un abbia troppa fretta...nessuno per ora è indagato.>

<il giorno della sparizione del "Della Robbia" Lei era al Bargello? Ci risulta che pe' una mezz'ora è mancata la 'orrente.>

Il giovane Del Corto <Si c'ero, mentre il mi' babbo facea il giro delle sale pe' controllà le statue, io cercavo di risolve' il problema elettri'o.>

Gino <Ir guasto era interno al Bargello, perché non ci risulta sia mancata la 'orrente nel vicinato.>

<So' saltati i salvavita, probabilmente un accumulo di energia.>

Paolo <'Vindi rimessi a posto i salvavita è rientrato il problema?>

<Si, è così.>

Paolo <Va be', potete andare.>

A pranzo naturalmente la discussione dei quattro era come al solito orientata sulla faccenda del Bargello.

Paolo <L'elettricista c'ha detto che erano saltati i salvavita e che...>

Sandra intervenne prontamente <Anche a casa nostra 'valche volta è successa la stessa 'osa, ma pe' alzà du' pulsanti un ci vor mi'a mezz'ora? Du' se'ondi so' anche troppi.>

Paolo e Gino si guardarono e all'unisono... <Ha ragione 'vi le 'ose

un tornano.>

Paolo <Ricostruiamo: padre e figlio sono al Bargello, manca la luce pe' mezz'ora, tempo più che sufficiente pe' portà via un oggetto relativamente piccolo come 'vello in questione. Il figlio elettricista impiega una balla di tempo pe' rimette' a posto i salva vita: questo fatto induce a sospettà che l'abbi fatto apposta, magari pe' impedire di verbalizzare sul computer lo spostamento e ovviamente pe' un fa' funziona' il sistema d'allarme. Il Corto parla animatamente della faccenda con la gallerista, pole esse' che anche lei sia impli'ata… io pe' un sape' ne legge' ne scrive', indagherei sulla gallerista, il mi' naso sente puzza di bruciato.>

Gino <So' d'accordo, domani do inizio all'operazione che chiamerei invece che "Il Mostro di Firenze… Il Corto di Firenze".>

Non fu difficile ricostruire la torbida relazione amorosa della signora Milena Florenzi, la gallerista, con un noto malavitoso dedito oltre che a traffici illeciti, anche a prestare soldi con interessi impossibili ai disgraziati, come il figlio del povero Corto, talmente impossibili che i due, padre e figlio presi dalla disperazione furono costretti a organizzare sotto la regia della signora Florenzi, la sparizione del capolavoro del Della Robbia. Se non fosse stato per la tenacia e le capacità di Paolo, Gino, Sandra, Giulia e gli amici del Bargello, ops ho sbagliato, volevo dire Bar Gello, forse l'opera sarebbe sparita irrimediabilmente nei meandri dei traffici illeciti come tanti altri nostri capolavori mai più ritrovati.

È ora di tornare a casa, l'indagine vacanza si è conclusa nel migliore dei modi, non resta che festeggiare. Paolo decide di invitare l'amico Gino e sua moglie a Pisa per una cena, invitati erano pure gli amici del Baretto che ebbero così l'opportunità di conoscere la simpatica coppia. La cena si svolse nel ristorante "La Torre pendente", il cui piatto forte è la tagliata di "Mucco Pisano", un'antica varietà di bovino della omonima terra pisana. La serata fu quindi incentrata sul confronto "Bistecca alla fiorentina, chianti, contro Mucco Pisano Rosso di Terricciola.

Paolo <Boia, 'vi la lotta si fa dura, ir Mucco e ir vino Pisano so' boni pe' davvero, ma la fiorentina er chianti anco loro un scher-

zan mi'a, 'vindi proporrei un pareggio che mi pare la 'osa più che giusto, e se alzate i calici, invece brindiamo alla nostra amicizia, perché… 'vella sì che un la batte nessuno.

Il ragazzino Napoletano

"Ma che caldo... 'vest'anno un finisce più! E' settembre da diversi giorni e oggi sono previsti 33 gradi. Meno male che so' in pensione, con questo clima è dura riprendere a lavorà dopo le ferie" Paolo pensa fra sè.

Amulio <Lo v'oi un caffè?>Paolo <Perchè no, dai.> "Certo Amulio il problema di ri'omincià a lavorà un ce l'ha mai avuto... un ha fatto nulla in tutta la su' vita". <Grazie Amulio, ora de'o scappà, c'ho da portà i ragazzi a scherma, oggi si ri'omincia l'allenamenti...><Ragazzi avete preparato le borse con i fioretti e tutte le altre robe?>

<Si nonno.>

Paolo <Andiamo.>

Durante il tragitto, nello specchietto Paolo vedeva i nipoti eccitati, si notava proprio che la scherma piaceva loro e questo lo rendeva felice. Da ex atleta di fioretto, Paolo non poteva chiedere di più.

Paolo <Buongiorno Antonio, allora si ri'omincia?>

Il maestro Antonio <Dé... e vorrei vede'! Hanno fatto le ferie e ora bisogna ri'omincià. 'Vest'anno poi le gare arrivan' presto.>

Un folto gruppo di mamme, nonni, papà e, naturalmente, ragazzi in divisa da scherma, affollano gli spazi antistanti la palestra. Fa molto caldo, il Maestro Antonio e suo figlio, maestro pure lui, decidono di cominciare con un po' di ginnastica e di "affondi", gesto tecnico fondamentale di questo sport, sul prato antistante la Palestra.

In quel brulicare di persone, Paolo nota un ragazzino piccolo e gracile, con i capelli tutti arruffati sulla testa, pantaloni e maglietta modestissimi a cavallo di una biciclettuccia parecchio scassata. Lo rivide anche i giorni a seguire. Chissà perché gli entrò in testa a tal punto che tutti i santi giorni che accompagnava i nipoti, lo cercava con lo sguardo e regolarmente lo trovava in mezzo alla gente. Era così minuto che bisognava avvicinarsi a lui per vederlo.

Il ragazzino, con occhio attento e sognante, seguiva ogni mossa che i maestri chiedevano ai loro allievi, belli e curati nelle loro divise tutte bianche, con la maschera da scherma e i fioretti o le spade in mano.

Paolo gli si avvicinò e flettendosi sulle ginocchia per porsi alla sua altezza gli chiese: <Ciao, come ti 'iami?>

Il ragazzino <Salvatore.>

Paolo <Conosci la scherma?>

<L'ho vista alla televisione> disse con accento del sud, e subito girando il manubrio della bici ... <ciao, devo andare a casa dalla mia mamma.>

I giorni successivi, Paolo lo vide e lo rivide tutte le volte che accompagnava i nipoti. Il ragazzino gli faceva tenerezza con quel suo sguardo sognante. Seguiva ogni mossa con interesse e allo stesso tempo con rassegnazione, consapevole del fatto che quello era un mondo forse per lui inaccessibile.

Paolo gli si avvicinò nuovamente <Perché non provi anche tu invece di stare li a guardare... ti piacerebbe?>

Il ragazzino <Ho chiesto se potevo a papà e mamma, ma loro dicono che abbiamo pochi soldi e servono per mangiare.>

Paolo <Da dove venite?>

Salvatore <Da Giugliano, vicino a Napoli.>

Paolo torna a casa <Sandra, sai mi'a se i nipoti hanno ancora la vecchia attrezzatura da scherma?>

Sandra <Senti, ho rimesso a posto la roba prima che ri'ominciassero ad andà in palestra, 'osa ni serve?>

<Niente, un è pe' loro, ma ne avevo bisogno pe' un bimbo che v'ol prova'... me la tireresti f'ori?>

La mattina al baretto durante una sfida a briscola tra Paolo e Marione, entra un uomo dall'aspetto dimesso con un ragazzino.

L'uomo al barista <Per favore un pezzetto di focaccia per la merenda del bimbo, oggi ricomincia la scuola.>

Paolo riconobbe l'accento campano, alzò gli occhi dalle carte e riconobbe Salvatore, che aveva uno zainetto mezzo logoro sulle spalle.

Mentre stava perdendo la partita a carte perché si era distratto, chiese al sorridente Marione che invece stava per vincere il suo caffè…<Sai chi è 'ver tipo?>

Marione e Ugo in coro e a bassa voce <è un calzolaio che c'ha una bottega in via Lucchese a Pisa, ma pare che un abbi ingranato perché si mormora che sia figlio di un camorrista dalle parti di Napoli e la gente sai…>

Con l'inizio della scuola gli allenamenti sono spostati al pomeriggio, ma Salvatore è sempre lì, a seguire con attenzione ogni movimento.

Paolo si avvicina <Ciao Salvatore… io 'asomai mi 'iamo Paolo, sono il nonno di 'vel ragazzo e 'vella ragazza che vedi sulla pedana 3. Ti va di provà?>

Salvatore <Si, ma non so se il mio papà vuole.>

<Senti domani mattina prima di scuola passate al bar a comprare la merenda?>

Salvatore <Si.>

Paolo <Domani lo 'iedo al tu' babbo, va bene?>

Salvatore rispose con un sorrisone che gli andava da un orecchio all'altro.

Paolo <Allora sai anche ridere? Che bello, se convinciamo ir tu' babbo vedrai 'ome ti diverti… e ti di'o, sarei 'ontento anch'io!>

La mattina successiva Paolo come al solito è al baretto. Non gioca a carte con gli altri perché è in attesa di Salvatore e suo padre. Quando i due arrivano, Salvatore indica Paolo all' uomo e… <Buongiorno signore> Dice il padre del bimbo.

Paolo risponde cordialmente al saluto.

<Mi chiamo Gennaro Bianco, sono il padre di Salvatore. Il ragazzo mi ha detto di lei e della sua gentile proposta di fargli provare a fare o spadaccino. Noi siamo di Giugliano, vicino a Napoli, abbiamo scelto di venire a vivere in Toscana, siamo qui da non molto e sa… non ho ancora ingranato col lavoro… ho moglie e tre figli… Salvatore è il più piccolo.>

Paolo <La Toscana è di mentalità piuttosto aperta, strano che un riuscite a ingranà.>

<Mi vergogno a parlarne, ma… lei mi ispira fiducia e quello che sto per dirle tanto lo sanno tutti… deve sapere che sono figlio di

un camorrista, sono stato... cacciato, si è la parola giusta, da mio padre e tutto il resto della famiglia per aver sempre rifiutato di vivere come loro. Mia madre è morta cinque anni fa, uno dei miei due fratelli è morto ammazzato e "il vecchio", cioè mio padre, è latitante da tempo. È per questo che ci siamo trasferiti.>
Paolo <Questo che mi dice le fa molto onore...>
<Si, è vero, ma l'onore non si mangia caro lei. Io ho una piccola attività di calzolaio che, come le ho detto, non va per niente bene. Le voci corrono... la gente sa da che situazione veniamo e il marchio che porto addosso impedisce a tutta la mia famiglia di integrarsi. Anche mia moglie che è sarta, non riesce ad ingranare; i figli sono scansati dagli altri ragazzi e per questo soffrono tantissimo. Pensi che proprio Salvatore quando eravamo giù, a scuola era il più bravo della classe e qui non riesce proprio in nessuna materia. Un disastro... e io vivo questa situazione con grossi sensi di colpa.>
Paolo <Senta, stia tranquillo, io so' pensionato...>
Il Bianco <Che cosa faceva di lavoro?>
<Ero 'ommissario, facevo l'indagini e ancora dò una mano ai colleghi che mi 'iamano pe' ave' il mi' parere. 'Ome dice'o so' pensionato, mi piace lo sport e sono fermamente 'onvinto che sia un ottima terapia pe' casi 'ome 'vello di Salvatore, un bimbo che si merita di crescere allegro e sereno insieme a tutti gli altri. Se Lei mi dà l'ok, vorrei falli prova' la scherma.>
Salvatore <Dai papà, posso?>
Il padre <Va bene... prova, ma non hai l'attrezzatura...>
Paolo <Stia tranquillo, penso a tutto io... allora Salvatore ti aspetto stasera alle cinque e mezzo.>
Salvatore tutto sorridente salutò e disse <Grazie, a stasera.>
Paolo <Sandra, l'attrezzatura in do' l'hai messa?
<Sulla sedia nell'ingresso, ho trova'o anche una vecchia borsa sportiva, è tutto lì dentro.>
<Moglie, senza di te 'osa farei...>
Sandra <Meno male che te ne accorgi.>
<Nipoti si parte?>
<Si nonno, ma 'vella borsa, di chi è?
Di un ragazzino napoletano che viene sempre a vede' gli allenamenti e lo voglio fa prova'.>

<Ma è antipati'o, un saluta mai.>
Paolo <è timido, è una 'osa diversa.>
<Antonio, ti presento un nuovo allievo, si 'iama Salvatore.>
Antonio si china mettendosi all'altezza del bimbo e sorridendo
dice <Buona sera Salvatore ti ho visto spesso 'vi a guarda' l'allenamenti, la divisa ti sta un po' larghetta ma tanto cresci e vedrai
che ti verrà perfetta.>
I giorni passavano, gli allenamenti con il loro ritmo giornaliero
impegnavano Salvatore che aveva preso la cosa molto seria-
mente.
Il maestro Antonio <Senti Paolo, il ragazzino ci mette impegno,
ma un po' un c'ha il fisi'o e poi un mi pare che ci sia trombato pe'
questo sporte.>
Paolo <Presto ci so' le gare…vediamo.>
Una sera, Salvatore arriva in palestra accompagnato dal padre.
Paolo <Buonasera signor Bianco, qual bon vento?>

<Sono passato a portare un poco di soldi, non c'ho tanto ma meg-
lio di niente…>
Paolo <Senta, io le ho proposto di portà su figlio a fa' scherma,
non pe' trovà un altro cliente alla palestra, io voglio bene a tutti
i bambini, e se posso cerco di farli cresce felici e contenti, che
siano mi' nipoti non ha importanza. Stia tranquillo, ci pensiamo
io e il maestro Antonio.>
Il padre di Salvatore <grazie, grazie davvero, lei è una gran brava
persona.>
Paolo <Attenzione però, quando avrò bisogno di aggiusta' le mi'
scarpe, voglio lo sconto… ahahah.>
<è il minimo che io possa fare per sdebitarmi un pochino.>
Il tempo scorre veloce e Salvatore è riuscito, grazie anche alle
capacità di Paolo e del Maestro Antonio, ad entrare in sintonia
con i ragazzi della palestra. Anche a scuola, qualche timido segnale positivo comincia a farsi breccia, con la gioia dei suoi genitori.
Arriva il giorno della prima gara che, fortunatamente, è organizzata nella vicina Pontedera.
Antonio <Caro Paolo, i ragazzi chi più chi meno so' 'uasi ar toppe.
Salvatore mi dà pensiero, un vorrei che n'andasse male la gara e
ne subisse dei 'ontraccolpi pissio'logici. È un bravo figliolo, ma

è un fuscello, e poi è po'o che ha cominciato... e per altro 'ome t'avevo detto mi pare anche che un sia portato.>

Paolo <Stai tranquillo, vediamo, domattina partiamo 'ome al solito in combriccola 'osi intanto i ragazzi stanno insieme.>

Ore sette; il maestro Antonio <Ci siamo tutti? Un vi siete dimenti'ati nulla? Fioretti, maschere passanti...>

Salvatore è in compagnia del padre, visibilmente imbarazzato nella situazione per lui inconsueta.

Arrivati al Palasport di Pontedera, luogo di gara, i ragazzi con borse e attrezzature varie entrano scherzando e ridendo come sempre. Salvatore, alla vista delle pedane, degli arbitri vestiti di nero, con la musica assordante negli orecchi, comincia a diventare serio.

Paolo si avvicina <Non preoccuparti, è la prima gara, poi si fa l'abitudine.>

Antonio raduna i ragazzi per la solita chiacchierata di incoraggiamento e si sincera che Salvatore abbia capito come si svolge la gara visto che è alla prima esperienza.

Tutti i partecipanti sono a fare il riscaldamento, quando una voce femminile dice al microfono <Gli atleti si portino alle rispettive pedane fra dieci minuti avranno inizio i gironi preliminari.>

Salvatore si dirige alla pedana sette visibilmente emozionato. Quando tutti sono in posizione, rimbomba come sempre l'inno di Mameli alla fine del quale, dopo un applauso, la voce al microfono dice... <Gli assalti dei gironi possono avere inizio.>

Paolo, si dirige verso la pedana del novello schermidore, non curandosi per la prima volta dei nipoti.

Viene chiamato in pedana Bianco Salvatore. L'assalto nei gironi prevede la vittoria a chi arriva per primo alla quinta stoccata con tre minuti di tempo a disposizione.

Ha inizio il combattimento. Primo punto per l'avversario, secondo e terzo ancora per il suo rivale, poi finalmente arriva il primo punto per Salvatore.

<Dai Salvatore... dai> urlò Paolo.

Purtroppo il primo assalto si chiude con la vittoria dell'avversario.

Il padre di Salvatore <Chi ha vinto? Non ci capisco nulla.>

Paolo <Purtroppo Salvatore a perso il primo combattimento, ma ce ne sono ancora tanti.>

Anche il secondo e terzo assalto hanno la stessa sorte, Salvatore è visibilmente demoralizzato ma... si presenta a fondo pedana il maestro Antonio che dice...<Salvatore, io so' qui dietro di te, se ascolti i miei 'onsigli durante l'assalto, vediamo di fa' 'na vittoria.>
L'arbitro <Bianco e Galli in pedana.>
L'assalto ha inizio, primo punto per Salvatore, secondo e terzo per Galli, Antonio dà i suoi preziosi consigli che Salvatore traduce in punti a suo favore.
Un urlo a squarcia gola di Paolo, Antonio e dell'incredulo Salvatore! L'assalto è vinto, il giovane moschettiere ottiene la prima vittoria sia pur nel girone preliminare; è rotto il ghiaccio.
Alla fine, le vittorie diventano due su cinque.
<Un bel risultato pe' un esordiente> borbottano Antonio e Paolo con il padre di Salvatore che, pur non avendo capito nulla durante gli assalti disputati, era ugualmente eccitato perché aveva intuito che le cose si erano messe bene.
Paolo a Salvatore e suo padre <Ora 'ominciano le dirette, vince chi arriva prima a 15 e ci so' tre tempi di tre minuti. Se allo scadere del terzo tempo nessuno è arrivato a 'vesto punteggio vince chi ha fatto più stoccate.>
Il microfono < Bianco e Parenti alla pedana cinque.>
Antonio <Ti voglio vedè determinato, ma allo stesso tempo 'orretto, si vince e si perde, ma la 'orrettezza prima di tutto, chiaro?>
<Si Maestro.>
L'assalto inizia, la lotta è furibonda, i punti scorrono via da una e dall'altra parte. L'avversario è una peste e coglie ogni occasione per provocare Salvatore e indurlo all'errore. Dal canto suo Salvatore mantiene la calma e allo scadere del secondo tempo mette a suo favore la quindicesima stoccata e di conseguenza la vittoria.
È un tripudio, tutti sono felici, Antonio, Paolo, i compagni di palestra e il padre, che come prevedibile aveva capito ben poco non conoscendo per niente le regole del fioretto.
Passa mezz'ora e... di nuovo in pedana con un'altra squillante vittoria.

Antonio <Mi raccomando ragazzo, un ti montà la testa, nello sporte 'ome nella vita, le sconfitte sono maggiori delle vittorie, ed è proprio dalle sconfitte che gli esseri umani traggono i migliori insegnamenti.>

Solo nella terza diretta Salvatore assaporò l'amaro boccone, aveva perso. Ma incassò molto bene, perché consapevole di aver comunque fatto una bella prima gara.

I complimenti arrivarono da tutti, compagni, Paolo, alcuni genitori, ma in particolare da Antonio, che aveva più volte dubitato delle possibilità del nuovo allievo… e si era dovuto ricredere.

Sulla strada del ritorno in macchina, Salvatore al padre…<Che bello, non vedo l'ora che ci sia un'altra gara, è divertentissimo!>

Il padre <Anche per me è stato bello, anche se non ci capivo niente.>

Gli allenamenti proseguono giorno dopo giorno. Salvatore è trasformato, più sicuro di sè, allegro e vivace come è giusto che sia un ragazzino della sua età. Anche in famiglia le cose stavano mettendosi bene. Il padre cominciò a lavorare di più grazie alle conoscenze fatte in palestra e che si erano tramutate in clienti. Così fu anche per la mamma, che da ottima sarta cominciò a farsi apprezzare dai genitori dei compagni.

Qualche sera dopo in palestra, fra il rumore metallico delle spade e dei fioretti che si incrociano sulle pedane e quello degli apparecchi elettrici, Antonio chiama Paolo <La prossima gara è a Napoli, dobbiamo organizza' la trasferta.>

Paolo <boia, a Napoli? Pe' Salvatore sarà un problema, la su' famiglia è venuta a vive qui pe' non continuà la tradizione di famiglia.>

<Cioè?>

Paolo <Un sai nulla? Il nonno è un noto 'amorrista.>

Antonio <Si avevo 'apito 'valcosa, ma un crede'o fossero 'osi coinvolti.>

Paolo <'Omunque parlo con su' pà e vediamo.>

La mattina seguente al bar Gello, Paolo come al solito davanti alla colazione parla con gli amici.

<Sto aspettando il padre der bimbo napoletano perché c'è na gara di scherma a Napoli e co' su' precedenti un vorrei che rinunciasse.>

Marione <Non hai un collega laggiù che ti possa 'onsigla' 'ome fa'?>

Paolo <Beh, in effetti 'onosco Gaetano Gargiulo, che è proprio un bravo guaglione, si, 'vasi 'vasi lo 'iamo.>

Nel mentre arrivarono Salvatore e suo padre.

<Buongiorno> disse Paolo, <'ome va il nostro atleta?>

Il padre <Siamo contentissimi, mi creda. Da quando c'è stata la novità della palestra, tutta la famiglia ne ha avuto un beneficio.>

Paolo <Si ho sentito, tutto 'vesto mi fa piacere ma... c'è una gara nazionale...>

Salvatore< <Nazionale... vuol dire... di tutta l'Italia e quindi importante...>

<Proprio 'osì, ma c'è un problemino...>

Il padre < Se è pe' le spese della trasferta non ci sono problemi, in qualche maniera le affrontiamo.>

Paolo <No no, il problema che di'o io è un altro...la gara è... a Napoli!>

Il signor Bianco inghiottì nervosamente e assunse un'espressione molto preoccupata.

Paolo <Dai un disperiamoci prima del tempo, vediamo 'ome si pole fa'. Intanto telefono ar mi' ami'o Gargiulo che mi darà si'uramente dei 'onsigli.>

Il Bianco <Chi è Gargiulo?>

<Un ami'o 'ommissario che lavora dalle vostre parti.>

Marione Ugo e Amulio, sono seduti ad un tavolo del bar.

Marione <Dai metti in viva voce 'osi sentiamo anche noi.>

Paolo <Boia, ma siete proprio 'uriosi dè! Va be' che l'idea di 'iamà è vostra, ma 'vi si parla fra commissari che si possan dì anche delle notizie riservate... sto scherzando, dai, sentiamo se il mi 'ami'o risponde.>

Il telefono suona <Pronto Gaetà...>

<Chi... ma sei tu Paolo, che piacere! Quanto tempo che non ci sentiamo, so' che sei in pensione, tutto bene?>

Paolo <Sì dai, un mi posso lamentà. Ti 'iamavo perché ho un problema...>

Paolo raccontò tutto all'amico, e....

<Senti Paolo, noi da molto tempo monitoriamo i Bianco. Sappiamo anche della presenza a Pisa del figlio... come si chiama...

ah sì, Gennaro, e della sua famiglia, ma loro sono brave persone che hanno da sempre manifestato la volontà di vivere onestamente. Proprio per questo sono venute in Toscana. Il vecchio Boss... Ignazio, padre di Gennaro, è latitante da tempo e chissà se sapendo che il nipote fa una gara sportiva a Napoli non abbia voglia di rivedere i nipoti e magari suo figlio per una resa dei conti.>
Paolo <E chi glielo dice...>
Gaetano <Stai tranquillo, loro sanno sempre tutto... magari è la volta buona anche che lo becchiamo.>
Paolo <Ma un mettiamo mi'a a rischio il ragazzino e la su' famiglia?>
<Stai tranquillo, metterò su un sistema di controllo tale che sarà impossibile raggiungere sia il posto dove alloggerete che quello dove sarà fatta la gara.>
Paolo <Senti, noi arriviamo venerdì, dormiamo presso una pensione che si iama "La Ginestra" a Pozzuoli. Sabato la gara è al "Pala Grignani", in via Olimpiadi.>
Gaetano <Ce la fai a venire venerdì in fine mattinata così mangiamo insieme e ti spiego il piano?>
<Si> Rispose Paolo, <vengo in treno. Se ri'ordo bene il tu' 'omando è nei pressi della stazione centrale...>
<Esatto, quando esci dalla stazione è a pochi passi.>
Paolo chiude la telefonata, gli amici borbottano, <la situazione è compri'ata, dè!>
<Ragazzi, chi di voi parla con 'varcuno della telefonata lo accoppo... so' stato 'iaro?> Disse Paolo.
Amulio <Va beh, ma te tienici informati.>
<Sandra hai parlato co' figlioli, generi e nipoti della partenza pe' Napoli?>
<Si tutto organizzato.>
Paolo <Ecco, appunto, io un ci so'.>
<E perché?> Disse Sandra.
<Perché devo andà da Gargiulo> fece Paolo
<Da Gargiulo? Chi, ir fruttivendolo?>
Paolo <Macchè fruttivendolo... è un mi' 'ollega di Napoli!>
Sandra <Hai trovato da fa' anche lì?>
<Beh in un certo senso. Sai che Salvatore, il bimbo napoletano è nipote di un boss della camorra pe' altro latitante.>

<Si, e allora?> disse Sandra.

<Allora mi è venuto in mente che possa succede' 'varcosa di po'o piacevole e ho chiesto ar mi 'ollega come si pote'a fa'. Lui mi ha 'iesto di raggiungello venerdì a pranzo pe' espormi ir piano di si'urezza. Per altro stasera davanti a tutta la palestra voglio rende' pubbli'a la 'osa, in modo da agi' nella 'orrettezza.>

La sera, contrariamente a quello che pensava, incredulo, Paolo raccolse il benestare di tutti.

Venerdì. <Sandra, allora mi porti alla stazione?>

<Si Paolo, andiamo.>

Era tanto che non viaggiava in treno, il viaggio fu piacevole e rilassante.

Attraverso il finestrino sbirciava il paesaggio. Era mattina e i colori inequivocabilmente mostravano i segni di un cambio di stagione.

Arrivò a Napoli verso l'ora di pranzo. Quando uscì dalla stazione fu subito incuriosito e al contempo divertito dalla confusione e dal gran vociare in dialetto dei venditori ambulanti...

" Ao, pummarole e frutta signu' assaggiate' si pagga aropp".

"Ma dove sarà 'vesto 'ommissariato, boia, tanto è facile raccapeza'ssi con 'vesta 'onfusione".

Squilla il cellulare <lei è o' commissariò Benvenuti?>

<Si.> risponde Paolo.

<Si volti in aret.>

Paolo gira il capo e...<Ciao Gaetano, 'ome stai bene, hai ancora tutti i 'apelli dè, vedi 'ome so' ridotto io!>

Gaetano <Ma ca' dice, te truov benissim. Jamme o' mie uffici, teng fatto purtà caccos ra mettèr sott' e' denti.>

Arrivati in Commissariato, Gaetano <E' meglio che io parli in italiano, altrimenti capisci fischi per fiaschi e magari sucede un casino.> <Allora, ho predisposto un servizio di sicurezza intorno all'albergo dove alloggiate e ci saranno agenti in borghese anche dentro, nessuno si accorgerà di nulla. Il giorno della gara, poi, ho organizzato agenti in borghese e in divisa in due cerchi concentrici intorno al palazzetto. Per fortuna intorno all'edificio non ci sono case e palazzi cosi è più difficile avvicinarsi senza essere visti. Naturalmente le pattuglie sono predisposte anche al controllo delle macchine degli atleti, non si sa mai che.... 'sti de-

linquenti si avvicinassero travestiti da moschettieri.>
Paolo <Mi raccomando, so' tutte famiglie co' ragazzini e... fra 'vesti ci so' anche i mi' nipoti...>
La sera in albergo, Paolo, anche se non ne aveva molta voglia, cominciò a fare il giullare per tenere alto il morale della compagnia.
Sandra < Dè Paolo, ma hai bevuto? Stasera mi pare che tu faccia parecchi discorsi a bischero.>
Paolo <O Sandra, ma un vedi che la 'ompagnia è preoccupata? Cerco di tene' tranquilla la gente, dè.>
La mattina alle sette, tutti a far colazione. C'è chi non mangia per l'emozione della gara imminente, chi invece sparisce dietro a enormi fette di pane e nutella., chi beve succhi di frutta... insomma, tutto nella norma. Forse la notte tranquilla aveva risollevato un po' gli animi degli accompagnatori dei ragazzi, consapevoli della situazione non proprio usuale. Questo valeva anche per il ragazzino napoletano e suo padre.
Il maestro Antonio <O via, si va al palazzetto?>
Il solito trambusto dei ragazzi si unì a quello che già a quell'ora pervadeva le vie di Pozzuoli. La Carovana di macchine, inconsapevolmente scortata, si avviò verso il luogo di gara.
Paolo guardava nervosamente fuori del finestrino. Il percorso gli sembrava non finire mai.
<Dè, ma 'vanto manca? È un sacco che camminiamo!>
Nei pressi del Palazzetto, furono fermati da una pattuglia che controllò i documenti.
Paolo, sorridendo, ringraziò gli agenti e tirò un sospiro di sollievo. Ora si sentiva più sicuro, ovviamente non per sè, ma per i ragazzini e i loro accompagnatori.
Entrarono finalmente nel palazzetto. La confusione, come sempre nelle gare nazionali era enorme. Ragazzine e ragazzini, provenienti da ogni angolo dello stivale, indossavano le divise aiutati dai genitori. Comincia il riscaldamento. Antonio osserva con occhio esperto uno per uno tutti i suoi allievi. <Speriamo bene> disse a Paolo, <sai le gare 'osi numerose possano esse' compri'ate pe' chiunque.>

Paolo < Che scaramaanti'o che sei...veste 'ose le dici a ogni gara, e poi va sempre tutto bene.>

Antonio <Boia dè, Paolo un le di' 'veste 'ose...porta male!>
Una voce femminile al microfono <Il dottor Benvenuti è desiderato in direzione di torneo.>
<Io in direzione?> molto meravigliato, Paolo si diresse verso la scrivania dei giudici, domandandosi perché lo avessero chiamato. Arrivato, una gentile signora lo accompagna in una stanza dove, con sua sorpresa, trova l'amico Gargiulo.
<Ti ho fatto chiamare perché ho provato a contattarti al cellulare ma non rispondevi.> Paolo guarda ed in effetti trova cinque chiamate del collega che non aveva sentito a causa del rumore assordante del palazzetto.
<C'è una grossa novità.> disse l'amico Gargiulo...>
<È...successo 'varcosa?> Disse Paolo con evidente preoccupazione.
<Sì, ma stai tranquillo, è successa na bella cosa... il vecchio Boss si è consegnato a noi chiedendo in cambio solo di vedere il figlio e i nipoti dopo la gara.>
Paolo tira un sospiro di sollievo <Meno male, ma dove avverrà l'incontro?>
<In una stanza qui nel palazzetto.>
Paolo <Penso e spero che tu debba fa' li straordinari. Di solito i nostri ragazzi fanno bene, 'vindi più vanno avanti nella gara e più tardi si fa.>
Detto fatto, la gara fu lunga ed estenuante. Salvatore, dopo aver concluso i gironi con un ottimo risultato di 4 vittorie e una sola sconfitta, era al settimo cielo. Anche nelle dirette fece un capolavoro. Una via l'altra vinse tutti gli assalti. Il Maestro Antonio con Paolo e il padre di Salvatore increduli e felici festeggiarono il ragazzino, che era approdato all'assalto per entrare nei 4 finalisti.
La gara si faceva a questo punto durissima, perché il tabellone crudele indicava una semifinale con Ulivi, compagno di palestra, e nell'altra semifinale c'era Giacomo. Se tutti e due vincevano, l'assalto per la vittoria era tra loro due.
"Se vanno in finale pe' chi tifo?" pensò Paolo.
Squilla il telefono <Pronto chi è?> Disse Paolo.
<So' Marione, siamo 'vi al baretto tutti l'amici, volevamo sapè 'ome vanno le 'ose.>
Paolo <Meglio di 'osì è impossibile. I ragazzi stanno facendo

'ome al solito una bella gara 'ompreso Salvatore, il bimbo Napoletano... e poi c'è 'na notizia bomba....>
<E diccela, un ci fa sta sulle spine dai...>
<Ir Boss, ir nonno di Salvatore insomma, s'è costituito e in cambio ha 'iesto solo di pote' vede' il figlio e i su' nipoti.>
Marione <Lo senti l'applauso dell'amici? Siamo tutti 'ontenti, 'vando ti movi te le 'ose prendono sempre il verso giusto.>
Come volle il destino, Salvatore e il nipote approdarono allo scontro diretto in finale. Una voce al microfono <Bianco e Benvenuti sulla pedana della finale.>
Antonio <Ragazzi, avete già fatto un risultato eccezionale pe' la nostra società. Abbiamo preso si'uramente le prime du' posizioni sul podio, ora sta a voi dimostrare chi merita il primo posto. Io naturalmente sarò neutrale. Mi raccomando, facciamo vedere a tutti la 'orrettezza che mettiamo in campo. Tengo più a vesto che ad ogni artra 'osa, va bene?>
Paolo decise che sarebbe stato neutrale, ma durante l'assalto era in preda ad una esondazione ascellare e quando il nipote faceva punto doveva fare di tutto per non urlare.
Stoccata dopo stoccata, ci si avvicina alla conclusione dell'assalto con perfetto equilibrio. I due arrivano al quattordici pari, manca solo il decisivo quindicesimo punto. Un silenzio irreale cala nel palazzetto, l'arbitro invita i due atleti a mettersi in guardia e... <A voi...>
I due incrociano i fioretti, Salvatore parte in attacco ma subisce l'anticipo dell'avversario, si accende solo una luce, quella che consacra la vittoria del nipote Giacomo. Un boato rimbomba nel palazzetto, Paolo é vicino al padre di Salvatore che come al solito chiese... <Chi ha vinto?>
Paolo <Ha vinto Giacomo.>
Gennaro <Meno male, non mi sarebbe sembrato giusto che vincesse Salvatore. Mio figlio è l'ultimo arrivato e nonostante questo prenderà una medaglia d'argento, sono contentissimo così.>
Paolo <Allora posso urlare di gioia?>
Gennaro <Urli, urli pure la sua gioia dottò, anzi urlo anch'io con lei.>
I due si abbracciarono e la stessa cosa fecero i due ragazzi in pedana, un gesto sincero che strappò una lacrimuccia anche al

vecchio Maestro.
Paolo <Signor Bianco, non le avevo ancora detto nulla pe' non crealle stresse...>
<Mi dica.>
Paolo <Suo padre ha chiesto di vedella co' su' nipoti...>
Gennaro <Ma... ma è latitante!>
<Si è costituito 'iedendo in cambio solo di vedevvi.>
<Dice sul serio?>
<Si, è in una stanza vi del palazzetto guardato a vista dai poliziotti che vi aspetta... voleva che su' nipote facesse prima la gara pe' un turballo.>
<Va bene> Disse Gennaro con aria interrogativa e sospettosa.
Gennaro <Ragazzi, c'è il nonno qui al palazzetto che ci vuole vedere.>
I figli <Davvero?>
I Bianco furono accompagnati da Paolo nel sottosuolo del Palazzetto, dove c'erano gli spogliatoi, i magazzini e tante altre stanze inutilizzate. In una di queste, piantonato, c'era il vecchio Boss.
Quando entrarono, lo videro seduto su una seggiola appoggiato con un braccio a una scrivania. Era un omone grosso con un collo taurino, capelli brizzolati, una camicia aperta sul petto e strettissima sui fianchi a causa di una pancia enorme.
Per un attimo si guardarono senza dire una parola e poi....
<Papà comm stai?>
<Bèn figlie mio.>
Gennaro <Cà è successò?>
Il boss <ra quann site partit tengo comìnciàt a capi' ca' avevì ragìon a nun volère na' vità cumm à mià, sempe nascostò comm nu' sorciò inte'e' fognè, e ppè cosà? Renari, poterè, e ca' me ne facciò sì song sul e sempe nascòst ppe paurà e' esserè catturàt o magarì ammazzàt ra cacc strunz comm me. A vita è un'altr cosà. Tèng datò in beneficènz tuttò chellò ca' avevò guadagnat sullè disgraziè degli altrì e desidèr pagarè ò contò cu a giustìzia a'ma prima volevò rivedèr te e è nipotì, l'unic cosà bellà ca' me è rimàst. >
I nipoti baciarono il nonno che si era pentito e cosi fece anche Gennaro. Tutti avevano gli occhi lucidi, anche il potente boss che, rinnegato il passato, ora desiderava solo scontare la sua

pena per quanto di male aveva fatto nella sua vita. Lo portarono via i poliziotti che lo avevano in custodia, non si voltò più per non farsi vedere piangere.

Gargiulo a Paolo <Ti devo dire, che hai fatto più te con una gara di scherma che io in anni di appostamenti, arresti, intercettazioni. Grazie da tutta Napoli. Del resto come diceva il grande Totò "C'è chi può e chi non può: te Può".>

<Bene> disse Paolo visibilmente imbarazzato ed emozionato, <vediamo se so' sempre in tempo pe' seguì la gara della nipote, un altro po' di stresse a 'vesto punto mi ci vole, boia!>

Suona il telefono, gli amici <Pronto Paolo allora 'ome va'?

Paolo <Va' bene! ir mi' nipote ha battuto in finale il ragazzino napoletano, e 'vindi primi e se'ondi. La mi' nipote sta ancora gareggiando e di 'onseguenza va' molto bene. Il Boss si è consegnato rinnegando il suo passato, e 'vesto è forse il risultato più prestigioso. Ma non è finita 'vi...>

<E cioè?> dissero in coro gli amici che parlavano al cellulare in viva voce.

Paolo <Demani, 'vando torno a i' barre, ce n'è anche pe' voi! Grande briscolata, mi sento in forma, ahahah!>

Il cavallo rapito

Non date retta ai Lucchesi e i Livornesi, Pisa è una bella città e se avete in mente di visitarla, oltre alla Piazza Dei Miracoli i lungarni e tutte le altre bellezze storiche, ricordate di visitare anche il Parco di San Rossore, autentica oasi naturalistica che si trova praticamente a due passi dal centro, in una posizione che non ha eguali in Italia. Vi si trova un ambiente di rara bellezza dove vivono animali selvatici che non è poi così difficile incontrare, e ci sono magnifiche Pinete e alberi rarissimi. Nel 2005 è stato insignito del diploma europeo delle aree protette. Inoltre vi si trova la villa del Presidente della Repubblica e uno storico e magnifico ippodromo. Per arrivare all'ingresso del parco, bisogna percorrere un viale di circa tre chilometri, costeggiato da camminamenti in sabbia che servono ai cavalli per raggiungere le piste di allenamento e da alberi, dietro ai quali si intravedono le innumerevoli antiche scuderie. San Rossore è da tempo immemorabile un centro di svernamento per purosangue grazie anche al suo clima, ed ha ospitato cavalli che hanno fatto la storia dell'ippica mondiale... Ribot ad esempio vi dice nulla?
Paolo e Sandra amano fare lunghe camminate nel parco e, ad essere contento è anche Bullo, il loro cane che con il suo fiuto eccezionale, talvolta è riuscito a scovare qualche lepre che per sua fortuna viaggia ad una velocità impensabile per un cane come lui, che quindi si diverte senza arrecare danni a nessuno.
Amulio <hai visto sulla crona'a di Pisa?>
Paolo <Un ho ancora letto nulla, che è successo?>
<In San Rossore, alla Scuderia Minerva, hanno rapito de' pulledri, in parti'olare Brusio D'Alba, Cicalona, Artic Man e Bruno

Alpino, che so' i avalli più importanti dell'allenatore Salvatore Ginanni detto il "Mago" pe' le sue 'apacità, gli allievi suoi so' sempre favoriti anche se a corre' è 'na capra.>
Paolo <Lo 'onosco personalmente, face'a l'università con me e poi pe' anda' dietro alla su' passione pell'ippi'a, ha fatto prima il fantino nelle 'orse amatoriali e po' dopo l'allenatore... e che allenatore, vince la classifi'a italiana da un mucchio d'anni... mi dispiace. Voglio sentì Mauro Cipolloni, il mi' 'ollega 'vi di Pisa, è un su' ami'o e fan. Anche lui ha molta passione pe' l'ippi'a e anch'io ogni tanto vo' all'ippodromo a vede' le 'orse 'vando 'orrano i su' 'avalli.>
Paolo <Pronto Cipolla?>
<O Paolo, 'ome stai>
<Bene.>
<Mi hai 'iamato pe' la faccenda de' 'avalli, vero Paolo?>
<Si, l'ho visto sur giornale.>
<Pensa un po' Paolo, che stavo pe' 'iamatti, ne hai voglia di dammi una mano nell'indagini?>
<Certo vengo oggi dopo pranzo, diciamo... alle cinque.>
Mauro <Dai ti aspetto, in cima ar viale di San Rossore, 'osi facciamo un sopralluogo e... una girata.>
A pranzo, Sandra aveva preparato la polenta con lo spezzatino di manzo alla Garfagnina, dove l'ingrediente che da un sapore unico ed eccezionale sono le castagne.
Paolo <Sandra hai sentito che hanno portato via dalle scuderie del Ginanni i 'avalli più importanti?>
<Si, ne parlavano dal macellaio.>
Paolo <Dè, un sarà mia stato Vasco ir macellaio pe' rivende le bistecche e l'arrosto di a'rne equina? Ahahah.>
Sandra <Po'eri 'avalli e po'ero Salvatore Ginanni, ma come fai a scherzà su' 'veste 'ose?>
Paolo <Lo sai, fo' così pe' sdrammatizzà.>
Dopo pranzo capatina al Bar per il caffè, gli amici erano già in postazione per una briscola.
Marione <ho pensato alla storia de' 'avalli, hanno portato via solo i migliori 'vindi è un furto mirato.>

Paolo <Ho fatto anch'io la stessa 'onsiderazione, ma un riesco a capì lo scopo, 'orre' un possan c'è il microcippe e verrebbero scoperti subito, pe' le 'orse clandestine... boh? Pe' un riscatto forse. Insomma, le ipotesi si spre'ano.>
Alle cinque Paolo si trova con l'amico e collega Mauro Cipolloni.
Mauro <Ti ri'ordi ai tempi dell'università 'vante volte si face'a forca co' lo studio e si veni'a alle 'orse? 'Vi, è rimasto tutto magi'amente uguale.>
<Vero> Risponde Paolo, <l'uni'a 'osa... noi eravamo leggermente più giovincelli, in fin dei 'onti si parla solo di una 'varantina d'anni fa, boia! Mi ri'ordo che si andava ar "tondino" a vedè i 'avalli prima dell'ingresso in pista, e ci face'a un gran ridere tutta 'vella gente scaramanti'a che si inventava i sistemi più idioti pe' pronosti'à la 'orsa Ri'ordi 'vel vecchietto che crede'a che se un cavallo lo guardava era pe' di'lli che arrivaa primo?>
Mauro <E 'vella donnina che sosteneva che se il cavallo la face'a prima di entrà in pista si piazzava? Poi mi ri'ordo 'velli che crede'ano d'esse introdotti, e si face'ano prende pe' le mele dai fantini.>
Paolo <Ahahah, si si, mi ri'ordo, una volta 'vello che chiamavano... "Il Carota", (aveva i capelli rossi), 'iese a tre fantini chi vincea e tutti gli dissero che arriva'an primo e lui fece la tris e i tre cavalli arrivarono ultimo penultimo e terzultimo, hahaha.>
Arrivati alla scuderia Minerva, era l'ora in cui gli artieri sistemavano il mangiare e i box dei cavalli per la notte. Un brulicare di uomini che chi con accento toscano, chi sardo od altro, commentavano con tristezza l'accaduto. Per i lavoratori dell'ippica il cavallo è amore, ho visto artieri e allenatori davanti al loro amico a quattro zampe malato, piangere, disperarsi, magari restare con loro nel box tutta la notte in attesa di tragico destino. Ben diverso è il quadro dipinto dai media dove si descrivono squallidi ambienti frequentati da aguzzini e malviventi senza scrupoli sempre con la siringa in mano per dopare i poveri cavalli. Un ambiente così, non esiste statene certi, raramente può anche succedere qualcosa di poco conto, una mela marcia ogni tanto esisterà pure, ma sempre molto meno che in altri sport. Se si parla per

esempio di partite di calcio o di tennis truccate, insomma, sport dove girano tanti soldi si tende a minimizzare, l'ippica, piccola e indifesa invece, deve prendere bordate da ogni parte. L'ambiente dell'ippodromo pisano poi, oserei dire che è il fiore all'occhiello dell'ippica nazionale, immerso in un ambiente di rara bellezza, gestito da persone competenti che hanno nel tempo creato un ambiente sano dove famiglie con bambini, anziani e intenditori condividono giornate all'insegna del divertimento e dell'autentico amore per i nostri amici a quattro zampe. Poi ci sono anche gli individui folcloristici, ma questo fa parte dello spettacolo.

Mauro ad un artiere <Il capo dov'è?>

<Vede quella porta, 'vello è il su' ufficio, lo trova dentro.>

Il Ginanni <O Mauro, bello, ma… c'è anche Paolo, che piacere vede'vvi, e… che brutto momento!>

Paolo <Dè, ci 'rediamo 'onto vai.>

Salvatore <Mi sento 'ome… mi avessero strappato il cuore. I mi' pulledri, belli, dove saranno in 'vesto momento, li tratteranno bene?>

<Li ritroveremo, qui davanti a te hai i du' migliori detectivve in circolazione, altro che Sherlock Holmes e Watson> dissero Paolo e Mauro scherzando per tirare su il morale all'amico.

<Ma descrivici l'accaduto.>

<Allora il 2 ottobre, 'vindi tre sere fa, eravamo 'vi in scuderia 'ome sempre. Tutto era normale, i ragazzi sistemavano i box e io 'ome al solito studiavo i programmi per i 'avalli.>

Paolo <Eri solo?>

<No, io alleno pe' molte scuderie, ho 'vasi novanta 'avalli, 'vella sera con me c'erano du' proprietari. La mattina dopo verso le sei so' arrivato in scuderia e ho trovato i ragazzi in subbuglio che mi hanno riferito di 'ave trovato i box de quattro puledri, i migliori aggiungo, aperti e de' 'avalli manco l'ombra.>

La sera al Bar Gello, Ugo <Certo è strano, 'avalli spariti ner nulla, nessuno 'iede che so', un riscatto o 'varcos'altro…>

Marione <Mi ri'ordo una trentina d'anni fa, successe 'varcosa di simile. Gelosia fra fantini, uno era stato scelto pe' montà il fa-

vorito ner premio Pisa, la 'orsa più prestigiosa della stagione, allora l'artro rapì il cavallo senza però fanni der male sia chiaro, ma per intanto 'un corse e il responsabile fu radiato a vita.

Paolo <Si, mi ri'ordo, l'anno che vinse "Insuperabile" che di nome e di fatto, arrivò primo nelle 'vattro 'orse disputate 'ompreso il premio Pisa. 'Orse po'o perché si fece male ad un tendine.>

Il pomeriggio successivo, Paolo con i nipoti fece un ulteriore sopralluogo alla scuderia Minerva prima di accompagnarli in palestra. Era il tramonto, i cavalli con la testa si affacciavano dai box, nitrivano in attesa dei secchi con la biada carote e mele, il pasto serale. I nipoti divertiti accarezzavano un somarello che era la mascotte di scuderia. Giacomo sparì dalla vista distratta di Paolo che poi lo chiama <Giacomo dove sei?>

<So' qui dietro alle stalle, c'è na porticina e volevo vede' che c'era 'vi fori.>

Paolo lo raggiunge e vede un cancello arrugginito e aperto, con una catena e un lucchetto inequivocabilmente forzato.

Paolo all'amico Salvatore < La dietro c'è un cancello...>

<Lo so, ma non l'abbiamo mai usato da 'vando siamo 'vi.>

Paolo <Ma è aperto e c'è una 'atena penzoloni con un lucchetto forzato.>

Salvatore <Ma che dici, davvero?>

Paolo <Vieni a vede'.>

Salvatore <Potrebbero ave' aperto 'pe facci passà i 'avalli rubbati, sì ma...deve esse' gente che conosce bene la zona perché il sentiero che porta 'vi dietro lo 'onoscono solo 'velli del posto.>

<In effetti si vedono le impronte dei ferri e 'veste so' delle scarpe di 'oloro che hanno portato via i puledri penserei.> Disse Paolo.

La mattina dopo al bar la discussione sul furto è molto vivace.

Ugo <O Paolo, se le 'ose stanno 'osi, è chiaro che si restringe la ricerca a gente locale, esperta di 'avalli perché hanno preso solo i migliori e che magari hanno agito pe' gelosia o pe' un falli 'orre in gare dove un 'voleano avversari peri'olosi.>

Marione <In effetti alla fine der prossimo mese ci so' il Criteriumme e altre 'orse importanti dove corran tutti i migliori, io indagherei nelle scuderie dei 'avalli che hanno più scianze.>

Suona il telefono di Paolo <Mauro, ho saputo la novità der cancello forzato, l'ha scoperto il tu' nipote.>
Paolo <Ti stavo pe' 'iamà pe' dirti appunto di vesto fatto novo. I mi' amici del barre, dicano che forse sono stati rapiti perché un partecipassero alle 'orse importanti del prossimo mese, e un ave' rivali.>
Mauro < I tu' amici chi so'.>
Paolo <Animali da barre e briscola, ma stai si'uro che spesso ci vedon' giusto e il loro intuito mi ha portato molte volte alla risoluzione del caso.>
Mauro <Beh, la loro ipotesi è una possibilità, ma ce ne possono esse' altre.>
Paolo <Senti un po' Mauro, mi ri'ordo che fino a 'valche tempo fa, 'vando s'anda'a in scuderia c'era sempre la moglie co' figlioli… ma un l'ho visti in vesti giorni.>
Mauro <E ci 'redo, si so' lasciati, lei è tornata a vive' a Milano mentre i ragazzi ormai grandi, lavorano qui a Pisa. Mi di'ano che si so' separati in malo modo anche. Lei è una Borboni, famiglia di nobili origini, ricchissima e ha una storica Scuderia fondata dal nonno ancora in attività, sia pur con pochi effettivi all'attivo.>
Paolo <Si mi ri'ordo la Scuderia "Conte Alberto", prende'a nome proprio dal nonno. I 'avalli li allena Salvatore se un ri'ordo male…>
Mauro <Allenava, perché li ha portati a Milano da Sandro Galanti, il miglior allenatore di San Siro.>
Paolo <Un sarebbe 'osi di fori che fosse stata proprio lei a organizzà il rapimento de' 'avalli, visto che so' in pessimi rapporti, magari pe' falli un dispetto.>
Mauro <Potrebbe, ma … una donna di 'vella levatura sociale che fa cose der genere mi pare un po' fori luogo, però un si sa' mai.>
Paolo <E i figli?>
Mauro <Ho saputo proprio ieri che uno è ingegnere, mentre l'altro fa l'avvo'ato nello studio più importante della città.>
Paolo <Ma… i 'avalli rubbati sono della scuderia "Eclissi di Luna" del signor Simone Barberi, e 'varda 'aso tutti della stessa parrocchia, mi pare un po' strano.>

Mauro <In effetti sarebbe strano, se non fosse che so' i 'vattro meglio 'avalli che ha in allenamento Salvatore.>
Paolo < Ma sto Barberi chi è?>
Mauro <Un piccolo 'ommerciante 'vi di Pisa, molto fortunato co' 'avalli, so' po'i anni che ha aperto scuderia, ma ha pescato 'vasi sempre 'avalli boni. 'Vest'ultima mandata di pulledri poi à eccezionale, tanto che sono 'ome sai i 'avalli migliori di Salvatore.>
Ugo <Bada un po' Paolo? Sur giornale c'è un'intervista al proprietario de' 'avalli.>
Paolo <Fammi un po' vedè il che dice.>
"Signor Barberi, cosa ci dice sulla sparizione dei cavalli?
Risposta <Sono amareggiato, le indagini sono in corso ma per adesso nessun esito.>
Domanda <Se non ritrovasse i cavalli in tempo per le corse importanti del prossimo mese, sarebbe una perdita più affettiva o economica?>
Risposta <l'aspetto affettivo per me è decisamente più importante, per quanto riguarda il vile denaro le dico che i cavalli sono assicurati sia per incidente che furto, ed un eventuale risarcimento pareggerebbe i conti.>
Un'ultima domanda <Lei ha una attività commerciale, come vive un imprenditore già provato dal periodo di crisi economica che attanaglia il nostro paese, quest'ulteriore danno per altro di valore assai rilevante? Si parla di un danno di oltre mezzo milione di euro...>
Risposta <Come le dicevo prima, l'aspetto affettivo supera quello economico, e poi sempre come avevo risposto prima sono assicurato per una cifra importante e se fossi un uomo senz'anima non mi preoccuperei più di tanto.>
Paolo <Il commercio in generale, è in crisi, 'vindi potrebbe ave' fatto spari' i 'avalli pe' prende i soldi dall'assi'urazione, ovviamente è solo un'ipotesi, ma conoscendo gli amanti de' 'avalli... no, un mi torna.>
Marione <'Valcuno li ha rubbati di certo, se non credi sia il Barberi indaga magari fra i su' rivali invidiosi, ci sarà chissà 'vanta gente 'apace di fa' 'vesto e altro pe' un dispetto.>
Paolo non era affatto persuaso del furto per gelosia, non che ra-

gionasse per dati oggettivi, ma era il sesto senso di sbirro che lo guidava.

Mauro telefona a Paolo <Pronto Paolo?>

<Si dimmi.>

<Ho scoperto che la moglie, la signora Borboni, ha fatto 'ausa a Salvatore perché lui un ha reso i finimenti de' 'avalli sua, Salvatore sostiene che li ha pagati lui e che per questo si è dichiarato proprietario. Il valore di 'vesta roba è decisamente basso, ma fra due ex che litigano un pretesto pe' rompe' le scatole vale l'altro... Dimenti'avo ... l'avvo'ato della moglie non è direttamente il figlio di loro, ma uno dello studio, il figlio non ha voluto prendere le parti di nessuno dei genitori, però... potrebbe essere informato su cose che un sappiamo.>

La domenica, Paolo e Sandra decidono di andare all'ippodromo. Quel pomeriggio correvano due cavalli dell'amico Ginanni. La giornata era splendida, c'era un sacco di gente, i bambini correvano allegri, gli adulti studiavano le prestazioni dei cavalli, i cani al tondino di presentazione trattenuti dai loro padroni abbaiavano al passaggio dei quadrupedi. C'erano ovviamente anche i soliti abituè folcloristici intenti a decifrare sguardi di cavalli e cavalieri, cercando come sempre di trovare un pretesto per dire ... <Questo è il cavallo che vince, mi ha strizzato l'occhio il fantino!> Senza rendersi conto che quel gesto era dovuto magari ad un moscerino che insidiava la cornea del povero malcapitato.

<Cavalli in pista.> Una voce con queste parole invitava i partecipanti della competizione a raggiungere gli stalli di partenza. In quella corsa correva Freccia Rossa, un debuttante allenato dall'amico Ginanni. Naturalmente era favorito, come del resto quasi tutti i cavalli presentati da Salvatore. In corsa fu un assolo, a duecento metri dal traguardo aveva così tanto vantaggio che un tipo assai buffo cominciò a gridare... <Dai che sei un treno!> e Paolo disse a Sandra <E ci 'redo, con qer nome? Ahahah.>

Paolo scese dalle tribune con Sandra, e si diresse verso il recinto riservato agli addetti ai lavori per cercare di complimentarsi con l'amico allenatore, ma strada facendo lo trovò che parlava animatamente con un tipo dalle sembianze poco raccomandabili. Il tale si allontana e Paolo ne approfitta per andare incontro all'amico.

Paolo <Complimenti veramente un bel cavallo…>

Salvatore <Grazie Paolo, ma la discussione con 'vel disgraziato con cui mi hai visto, mi ha mandato di traverso anche il piacere della vittoria. V'ole che ni paghi gli ultimi du' mesi di lavoro, che un ha neanche fatto… era continuamente in mutua, un malato al barre seduto bello 'omodo con la birra sempre davanti! E 'vando era in scuderia… te lo raccomando!>

Paolo <Hai mai pensato che possa esse stato lui a portà via i pulledri?>

Salvatore <Si, ci ho pensato, ma alcune persone fidate mi hanno 'assiurato che un poteva esse' stato lui perché la notte del furto era a casa sua in Sicilia.>

La mattina successiva Paolo è al bar dove legge le notizie sulla cronaca locale insieme all'amico Marione.

Paolo <Non c'è niente di novo, sempre le solite notizie… vecchietta truffata da falso postino, litigio in consiglio 'omunale pe' la modifi'a del traffi'o e … udite udite, notizia bomba! Bambino all'asilo con la febbre a 38,5… rischio di epidemia? Che notizie importanti cavolo, 'uando un c'è nulla da scrive', ce la metton proprio tutta pe' sciupa' la 'arta!>

Suona il cellulare <O Mauro, dimmi tutto.>

<Paolo, c'è una novità che potrebbe esse' interessante, in scuderia in fondo alla 'uccia der cane, hanno trovato una scarpa parecchio malconcia, l'ho mandata ad analizzà alla scentifi'a, l'hanno rinvenuta l'artieri.>

Paolo <ma lo sai che l'altro giorno quando cor mi' nipote ho scoperto il cancello col lucchetto forzato, ho visto l'impronte in terra e ho avuto la sensazione che ci fosse stato una specie di 'olluttazione? C'erano e spero ci siano ancora impronte dappertutto, anche degli zoccoli de' 'avalli. Avevo pensato che gli animali imbizzarriti avessero creato problemi ai rapitori e per questo ci fosse tutta 'vella 'onfusione d'impronte, invece è probabile sia stato ir cane pe difende il territorio.>

Mauro <Stasera ti fo' sape' i risultati.>
Marione <Un altro tassello…>
Paolo <Si, ma un facciamoci illusioni, potrebbe esse' un indizio importante come un bleffe, stiamo a vede'.>
Marione <Perché non chiedi 'onsiglio al padre del bimbo Napoletano, è calzolaio e ti può dare delle dritte.>
Paolo <Al signor Bianco, mm… un ci ave'o pensato, buona idea, grazie Marione.>
In autunno le giornate sono corte, ma quando aspetti con trepidazione una notizia, il tempo non passa mai.
Suona il cellulare, finalmente la chiamata di Mauro… <Paolo ciao, ho i risultati della scientifi'a, sono scarpe da lavoro molto 'omuni che però hanno avuto la sostituzione delle suole e hanno usato pe' risola'lle materiale piuttosto po'o comune.>
Paolo <Grazie della notizia, voglio fa una capatina dal mi carzolaio pe sapè velle sole dove le produano, se vieni anche te magari li portiamo la scarpa e… vediamo osa ci dice.>
Mauro <Va bene ci vediamo fra mezz'ora.>
<Buona sera, signor Bianco, le presento il mi 'ollega Mauro Cipolloni…>
Il Bianco <Piacere, qual buon vento, c'è qualche torneo di scherma dei ragazzi prossimamente?>
<Si, ma siamo 'vi per un artro motivo, vorremmo un parere sulla sola di 'vesta scarpa…>
Il Bianco <Vediamo un po'… Ma questa l'ho sostituita io, si, mi ricordo un tipo che mi voleva vendere il pecorino sardo. Era un tipo muscoloso e piuttosto basso, devo avere sull'agenda ancora il suo cognome, vediamo… si, si è proprio questo, Dulcis Antonello, ho usato una suola poco conosciuta ma che secondo me ha un ottimo rapporto qualità prezzo.>
Paolo e Mauro si guardarono e con soddisfazione evidente ringraziarono il calzolaio.
Paolo <Domani mattina in scuderia alle nove, va bene Mauro? Ora vò a vedè l'allenamento de mi nipoti, presto hanno un torneo di fioretto importante.>
<Ok Paolo.>

L'indomani mattina dopo la classica colazione al Bar Gello, Paolo va all'appuntamento con L'amico Mauro presso la scuderia del Ginanni. Gli incamminamenti sabbiosi che costeggiano il viale di accesso al parco dove si trovano oltre all'ippodromo le piste di allenamento, pullulano di cavalli. Alcuni docili nelle mani dei fantini, altri più agitati creano invece un po' di allegra confusione. Il via vai continua sin in scuderia, dove i due entrano facendo molta attenzione ad evitare pericolosi contatti con i quadrupedi.

<Buongiorno Salvatore> dicono Paolo e Mauro, <abbiamo delle novità.>

<Veramente? Avete trovato i 'avalli?>

Paolo <No, ma sappiamo di chi so' l'impronte della persona che li ha portati via… un certo Antonello Dulcis!>

Salvatore <Mi sa che avete preso un granchio, Antonello dorme a casa Mia, non lavora con me ma siamo di molto amici. Anche se volessi sospettà di lui poi, un potrei 'omunque perché 'vella sera abbiamo cenato insieme e poi era stanco ed è andato a dormire, 'vindi è impossibile.>

Paolo e Mauro visibilmente delusi non si danno per vinti. <Possiamo parlare con questo tipo?>

Salvatore <Certo, tutte le mattine si piazza co' il su' 'amioncino davanti al "barre Derby" dove andiamo tutti noi dell'ippi'a e vende prodotti Sardi.>

Salutato l'amico, si incamminano alla ricerca del Dulcis e in effetti lo trovano dove aveva detto il Ginanni.

Paolo <Buongiorno, lei è il signor Dulcis?>

Il tipo con aria perplessa <Si… ma chi siete vvoi, volete del Pecorino? Delle Seadas?>

Mauro <Magari dopo, siamo ispettori di polizia, stiamo indagando sur furto alle scuderie der Ginanni.>

Il Dulcis <Si, so tutto perché sono da tempo ospite a casa sua, ma… che volete da me, quella sera a dormire ero…>

Paolo <Vorremmo sapere se vesta scarpa è sua.>

Il dulcis <Si… ma dove l'avete trovata, è tutta sciupata, e l'altra?

Qualche tempo fa, prima di entrare in casa di Salvatore, tolte le avevo, erano fangose e non volevo sporcare. La mattina dopo quando andai a prenderle, sparite erano e pensai che le avessero prese quelli della spazzatura.>

Paolo <Bene pe' il momento non abbiamo altre domande... anzi no, una domanda ce l'ho...'vanto la mette 'vesta forma di pe'orino? Mi sa che è bona.>

Il Dulcis <Buonissima, le faccio un prezzo speciale venti euro.>

Paolo <Affare fatto, grazie.>

Dopo mezz'ora <Sandra so' tornato.>

Sandra <che c'hai in 'vel sacchetto?>

<Una forma di pe'orino sardo, l'ho comprata da un ami'o del Ginanni>

Sandra <Ma il tu' dottore un ti aveva proibito il formaggio? Ti ri'ordo che il tu' 'olesterolo un riescono neanche a misura'llo tanto è alto.>

Paolo <Via pe' du' fettine di cacio 'vanto la fai lunga!>

Sandra <du' fettine? Qui un c'abbiamo da 'omprà formaggio pe' sei mesi.... e le indagini?>

Paolo <Che ti de'o di'... abbiamo individuato le scarpe del ladro ma...non il ladro.>

Dopo pranzo. Paolo <io andrei a fa' una briscolina.>

Sandra <Stai bono li, a proposito di scarpe... ti ri'ordo che oggi s'andava in centro a comprà i mi' stivaletti e vedè quarcosa anche per te.>

Paolo <Boia, è vero, ma un sì pole fa' domani?>

<Ti ri'ordo che anche l'altra settimana mi hai detto la stessa 'osa...caro, oggi ti tocca.>

Arrivarono in corso Italia dopo aver girato una vita per trovare un parcheggio.

Paolo <Boia, e si paga anche, se sapevo di ammattì 'osi tanto pe' un posteggio, venivo da 'asa a piedi anche se ci so' sette 'illometri!

Sandra dopo aver provato una infinità di stivaletti, per la gioia di un ormai depressa commessa disse... <Oh finalmente, 'veste vanno bene.>

Anche Paolo pensò la stessa parola... "finalmente".

Sandra <Paolo ora tocca a te.>

La commessa assunse di nuovo un'espressione tra il preoccupato e il depresso per paura che Paolo fosse come sua moglie…
<Che tipo di scarpa preferisce?> Disse con voce preoccupata la giovane.
Paolo <'Vella, 'vella li, è bella, 'vanto 'osta?
La commessa <Novanta euri.>
<Me la faccia prova', porto il quarantuno… Affare fatto, mi garba la 'ompro.>
La commessa assunse subito un'espressione far l'incredulo e il soddisfatto e Paolo mentre Sandra era distratta bisbigliò <Cara lei, quando esco con la mi' moglie pe' fa' acquisti, i commessi sono alla rivolverata e io con loro.>
Quando escono dal negozio, improvvisamente si sente un nitrito.
Sandra guardandosi intorno <Ma che succede, ci so' de' 'avalli in corso Italia?>
Paolo <No è il mi' cellulare, ho messo vesta soneria quando mi telefona Mauro, cosi so' che è una 'iamata pe' le indagini.>
Sandra <A me pari tutto matto.>
Paolo <Pronto Mauro, allora?>
<Allora è stata trovata anche la 'seonda scarpa.>
Paolo <Dove?>
Mauro <Lungo il sentiero dietro la scuderia.>
Paolo <Domani alle nove vengo da te.>
L'indomani mattina, al bar un capannello di amici curiosi incalza Paolo sulle ultime novità delle indagini.
Paolo <Ragazzi, ora abbiamo tutte e due le scarpe, sappiamo che sono di un certo Dulcis Antonello e che probabilmente gli sono state rubate.>
Amulio <è chiaramente una mossa pe' svià l'indagini, rubbano le scarpe di un po'ero cristo pe fa' ri'adè su di lui i sospetti… mi pare chiaro.>
Ugo <La misura? Si quanto so' grandi?>
Paolo <So' del Trentanove.>
Marione <Misura da piccoletto, come molti ippici.>
Paolo raggiunge l'amico Mauro in commissariato.

Paolo <Mi sembra che siamo su un binario morto, ci vorrebbe un colpo di cu..> Suona il telefono
Mauro <Chi è?>
<Appuntato Antoni, una chiamata per lei dottore.>
<Ok me la passi.>
<Buongiorno, Sono Antonello Dulcis, comunicare con lei volevo, rivelazione importante ho... so'... chi mi ha rubato le scarpe!>
Disse con voce incerta e quasi preoccupata.
Mauro <Dove la posso raggiungere?>
<Al solito posto davanti al bar Derby.>
<forse la botta di 'ulo è arrivata pe' davvero.> Disse Mauro con eccitazione.
Partirono di corsa, Quando arrivarono lo trovarono triste, abbattuto e visibilmente malridotto.
Paolo <Buongiorno, ma... si sente bene?>
<Malissimo mi sento.>
Mauro <Ma sa' succede, un ci vorrà mia di' che... è stato lei.>
<Non proprio, ma... quasi. Fossi stato io era meglio, perché immediatamente costituito mi sarei, è stato... è stato... mio figlio Gavino è stato... ora detto lo ho.>
Paolo <Sa darci una motivazione del furto delle su' scarpe.>
Il Dulcis <Mio figlio Gavino pecora nera della famiglia è, il fratello e la sorella angeli sono. Gavino prende quella robaccia, la cocaina, e tutta la famiglia mia ha rovinato. Ha fatto morire di crepacuore quella santa donna di mia moglie e ora ci sta provando con me. Lui è stato a rubare le scarpe, per far ricadere su di me la colpa.>
<Come fa a dillo 'on certezza?>
Il Dulcis <Lui me l'ha detto, preso dal rimorso di aver tentato di incolpare me, il padre!>
Paolo <Ma 'osa ci guadagnava?>
<Qualche soldo per la droga ci guadagnava.>
Mauro <Le ha mi'a detto a chi l'ha date?>
<Si, a Settimo Lanceri, un mezzo debosciato che di espedienti vive, aveva un futuro da fantino di rango ma con l'alcool rovinato si è.>

<E questo tizio pe' chi ha agito?>

<Per Marino Mannoia, il boss delle corse clandestine Palermitane. Il Mannoia ha ordinato il furto.>

Mauro <I 'avalli dove so' ora.>

Il Dulcis <Non so, mio figlio forse può dire qualcosa. Mi raccomando è un ragazzo debole, quando ci parlate abbiate pietà di quello sciagurato.>

Paolo <Non si preoccupi, anche noi abbiamo figli, sappiamo sa' 'vor di'.>

Mauro a Paolo…<'Onvochiamo 'sto disgraziato e po' vediamo.

L'indomani, Mauro <Allora Gavino…se un ri'ordo male 'vesto è ir tu' nome>

<Si> Rispose il giovane.

Mauro <Sai dove so' i pulledri?>

<Si signore, "erano" perché sono stati portati in Sicilia, a Chiusdino in provincia di Siena.>

Paolo <Bellissimo posto, ma detto 'osì è un po' vago.>

<A ragione, in un allevamento di cavalli per il palio, da Franco Onofri detto "Fuoco" perché è sempre incazzato.>

Mauro <e perché a Siena?>

<Perché che io sappia Onofri è in rapporti con Mannoia il re delle corse clandestine> disse Gavino.

<Ho sentito che Mannoia vuole dei cavalli buoni per partecipare ad una corsa che verrà effettuata in Sicilia e dove ci saranno purosangue provenienti dalle più importanti scuderie clandestine, una specie di derby illegale.>

Mauro <A Palermo ci 'onosciamo Giuseppe Patteri, l'ho veduto in tv sere fa' che parlava di malavita organizzata.>

Paolo <è diventato un pezzo grosso, e se lo merita… io direi di chiama'llo.>

Mauro <Il numero ce l'ho in ufficio, se andiamo lo 'iamiamo.>

I due al telefono in viva voce <Pronto? O Giuseppe… siamo Paolo Benvenuti e io Mauro Cipolloni>

Il Patteri <Ciao ragazzi, quanto tempo… tutto bene?>

<Si dai, un c'è malaccio. Ti chiamiamo oltre che pe' salutatti, anche per chiedetti una mano.>

Giuseppe <Di cosa si tratta?>

Mauro <Di 'orse di avalli clandestine… qui da noi a Pisa hanno rubbato 'vattro pulledri di belle speranze, sono stati trafugati per conto di un certo Mannoia.>

Giuseppe <Lo conosco bene, organizza le corse in una pista di allenamento collegata alla scuderia "Little Italy" del suo socio Pippo Parnaso. Sentite, perché non venite a Palermo che mi è venuta un'idea?>

<Va bene rispondono i due, prendiamo il primo aereo possibile.>

Paolo <Cara vado a Palermo con Mauro.>

Sandra <A che fa si può sapere?>

<Andiamo per una 'orsa di 'avalli clandestina.>

<Ma siete diventati dei marviventi?>

Paolo <No andiamo pe' ritrovà i 'avalli der Ginanni. Partiamo domani mattina alle undici.>

La mattina successiva immancabile colazione al baretto.

Amulio <Allora vai a Palermo pe' i 'avalli?>

Paolo <Si, ragazzi mi raccomando, un mi fate fa' un viaggio a voto, se si viene a sape' che vado in Sicilia pe' le indagini … beh acqua in bocca, che un vi scappi detto, vi terrò informati 'omunque.>

Il volo fu molto tranquillo, a Punta Raisi trovarono L'amico Giuseppe Patteri in incognito, ad aspettarli.

Giuseppe <Allora ragazzi, quanto tempo…>

Paolo si volta all'indietro <Ragazzi? E dove so'!

<Ma dai che siete ben conservati…>

Mauro <Si come mummie Egiziane, piuttosto te… ma hai fatto un patto cor diavolo? Sembri un giovinotto!>

Giuseppe <con lo stress che ho addosso quando tra due anni andrò in pensione invecchierò di colpo!>

Mauro <Un vorrai mia fa la fine di Paolo, è andato in pensione e guarda 'ome s'è ridotto, ni manca solo ir pannolone e la frittata è fatta!>

<Ahahah> risata generale.

Giuseppe <Naturalmente siete ospiti a casa mia, ma ora ho prenotato da "Rosalia", si mangia una pasta con le sarde mer-

avigliosa.>

Tra un bicchiere di vino e una caponata siciliana, Giuseppe <Dunque, come vi avevo anticipato le corse del Mannoia vengono organizzate nella pista privata dell'amico Parnaso. Avevo detto che mi è venuta un'idea, che è questa; vi sostituirete a due miei uomini che si devono presentare stasera come artieri, abbiamo infiltrati che penseranno ad introdurvi presso il Mannoia. Voi qui siete perfetti sconosciuti mentre i miei uomini potrebbero non esserlo e quindi ci darete una grossa mano a smantellare l'organizzazione criminale, voi di contro otterrete di riportare i cavalli del vostro amico a casa.>

Paolo <Mi sembra semplice e... divertente.>

Detto fatto la sera stessa, i due arrivarono sul luogo dove si doveva svolgere la corsa con il van dei cavalli del Mannoia, il quale si presentò loro nel peggior modo che un appassionato di ippica possa immaginare... con in mano delle siringhe e una sinistra boccetta piena di liquido.

Il Mannoia < Chista jè caffeina, vogghiu vìnciri a corsa sìenza rischi, fatela o cavaddu chi parteciperà pi miu conto, mi dicono chi r'i quattru fussi chiddu chi si chiama Brusio d'Alba, capito?>

I due annuirono, e naturalmente riuscirono a far finta di drogare il puledro.

Arriva il buio, le luci si accendono. La pista si presenta con un tracciato piuttosto breve, si e no ottocento novecento metri con due curve, e il fondo sabbioso. Sulla dirittura di arrivo una vecchia e poco capiente tribunetta si va affollando di personaggi dalla tipologia assai varia, alcuni ben vestiti e dall'aspetto signorile altri al contrario sembra che abbiano scritto in fronte "sono un delinquente". A Paolo questo però non faceva nè caldo nè freddo tanta era l'abitudine ai poco di buono che aveva incontrato durante la sua lunga carriera.

Un tipo Scrive su una lavagna nomi e quote dei dieci partecipanti alla corsa.

Paolo <Un ci posso crede', Brusio è dato 4 a 1, ma vesti un conoscan le 'ategorie.>

Mauro <Mi pare anche a me.>

Squilla il telefono di Paolo, è l'amico Ugo <Ciao Paolo come va?>
<Tutto bene, qui sta pe' parti la 'orsa e hanno messo le 'uote pe' le scommesse, un ci 'rederai ma il nostro è a 4, boia!>
Ugo, allora gio'acelo, 'vi siamo in quattro, 5 euri per ciascuno ai 'apito?>
Paolo <Si, ma dai, lo gio'o 5 euri anch'io, crepi l'avarizia. Mauro te lo v'oi gioà?>
Mauro <Ma so' in servizio...>
<Ma io un ho mi'a visto nulla dè!> Fece Paolo.
Mauro <Ma sì ma sì, dai, ecco il mio cinquone.>
Paolo si avvicina al tipo delle scommesse che a voce alta diceva...
<Mammolo 10000 euri contro 1000, Minosse 20000 euri contro 10000, Ser Pente 9000 contro 3000.>
Paolo < scusi, vorrei gioà 30 euri Brusio d'Alba vincente.>
Il tipo <30? Ma cca si giocano grosse cifre mica spiccioli!
Paolo <Sa', siamo artieri e non ci possiamo permette...>
Il tipo <Va beh, 120 per 30...>
Finalmente i cavalli sono ai nastri di partenza, Un microfono gracchiante e una voce con cadenza chiaramente siciliana annunciano la partenza ... <Cavalli partiti. Mammolo si porta al comando con a ridosso Gingo, i due si allungano sul gruppo degli inseguitori dove Spumante comincia ad avanzare, seguito da Ser Pente Brusio D'Alba e gli altri. Nulla muta fino ai settecento finali dove scattano Gingo e Brusio, i due appena in dirittura ingaggiano breve lotta e poi Brusio prende largo e chiaro margine, vince Brusio con estrema Facilità...>
Paolo e Mauro Urlano e si abbracciano, corrono verso l'allibratore che aveva i soldi della vincita già pronti in mano, non fanno in tempo a riscuotere che una irruzione delle forze dell'ordine coglie i presenti di sorpresa, solo i due "artieri" ovviamente erano a conoscenza di tutto.
Paolo <Ma... ma che fate?>
Mauro ai poliziotti <Ma noi siamo 'ommissari di polizia!>
I Poliziotti <Si si, siete Il Commissario Montalbano e Mimì Augello...andiamo dai!>
Gli agenti avendo ordini di catturare tutti non li ascoltarono e

con male maniere cominciarono a portare tutti fuori dell'ippo-dromo clandestino.

All'esterno c'erano giornalisti a documentare con foto e filmati l'operazione.

I telegiornali danno ampio risalto all'operazione, e sia Sandra a casa che gli amici al bar sono incollati alla televisione.

Marione <Ma...'vello è Paolo, e l'altro il su' 'amio, dè, li portano via 'ome delinquenti!>

Ugo <Un ci posso crede'...>

Prontamente interviene l'amico Giuseppe Patteri <Lasciate quei due, sono colleghi in incognito.>

Paolo <davanti alla cinepresa <Meno male Giuseppe che sei intervenuto, mi vedeo di già all'Ucciardone a divide' la cella con qualche bosse di 'Osa Nostra!>

<Perdonatemi ragazzi, nella concitazione avevo dimenticato di dire agli agenti della sostituzione dei miei con voi due.>

Si avvicina una giornalista del tg <Scusate, avete partecipato anche voi?>

Paolo, si siamo artieri del Mannoia... ohhh... volevo di', finti art-ieri, in realtà eravamo degli infiltrati.>

La giornalista <Potete confermare che si svolgeva una corsa clandestina.>

Paolo <Si, pe' altro è stata una bella 'orsa, e le di'o che ha vinto il cavallo rubato pe' cui siamo 'vi in Sicilia. Il cavallo insieme agli altri tre spariti a San Rossore, verranno restituiti al legittimo proprietario.>

Ilarità al Bar Gello <Certo che noi Toscani siamo proprio ganzi, riusciamo a esse' buffi anche nelle situazioni più serie.>

Tornato a Gello, ovviamente i complimenti da parte di moglie e amici si sprecano. Al baretto accerchiato da Marione Ugo, Am-ulio, estrae dalla tasca un "pacco di soldi". <Vesti so' vostri...>

Gli amici <No, li teniamo tutti insieme, facciamo 'assa 'omune e 'vando 'orreranno ne' premi boni a novembre, ci divertiamo a gio'alli.

In scuderia dal Ginanni ovviamente è festa grande, Mauro e Paolo sono invitati d'onore, la gioia è palpabile, tutti sono col bicchiere in mano a brindare e... a mangiare ottime seadas offerte per l'occasione dal Dulcis.

<Tutto è bene 'vello che finisce bene> Dice Paolo all'amico Ginanni che a sua volta replica <Grazie Paolo e Mauro, grazie da parte di noi tutti, proprietario in primis, artieri e allenatore. Non manca tantissimo ai grandi appuntamenti di novembre ma vedrò di preparà ar meglio i pulledri.

Paolo <Mi raccomando Sarvatore, fai der tu' meglio, giù in Sicilia Mauro i miei amici der barre ed io abbiamo puntato su Brusio e abbiamo vinto una frana di euri... siccome vorremmo ripuntà su' i tu' 'avalli un vorrai mi'a facci ritorna' a casa in braghe di tela? >

<ahahah>...risata generale.

Il ragazzo che cadde dalle mura

Era una mattina come tante, ma fredda come poche. Il cielo terso, prometteva una giornata piena di sole. Al Bar Gello c'era, come di consueto, un via vai di persone che, prima del lavoro, cercano di esorcizzare gli impegni della giornata tuffando una brioche in un cappuccino fumante. Gli unici a non preoccuparsi erano Paolo e il gruppo di amici che, essendo quasi tutti in pensione, non avevano lo stress delle scadenze giornaliere. Amulio, poi, è un caso a parte perchè, da eccellente non lavoratore quale era, di questi problemi non ne aveva mai avuti.

Paolo <Stamani nella crona'a locale, c'è na brutta notizia.>

Gli amici <Sa' è successo.>

<Mah? Un ragazzino di diciassette anni a Lucca è volato dalle mura e… purtroppo "ha tirato il calzino".

Marione <Ma che roba, domeni'a ero co' la mi' signora a fa' un giro proprio sulle mura e vi ass'iuro che c'è un cartello che indica il peri'olo di caduta ogni cinquanta metri.>

Paolo <Sur giornale c'è pure scritto che, pe' garantì la si'urezza, vorrebbero mettere delle reti pe' evità l'incidenti.>

Ugo <Sì, così mettendo 'na rete lungo tutto il percorso delle mura trasformeranno una delle passeggiate più belle d'Italia in un gigantesco pollaio… 'vanto so' lunghe le mura?>

Paolo <Superano i quattro 'ilometri. >

Marione <Ahahah, sai 'vanti polli ci stanno…>

Paolo <Pe' altro le mura so' patrimonio dell'Unesco.>

Amulio <Ecco, Unesco… cosi un cado.>

Paolo <Boia che battuta, scommetto che pe' inventa'lla un c'hai dormito tutta la notte.>

Suona il telefono di Paolo, il numero risulta sconosciuto
<Pronto, è il Dottor Benvenuti?>
<Si signora, ma se mi 'iama pe' dimmi 'uanto so' indispensabili i
pannelli solari, le di'o...>
<Ma... un mi ri'onosci davvero? So' Artura, Artura Rinaldi, è un
po' che ho cambiato numero...>
Paolo <O carissima, ecco perché ir mi' telefono mi indi'ava
numero sconosciuto, t'avevo scambiata pe' un "colle center".
Guarda, un ci crederai, stavo leggendo l'arti'olo del ragazzo caduto dalle mura, proprio in questo momento.>
Artura è una stimata collega di Paolo, anche lei prossima alla
pensione. Lavora a Lucca. Si conoscono da tempo immemorabile, e hanno uno per l'altro profonda stima.
Artura <Purtroppo è l'ennesimo 'aso. Ti di'o, un capisco sa' c'è ner
cervello di tanta gente, possibile che un capiscano che a sporgersi
su un precipizio di oltre dieci metri ci puol esse' ir peri'olo di
cadere e rischiare l'osso der collo?>
Paolo <Ma di dove era 'sto ragazzo? Normalmente a cade' sono i
turisti stranieri e in parti'olare bimbetti.>
Artura <Sai Paolo, è proprio per questo che ti 'iamo. Ho proprio
'onsiderato che essendo lucchese è un incidente insolito, e ho la
sensazione che 'valcosa un torni. Ti 'iamavo pe' un tu' parere.>
Paolo <A veni' a Lucca ci metto po'o, quindi ti di'o sì, però a
una 'ondizione.... Che possa portà la Sandra e che siate mi ospiti
compreso ir tu' 'ompagno al "Ristorante "Da Napoleone" L'hanno
preso in gestione de' ragazzi in gamba che hanno già avuto una
stella e volevo anda' a prova' la loro 'ucina.>
Artura <Ma certo, 'osì rivedo anche la tu' moglie. Affare fatto,
'vando venite?>
<Oggi pomeriggio alle Quattro ar tu' ufficio, ti va bene?>
<Va benissimo, vi aspetto.>
Gli amici <Telefona 'vando sei a Lucca, magari ci viene in mente
'varche cosa.>
Paolo <E qual'è la 'vorta che un vi ho chiamato? Ormai siete ir mi'
punto di riferimento pe' le indagini.>
<Sandra, so' tornato. Oggi dobbiamo andà a Lucca. Mi ha chia-

mato l'Artura e ha piacere che venga anche te pe' rivedetti.>
Sandra <Dai, che bello, morto volentieri, ora mangiamo.>
Paolo <'Osa hai preparato di bono?>
Sandra <Riso bollito, patate lesse e petto di pollo in gratella.>
Paolo <Boia, un mangià da ospedale!>
Sandra <O bello, prima di tutto, se un ci pensassi io, in 'vesta 'asa si mangerebbe più po'o. E poi coll'analisi che c'hai, se ogni tanto un fai un po' di dieta, a mangià all' ospedale ci vai pe' davvero!>
Dopo pranzo, come di consueto, Paolo sprofonda sul divano col telecomando in una mano e la tazzina del caffè nell'altra, russando con lo stesso rumore che facevano le vecchie locomotive di un tempo.
Sandra <Dai pigrone, fai fare una passeggiatina a Bullo e po' partiamo per Lucca.>
Il comando di Polizia dove lavora l'amica Artura, si trova in località Sant'Angelo, alle porte della città.
Per arrivare a destinazione, fecero un percorso diverso dal solito. Passarono da Nozzano, un grazioso borgo arroccato su una collinetta alla cui sommità si erge un piccolo castello molto bello e ben conservato. La sua realizzazione è attribuita alla Contessa Matilde di Canossa. Di questa fortificazione si hanno notizie risalenti addirittura al IX secolo. Il castello fu utilizzato per difendere Lucca dalle incursioni pisane (Sempre loro, dè, a rompe' 'oglioni!) La forma delle mura è ellittica, munito di torri ed un'unica porta di accesso. Dopo la battaglia di Monteaperti, nel 1260, divenne famoso per aver ospitato molti Guelfi da varie città toscane.
Paolo <Ben rivista Artura.>
<Finalmente i coniugi Benvenuti! Sandra, Paolo, come vi vedo bene...>
Paolo <Boia, sarà meglio toccassi, un si sa mai.>
Sandra <Ma Paolo! Scusalo Artura, come vedi ir tu' ami'o è come sempre molto fine nelle su' espressioni.>
Artura <O Sandra, un ti preoccupa', mi fa un sacco piacere rivedevvi... che poi... è un peccato, stiamo 'osì vicini!>
Paolo <Dunque, 'sto ragazzino...>

Artura <Stammi a sentire, a prima vista, sembrerebbe solo un incidente. I genitori di'ono che aveva l'abitudine di 'orrere sulle mura 'vasi tutte le sere dopo lo studio. Estate, inverno, pioggia, lampi e fulmini che fossero. Infatti 'vando è stato trovato, ave'a una tuta da ginnasti'a e scarpette da 'orsa, perse probabilmente durante il volo. La 'osa strana è che, adesso siamo agli inizi di dicembre, è uscito di 'asa alle 18,30 ed era ovviamente buio. Sulle mura c'è illuminazione, ma solo lungo la striscia asfaltata che percorre l'intero anello. Ai bordi, ora che fa buio presto, non si vede niente. Guarda 'aso lui sarebbe andato a fa' attività fisi'a proprio lì, sur parapetto, nel punto peggiore. Un mi torna.>
Sandra <Quindi te pensi che si possa esse suicidato o... che l'abbiano ammazzato buttandolo giù?>
Artura <Preciso...>
Paolo <L'autopsia che dice?>
<I risultati ci so' domattina, ti fo' sape'.>
Paolo <Si può intanto fa' un sopralluogo dove è successo ir fattaccio?>
<Certamente> Dice Artura.
Arrivarono a Porta Elisa, uno dei sei accessi principali delle mura urbane. Scesero di macchina e proseguirono a piedi. Sul posto, un folto gruppo di persone era in silenzioso raccoglimento. Una donna, probabilmente una mamma, deponeva un piccolo mazzo di fiori rossi. Molti dei presenti erano ragazzi, qualcuno piangeva.
Paolo sporgendosi dal baluardo <Cavolo, che volo che ha fatto!>
Sandra<Povero figliolo e... povera famiglia!>
Paolo <Facciamo du' passi in centro, così ci distraiamo e po' dopo andiamo al ristorante, ho prenotato pell'otto.>
Fra una sbirciata alle vetrine dei bei negozi che si affacciano su via Filungo, via Beccheria e la magnifica piazza San Michele, e un'occhiata ai bei monumenti del centro storico, arriva il momento di incontrarsi con Claudio, il compagno di Artura, agente immobiliare molto conosciuto in città.
Paolo e Sandra <Finalmente ti rivediamo, un sei cambiato punto.>

Claudio <Il merito è di Artura, che mi tiene a dieta stretta. Pensate che ho fatto le analisi der sangue po'i giorni fa' e so' come quelle di un ragazzino.>

Sandra guardando il marito <Anche ir vostro ami'o Paolo ha fatto l'analisi, vero caro? Peccato però che sembrino 'velle di un porcello all'ingrasso! C'ha il colesterolo che un si riesce a legge, tanto è lunga la cifra.>

Paolo, imbarazzato <A proposito di 'olesterolo, si va a sgranà che è l'ora?>

Il Ristorante "Da Napoleone" si affaccia sulla piazza dove si trova il bel teatro del Giglio. Il locale si presenta molto bene, elegante ma non all'eccesso, proprio come piace a Paolo. Il menù alla carta è ricco e invitante. Un cameriere, molto attento e per niente invadente, li accompagna nella degustazione di una cena superlativa che, visto il periodo, aveva come tema della serata il mitico tartufo bianco di San Miniato. Il vino, poi, una bella bottiglia di "Bruciato" di Bolgheri e un ottimo Vin Santo ad accompagnare il dolce finale.

Paolo <Vi devo 'onfessare, che ho cenato divinamente e quindi do un bel 10 e lode ar cuoco ar cameriere e tutti 'velli che contribuiscono al buon nome der locale. Però una nota di tristezza, pensando al ragazzo morto, mi ha accompagnato pe' tutta la serata, lo devo dì…>

Sandra <Anche io ho pensato a 'vella povera mamma, ar babbo e il fratello.>

Artura e Claudio <Anche pe' noi è stato un episodio tremendo.>

<Io> dice Artura, <come penso anche te, Paolo, so' abituata a morti ammazzati, fa parte della 'uotidianità pe' quelli che fanno il nostro mestiere, purtroppo, ma quando c'è di mezzo 'na creatura così giovane, le 'ose pesano il doppio…>

Claudio <Beh, un pensiamoci, vo' a paga' ir conto.>

Paolo <Bada, un ti permette', ho avuto io l'idea e guai a chi prova a contrariammi!>

Claudio <Allora uno di 'vesti giorni vi porto io in un posticino niente male.>

<'Vesta si è una buona pensata, accettato l'invito.>

Sandra <Ovvìa, s'è fatto tardi, torniamo verso 'asa, domani ci rivediamo.>

tutti si voltarono verso di lei.

Sandra <Si, torno anch'io, so' rimasta turbata da 'vesta faccenda e voglio segui' la vicenda da vicino.>

La notte passò inquieta per tutti e due. La camomilla calda presa da Paolo prima di coricarsi non aveva sortito alcun effetto, come al solito. Del resto lui non aveva mai creduto nelle capacità ipnotiche della dolce e stucchevole bevanda, La tirava giù solo per far piacere a Sandra.

Ore sette e trenta <Vado a fa' colazione ar baretto coll'amici> Disse Paolo sbadigliando.

Sandra <Ma che ti sei pettinato con le bombe a mano stamani? C'hai de' 'apelli, metti paura...>

Marione era al tavolino con Filippo, Ugo e Amulio che confabulavano davanti al giornale.

<O Paolo> dissero, <ma il ragazzo era solo? >

<Un saprei... ah, stamani ci danno i risultati dell'autopsia.>

Filippo <Ma... aveva una fidanzatina... un ami'o con cui correva... 'Vi sur giornale, fanno tante di 'velle ipotesi, che si 'apisce chiaramente che un ci sono punte certezze.>

Tornato a casa <Sandra, si parte?>

<Sì Paolo, ti volevo di' che oggi pomeriggio i nipoti vanno a Lucca. Ce li porta il Maestro Antonio, fanno un allenamento alla palestra"Lucca Fencing" co' i ragazzi che allena Ruggero Paolanti. Pensavo di riporta'lli a casa noi, che dici...>

<Dico benone, 'osì rivedo anche ir mitico "Ruggito". E' un grande maestro di scherma e soprattutto 'amio.>

I due presero la strada che costeggia "il monte per che i Pisan veder Lucca non ponno..." come scriveva qualche centinaio di anni fa un certo "Dante" su un libercolo "qualsiasi" da lui intitolato "Divina Commedia".

In meno di mezz'ora erano a destinazione.

Paolo <Buongiorno Artura.>

<Buongiorno a voi. So' arrivati i risultati dell'autopsia in questo momento, diamo un'occhiata.>

<Allora, la morte sembrerebbe essere stata immediata, per fortuna aggiungo, probabilmente non si è accorto di quasi nulla. Dunque... fratture multiple... femori sinistro e destro, tibia e perone gamba sinistra, sette 'ostole, bacino, radio e ulna braccio sinistro, terza vertebra dorsale, vertebre cervicali sbriciolate, ematomi da tutte le parti, non è possibile evidenziare segni ri'onducibili a colluttazione, ha perso la scarpa sinistra ritrovata a po'i metri dal corpo.>

Sandra <Quindi si 'onferma che... o si è buttato, o... l'hanno spinto giù.>

<Si, sembrerebbe proprio 'osì.>

Sandra <Come si è spostato il ragazzo da 'asa alle mura? Aveva diciassette anni, quindi si'uramente non in macchina.>

Artura <Come sempre era co' la bicicletta.>

Suona il telefono di Paolo <Ciao Marione.>

<Ciao Paolo, sono qui al baretto 'oll'amici. Abbiamo fatto 'na scoperta pensiamo morto interessante... 'vasi si'uramente... il ragazzo era dell'artra sponda.>

Paolo <Che brutto modo di dire, dè! Ma dove l'avete letto?>

Marione <Scusa, omosessuale, non l'abbiamo letto, ma visto.>

Paolo <Ma ca' dici... visto?>

Marione non stava più nella pelle <ti ri'ordi stamani 'vando sei arrivato ar barre? Stavamo leggendo sur giornale le notizie del ragazzo. Devi sapè che c'era una su' foto in bici.>

Paolo <Beh? E che mi signifi'a?>

<Sulla foto, Amulio ha notato un piccolo adesivo sulla 'anna della bici. Siccome era molto piccolo e un si vede'a, Ugo è andato a casa a prende' 'na lente d'ingrandimento. Bene, lo voi sapè? L'adesivo, rappresenta la bandiera arcobaleno dei gai, dei gay, 'ome si dice!>

Paolo <Davvero? Se è come dite voi, siete dei ganzi pe' davvero... ora verifi'o.>

Sandra <Sa' succede?>

Paolo <I ragazzi...>

Artura <I ragazzi, ma mi fai 'apì il che dici?>

Paolo <Devi sapè che io frequento il barre der mi' paese e ho

diversi amici con i quali gio'o a carte. 'Vando mi 'apitano delle indagini mi danno una mano. Hanno un intuito e delle 'apacità fori der comune.>

Artura <Ma so' der mestiere?>

Paolo <No. Per esempio 'vello che mi ha appena 'iamato era meccanio, ora è in pensione.>

Artura <Ma v'oi scherzà? E dimmi un po', che hanno scoperto di 'osì importante?>

Paolo <Bisogna vedè la bici...>

Artura < L'abbiamo messa dove teniamo ir materiale delle indagini, ti fo' vede' subito.>

La bicicletta era stata portata con il lucchetto ancora chiuso per non compromettere alcun indizio. Infatti, invece della chiusura, era stato segato il palo a cui era stata legata. Paolo si avvicina e vede che effettivamente c'era un piccolo adesivo un po' sciupato, ma che inequivocabilmente rappresentava un simbolo del movimento gay.

Paolo <Ero si'uro che i mi' amici so' bravi detectivve... vedete 'vesto adesivo?

Artura< Sì, lo vedo, ma mi pare che oltre che un po' sciupato sia anche insignifi'ante... 'un c'è scritto nulla sopra.>

Paolo <Insignifi'ante? 'Vesto è un arcobaleno, simbolo dei Gay!>

Sandra e Artura <Davvero?> < Qui si apre tutta un'altra indagine, bravo Paolo!> Ribatte Artura.

<No, ir merito è di 'vei quattro scioperati de' miei amici.>

Sandra <Bisogna ri'onosce che so' stati acuti pe' davvero.>

Artura <Ragazzi, vi siete meritati un bel pranzetto, ir mi' 'omo ci aspetta.>

Claudio <Ragazzuoli, oggi tocca a me. Salite in macchina che c'è da fa' un po' di strada... vi porto a Loppeglia.>

Il panorama della campagna Lucchese è bellissimo. In lontananza si intravede il profilo delle stupende Alpi Apuane, famose oltre che per la bellezza, anche per il pregiatissimo marmo conosciuto in tutto il mondo, estratto da cave di un bianco accecante. Da queste, peraltro, sono stati estratti i blocchi della apprezzata pietra che hanno dato origine ad opere scultoree di incommensurabile bellezza come il David, la Pietà ed altri capolavori del grande Michelangelo.

Dopo circa una mezz'ora di viaggio arrivano nel ridente borgo di Loppeglia che si trova incastonato su una bella collina, come una pietra preziosa su un anello. Il ristorante "Da Paola" è molto conosciuto, sia dai lucchesi che dagli stranieri, per la cucina genuina e tipica lucchese. La carta dei vini, molto ben fornita, da qualche tempo si è arricchita con birre artigianali, prodotte dall'appassionato e competente figlio della proprietaria. I prezzi sono più che onesti.

I quattro vengono accompagnati da una simpatica cameriera al tavolo. Il locale è in tema con il tipo di cucina, cioè bello ma rustico, pulito e accogliente.

<Cosa desiderano i signori?>

Artura <Vi 'onsiglio vivamente i tordelli alla lucchese 'ome primo...>

La cameriera <So' fatti in casa dalla proprietaria der lo'ale, so ripieni di carne e conditi cor ragù.>

Sandra <Affare fatto, pe' noi va bene. Po' dopo vedo che avete la tagliata...>

La mitica tagliata è una bistecca molto spessa, cotta in due tempi. Prima sulla brace tutta intera, poi tagliata in generose fette che vanno scottate di nuovo... è semplicemente un piatto da "tira'ssi in terra" come diciamo noi toscani.

Il pranzo andò avanti per parecchio tempo. I piatti erano tutti super, e anche gli abbinamenti con le birre, consigliati dal figlio della proprietaria, non erano da meno.

Decisamente appagati e anche... un po' storditi, ripresero la via per Lucca. Nel pomeriggio era previsto un incontro con la famiglia del ragazzo.

I Paolini, cognome appunto della vittima, abitavano nel quartiere San Marco in una villetta poco distante dalla omonima chiesa.

Claudio lasciò la compagnia. Aveva degli appuntamenti di lavoro. Sandra scese in città. Voleva tornare a vedere il bellissimo sarcofago di "Ilaria del Carretto", opera scultorea del grande

Iacopo della Quercia, commissionato agli inizi del quattrocento per la moglie Ilaria morta di parto, da Paolo Guinigi, Signore di Lucca. L'opera, è considerata una tra i maggiori esempi di scultura funeraria del periodo e si trova nella Cattedrale di San Martino.

Artura e Paolo vengono ricevuti dai genitori e dal fratello diciannovenne del povero Tommaso. L'atmosfera è straziante, la mamma piange confortata dal figlio, anche lui con occhi lucidi. Il padre, coi lineamenti del viso contratti, non emette una parola.

La Madre <Desiderano un caffè, qualcosa da bere?>

<Grazie signora, 'asomai un bicchiere d'acqua> Disse Artura.

Paolo con una frase, che era una dolorosa consuetudine in circostanze del genere <Ci dispiace fa'vvi ripensà a questa disgrazia, ma purtroppo è necessario pe' le indagini.>

Artura <Signori, la prima 'osa che vorremmo sapè è se Tommaso (il Ragazzo) era solo 'vella sera.>

Il Fratello <Di solito andava a corre' 'co un ami'a che si 'iama Tiziana, ma 'vella sera era invece co' il su' ami'o Cosimo. Tiziana, invece, ha telefonato qui mentre lui era sulle mura.>

Artura <E che ha detto?>

Il fratello <Sì, 'volea sape' se Tommaso era uscito da molto, pe' raggiungerlo e andà a corre' co' lui.>

<E te che n'hai detto.> Dice Paolo

<Che era uscito prima der solito e che pensavo sarebbe rientrato a casa di lì a po'o.>

Artura fece una domanda per cercare di introdurre il delicato argomento… <Sapete dirmi se la ragazza fosse legata sentimentalmente a Tommaso?>

Il padre <Io… io, un lo so', ragazze n'ho viste sempre po'e con Tommaso. Tanto è vero che ero arrivato alla "tremenda" 'onclusione che … ovvìa, lo devo di'… che un ni garbassero le donne. Un è mai stato come questo figliolo 'vi che invece ne 'ambia una ar mese! Poi però è comparsa 'vesta ami'a… e ormai erano tre anni che si frequentavano.>

Il ragazzo stava con lo sguardo fisso verso il pavimento e Paolo, che di intuito ne aveva da vendere, cominciò a pensare che la risposta del padre, l'atteggiamento del figlio e l'adesivo sulla bici, portassero dritto ad una conclusione, Tommaso era omosessuale.

Artura <Sentite, vi lasciamo il numero dei nostri cellulari. Se vi viene in mente 'varcosa che ritenete utile alle indagini, 'iamate senza problemi. Arrivederci.>

Paolo<Senti Artura, mi sembra verosimile vello che diano i mi' amici.>

Artura <Anche te hai ri'ollegato ir discorso del babbo coll'atteggiamento der figlio e l'adesivo, vero?>

<Si, proprio 'osì. Adesso accompagnami dalla Sandra, dobbiamo riprende i nipoti in palestra.>

Artura <Anche loro moschettieri 'ome ir nonno, eh?>

<Certo, e che atleti... so' ir mi orgoglio.>

Arrivati alla palestra Lucca Fencing... <Carissimo Ruggito... Sei sempre in forma, hai un fisi'o che pari uno di trentanni e non di... lasciamo perde' vai.>

Ruggero <Grande Paolo, anche tu te la 'avi, dai. Ho seguito con attenzione i tu'nipoti, so' bravi pe' davvero. Gia'omo poi è spicci'ato a come eri te in pedana, sembra di vedè Paolo Benvenuti da ragazzino. La bimba c' ha 'na grinta che mette paura.>

<'Veste cose dette da un maestro 'ome te valgono doppio e mi fa un piacere immenso. Certo c'è da dire che hanno una guida mi'a male... anche il grande Antonio 'vi presente è un maestro di scherma come ce ne sono po'i.>

Antonio fece un'espressione come dire "non esagerare".

Suona il cellulare di Paolo. <Si... chi è?>

<Buonasera sono Luca Paolini il fratello di Tommaso...>

<Oh, sì, dimmi, qualcosa che hai dimenti'ato di raccontarci?>

<Dimenti'ato... no, solo che non l'ho detto oggi 'vando ci siamo visti... sa, i mi' genitori anche se un son vecchi, so' parecchio all'anti'a, in parti'olare ir mi' babbo, e non volevo da'lli un ulteriore dispiacere.>

Paolo che aveva già capito...<Sentiamo...>

<Mio fratello... era... gay. Tiziana, non è ovviamente la su' ragazza, ma una grande ami'a sì. Lo ha sempre sostenuto nei

momenti più difficili, soprattutto 'vando pe' la prima volta ha di'iarato la sua omosessualità. Se lo sapessero i mi' genitori... Io naturalmente l'ho accettato sin da subito e infatti con me si 'onfidava sempre.>
Paolo <Ma era... che so', triste, depresso, o magari non voleva ri'onoscere la sua omosessualità...>
Luca <Si'uramente non era felice, sapeva che dicendolo avrebbe sconvolto mamma e soprattutto babbo e questo per lui era la cosa più brutta. Mi raccomando signor Commissario, se potete, non dite 'veste cose ai mi' genitori, sarebbe un ulteriore dispiacere. Aggiungo che, se'ondo me, Tiziana non ci incastra nulla. Forse può sape' 'valcosa di importante, 'vesto pole esse', ma implicata nella su' morte no, ci metto la mano sul fo'o.>
Paolo <Pronto Artura, mi ha chiamato ir fratello del ragazzo, ha confermato la nostra ipotesi. Mi ha anche detto di non averlo rivelato davanti a su' genitori perché loro un sanno nulla... pe' un da'lli un ulteriore dispiacere. Domani sarebbe opportuno sentì la ragazza, che dici?>
Artura <Già 'onvocata, all'11 domattina è da noi.>
<Bene, allora ci sarò.>
In macchina di ritorno verso Gello, Paolo <Domani abbiamo 'onvocato l'ami'a del ragazzo, speriamo ci dia 'varcosa pe' le indagini perché un vedo strade da seguì per ora. 'Sto ragazzo 'aduto dalle mura un mi dà pace.>
L' indomani mattina al bar....
Paolo <Buongiorno ragazzi, come ar solito avete dato una svorta all'indagini, bravi e grazie. Il ragazzo era gay pe' davvero, me l'ha confermato ir fratello. Certo... che mentalità che c'hanno 'vesti padri! Sembra 'vasi che le fidanzate dei loro figli siino le tacche di un termometro, e che servano a misurà la virilità de' figlioli. In prati'a più "tacche" c'hai e più ganzo sei. Vorrei sapè, se questi fossero genitori delle "tacche" 'ome la penserebbero. Se poi scoprono che ir figliolo è gay... allora è la fine. Precisiamo, anch'io per motivi 'ulturali e data la mi' età, magari sarei pensieroso... ma solo per il giudizio degli altri e per le difficoltà che potrebbe incontrare. Per il resto accetterei serenamente la cosa,

sia che la faccenda riguardasse un figlio maschio o femmina. Dovevate vede' invece i genitori der povero Tommaso. Lui che esaltava il figlio maggiore pieno di ragazze, mentre era giunto alla "tremenda 'onclusione", come diceva lui, che a Tommaso un li piacessero le donne. La madre da parte sua accettava vesti ragionamenti senza proferì parola, co' rassegnazione… robe da medioevo.>

Marione <Certo che ave' un figlio finocchio…>

Paolo <Per favore, almeno in mi' presenza un dite certe parole! Dare der "finocchio" è… disprezzare, considerare una persona inferiore, che non vale nulla. Io sono 'onvintissimo che un uomo può amare un altro'uomo, una donna può amare un'altra donna con sentimenti che sono veri e nobilissimi, e vanno rispettati… senza pregiudizi.

L' accettazione ci deve veni' naturale, 'ome naturale ci appare l'amore fra due esseri di sesso diverso.>

Marione <Hai ragione Paolo, scusa, ma anch'io sai so' nato in un epo'a dove queste persone, nella migliore delle ipotesi, venivano derise e non di'o le peggiori!>

Paolo <Bene, pensiamo all'indagini. Il fratello mi ha anche detto che Tiziana, l'ami'a di Tommaso, aveva 'iamato 'asa del ragazzo pe' sape' da quanto era partito, pe' anda' a correre co' lui. Poi un è andata, poiché Luca, ir fratello della vittima, n'aveva detto che di lì a po'o Tommaso sarebbe tornato.>

Amulio <Ri'apitolando: Lui va a corre', la ragazza telefona, ni viene detto che sta pe' tornà. Ma chi è 'sta Tiziana, un potrebbe dà delle dritte?>

<Si'uramente, infatti oggi alle 11 è convo'ata in commissariato.>

<Sandra, io parto pe' lucca, che fai vieni anche te?>

<Dopo la scuola vengono a pranzo i nipoti, magari fammi sape' le ose' che mi interessa.>

Ore 11, Artura e Paolo, sono in attesa dell'amica.

Squilla il telefono, è la Portineria <Dottoressa, c'è una tale Tiziana Maribelli con la mamma.

<Ah sì, falle passare.>

<Buongiorno Tiziana, buongiorno anche a lei signora.>

Tiziana era una ragazza stupenda, occhi scuri, capelli lisci e nerissimi, non tanto alta, ma con un fisico invidiabile.

Anche lei portava i segni della sofferenza per la perdita di Tommaso.

Artura <Signora, se vuole rimanere con sua figlia, per noi va benissimo.>

La Mamma <No, preferisco che Tiziana non sia influenzata dalla mi' presenza.>

Paolo e Artura apprezzarono l'atteggiamento di collaborazione.

Artura <Dunque Tiziana, sappiamo della tua amicizia con Tommaso e che eri a conoscenza della sua… 'ondizione.>

Con una lacrimuccia che scendeva sul bel viso <Si, ero a conoscenza di tutto, anzi so' stata la prima a sape' le 'ose, addirittura prima di Luca, su' fratello.>

Paolo <Fra voi c'era solo amicizia?>

<Inizialmente devo di'… no. Era un tipo molto affascinante e bello, piaceva a tutte le ragazze, e piaceva anche a me.>

Artura <E come è che siete diventati amici?>

Con evidente imbarazzo <Sa, io… io, avevo un po' perso la testa per lui e… visto che lui… sì, insomma un mi 'orteggiava, decisi di fallo io e presi una sonora sberla. Vedendomi respinta ci rimasi malissimo e decisi di un frequentallo più. Ma lui mi cercava in continuo. Alla fine prese la decisione di rivela'mmi ir su' segreto. Teneva tantissimo alla mi' amicizia e mi scrisse una lettera bellissima che ancora conservo. Da allora diventammo inseparabili.> Le lacrime, copiose, cominciarono a solcare il suo bel viso <Ma ora… non c'è più.>

Paolo <Hai mica ragionato sul movente del suo tragi'o incidente?>

<Sì, ma un so da'mmi pace. Non credo si sia ammazzato, non ne vedo il motivo. Era sereno, al momento non aveva nessuna relazione e non aveva interessi per nessuno in parti'olare. Stava studiando parecchio perché era rimasto un po' indietro in alcune materie. Anche a scuola 'omunque un ave'a problemi, era uno che magari un studiava pe' un mese e po' dopo re'uperava studiando a capofitto pe' una settimana. Ave'a un'intelligenza e

una memoria formidabili.>

Artura <So che non sono affari miei, ma è importante pe' le indagini. Vole'o sape'…non c'era mi'a che so, della gelosia da parte di altre persone pe' la vostra amicizia?>

<Il mi' ex ragazzo Cosimo, era molto geloso, ma era anche su amico… niente di parti'olare, dai.>

<Bene, un abbiamo altre domande, per ora puoi andare e grazie.>

Artura <Che ne pensi Paolo?>

<Ma? Direi… nebbia in Val Padana…>

Artura <Senti è l'ora di pranzo, telefono al barre qui vicino e faccio porta' qualcosa, va bene?>

Suona il telefono di Paolo <Scusa è Sandra. Ciao 'onsorte che dicevi?>

Sandra <Senti Paolo, sarà una 'avolata ma te la di'o ugualmente. Sai che oggi c'ho i nipoti a mangia'.>

<Si, lo so>

<Quando li ho presi a scuola, ner tragitto pe' veni a casa, Gia'omo mi ha voluto raccontà un episodio di ieri sera in palestra a Lucca.>

Paolo <Un ha mi'a litigato…>

<Ma no, senti, si tratta delle vostre indagini.>

Paolo <Aspetta metto in viva voce 'osi sente anche l'Artura.>

Sandra <Gia'omo era sotto la doccia e per caso ha sentito du' ragazzi che discorrevano. In prati'a erano preoccupati pe' un arti'olo di giornale che parlava del ragazzo caduto dalle mura "speriamo che un si accorgano di noi", diceva uno che si 'iama Giulio ad un altro ragazzo di cui nostro nipote non ri'orda il nome, un tipo alto con un fisi'o atletico, con un cesto di 'apelli riccioluti sulla testa.>

Paolo <Mmm, interessante, grazie Sandra.>

Artura <Potrebbe esse' un corpo di fortuna! Senti, puoi andà alla palestra a indagà?>

<Certo, fra po'o ci vado, li conosco tutti e un mi sarà difficile scovare 'vesti du' ragazzi.>

Quando arrivò alla palestra Lucca Fencing, stavano cominciando l'allenamento i piccolissimi. Buffi e teneri, nelle loro divise bi-

anche e… abbondanti, per prevenire improvvisi sbalzi di crescita.
Ruggero <O te? Qual buon vento.>
Paolo <Niente buon vento, so' qui pell'indagini sul ragazzo morto cadendo dalle mura po'i giorni fa'.>
<Ah, ri'ordo, ma che centra la scherma…>
Paolo spiegò l'accaduto <Mi servirebbe parla' co' un ragazzo che si 'iama Giulio, dovrebbe esse sui 17 anni circa, e un altro di cui un conosco ir nome, so' solo che ha capelli riccioluti.>
<Probabilmente ir su' ami'o Cosimo, è l'uni'o con 'vella capigliatura in palestra.>
Paolo <Cosimo? Si, potrebbe esse' proprio.>
I due avevano allenamento di lì a poco. Paolo decise di aspettarli e telefonò per consultarsi sul da farsi con la collega. <Pronto Artura, so' qui alla palestra, i du' ragazzi c'hanno l'allenamento fra po'o e io ho deciso di aspetta'lli. Sarebbe utile che venissi anche te co' un mandato, 'osi l'interroghiamo se'ondo le regole.>
Paolo stava divertendosi parecchio ad osservare i duelli di bambini piccolissimi i quali, più che atleti, sembravano pulcini spennacchiati che se le davano di santa ragione. Pare incredibile come, già a quell'età, alcuni bambini e bambine mostrino una innata predisposizione. Il maestro Antonio è convinto che i futuri "campioni" si vedono fin da subito. Paolo, in polemica costante con questa tesi, da sempre sostiene che la scherma è per tutti. C'è chi arriva prima e chi dopo, e pone sè stesso come esempio. Infatti da piccolo lo battevano spesso e crescendo è arrivato ad essere addirittura un atleta da olimpiadi.
Arriva la collega <Ciao Artura, ti presento Ruggero, maestro di fioretto e mi' perenne avversario. Ce le siamo date di santa ragione e…>
Ruggero <E te Paolo vincevi 'vasi sempre.>
Paolo <'Apisco che mi v'oi fa' fare bella figura 'olla mi' ami'a, ma un esagerare. Anche te m'hai fatto vede' i sorci verdi parecchie vorte.>
l'Artura ride nel mentre che…
Ruggero <Signori, alle vostre spalle ci so' i due che cercate. So' insieme.

Artura <Buonasera ragazzi.>
I due con aria interrogativa, si guardarono e risposero <Buonasera.>
Paolo <Siete Giulio e Cosimo?>
<S... si, ma... voi chi siete?>
<Siamo 'Ommissari di Polizia.>
I due tentarono di nascondere l'evidente stato di agitazione <E... che desiderano?>
<Fare du' 'iacchere con voi, in relazione ar vostro coetaneo caduto dalle mura. Pe' questo domani sarete 'onvo'ati al commissariato di polizia.>
L'indomani mattina al bar Gello <Buongiorno Paolo, nulla di novo?>
<O Ugo, sì, in giornata dovrebbero veni in commissariato du' ragazzi, che potrebbero esse' impriati nel caso.>
Marione <Allora, 'na pista esiste.>
<Si, ma sur momento un sappiamo nulla, ora bevo un caffè e vado a Lucca.>
<Buongiorno Dr Benvenuti, la Dottoressa la sta aspettando, è co' du' ragazzi nel su' ufficio.> disse il piantone.
Paolo si affrettò. La stanza dell'amica era in fondo ad un lungo corridoio verde. "Chissà perché tutti l'uffici di polizia hanno sto' triste e orrendo 'olore verdino, pensò". <Buongiorno Artura, e buongiorno a voi ragazzi.>
Tutti risposero al saluto... poi Artura <I ragazzi so' venuti spontaneamente anticipando la 'onvocazione.>
<Come mai siete già qui ragazzi?>
I due <Perchè vogliamo chiarì la nostra posizione.>
Paolo <Siete stati sentiti po'e sere fa' in palestra dire "Speriamo un si accorgano di noi", e parlare di un lucchetto...>
<Vede signore, effettivamente è vero che abbiamo detto 'veste 'ose, ma solo perché Cosimo è l'ex ragazzo della ami'a di Tommaso, e soprattutto perché il lucchetto della bici è suo. Lo aveva prestato a Tommaso perché ave'a dimenti'ato il suo... quindi risalire a noi è guasi logi'o.>
Artura <Suo di chi.>

<Di Cosimo...>

<Ma... allora te, Giulio, che ci 'ombini in 'vesta storia?> disse Paolo.

<Io e lui eravamo insieme 'vella sera, e un potendo dimostrà nulla, avevamo e... abbiamo paura d'esse' accusati ingiustamente.>

<Allora diteci dove eravate.>

Giulio <Cosimo stava andando a corre' sulle mura co' Tommaso, Io... io ave'o preso la Mercedes della mi' mamma di nascosto, vole'o fa colpo su una. Ho chiamato Cosimo pe' fammi da spalla, e lui ha accettato subito. Cosimo può confermà. Dimenti'avo, mentre andavamo via ho visto Giustino, l'ex di Tommaso, mi sembrava salisse sulle mura.>

Artura <Quindi ri'apitolando, voi siete andati via in macchina, Tommaso va da solo a correre giusto?>

<Sì, almeno questo è quello che sappiamo noi... sempre che un avesse appuntamento co' Giustino. Ogni tanto si vede'ano e... spesso bisticciavano.>

Paolo <Mi sembrate sinceri. Vi 'onfesso che ave'o pensato male di voi, e comunque... prende' di nascosto la macchina senza patente non va proprio bene... potete causà dei casini inenarrabili. Non fatelo più mi raccomando.>

Giulio <Ha ragione, ma siamo ragazzi. Prometto che se un lo dite a nostri genitori, un lo facciamo più.>

<State tranquilli, un vi facciamo neanche la multa, dè. Una 'osa ancora...chi è 'vesto Giustino?>

Cosimo <Un ami'o di Tommaso, un ami'o un po' speciale, hanno avuto una relazione non molto tempo fa.>

Paolo <Mm... interessante, ora però potete andare e... mi raccomando, un prendete più la macchina.>

La giornata era fredda ma un bel sole splendente la rendeva assai piacevole. Squilla il telefono...<scusa Artura è la Sandra... ciao moglie, dimmi.>

<M'è venuta voglia di Buccellato, me lo 'ompri?>

<Si, lo 'ompro in piazza San Mi'hele da Taddeoni, è ir migliore.>

Salutata Artura con l'impegno di rivedersi il giorno successivo,

Paolo si dirige verso il centro a piedi. In poco più di un quarto d'ora, arriva al negozio che si trova nella centrale piazza.

<Che gli serviamo a questo bel giovinotto?> Fa un commesso assai simpatico e allegro.

<Vorrei un ciambellone di Buccellato. 'Vanto osta?>

<Otto euri.> fa il commesso.

Paolo <Boia, è caro vai!>

Il commesso <Se vole solo ir buo della ciambella, ni' do' anco gratisse… ahahah.>

In quel mentre squilla il telefono <Pronto, so Ugo, eravamo qui al baretto coll' amici che si pensava dove potessero esse le 'iavi del lucchetto che chiudeva la bici. Ma… un potrebbero esse' scivolate di tasca 'vando ir ragazzo è caduto?>

<In effetti potrebbe esse', ma strano che un l'abbia trovate la scentifi'a> Rispose Paolo.

Dopo la telefonata però gli rimase un dubbio. Pensò allora di tornare sul posto della tragedia. Anche se non ricordava il punto preciso non fu molto difficile trovarlo. Una montagna di mazzi di fiori faceva da tristissimo punto di riferimento. Cominciò a guardare per terra, spostava qua e là ciuffi d'erba nella speranza di un ritrovamento assai improbabile. Gli venne in mente anche di sporgersi dalle mura per guardare sotto.

<Ma che fa?> Un preoccupato signore sulla sessantina intervenne <Sporgersi è molto peri'oloso… vede 'sti fiori? Sono pe' un ragazzo che è morto cadendo dalle mura po'i giorni fa', vole cade' anche lei?>

Paolo <Senta, lei ha ragione, ma io so' un commissario di polizia e sto facendo delle indagini. Potrebbe aiuta'mmi, se mi tiene le gambe mi sporgo a vede' na 'osa.>

Il signore <Va be' ma un mi faccia spaventà.>

Paolo si sdraiò sul parapetto mentre il tipo gli reggeva le gambe. Nel frattempo i passanti incuriositi cominciarono ad accalcarsi per vedere cosa accadeva.

Una anziana signora <Se cercate i capperi, vi fò presente che un è stagione.>

Paolo intanto comincia a rovistare sulle pietre sporgenti fino a che, con una mano introdotta in una fessura, trova qualcosa di metallo. Sì, era una chiave, una chiave compatibile con una chiusura di bicicletta. Avrebbe voluto urlare di gioia per il ritrovamento, invece dovette dare spiegazioni ad una coppia di Vigilesse che, intervenute sul luogo, avevano visto le fasi finali della scena.

Una Vigilessa <Scusi signore, lo sa che è vietato salì su' parapetti? Siamo 'ostrette a falli la 'ontravenzione.>

Per non compromettere le indagini, Paolo si scusò senza dire il motivo per cui si era messo in pericolo, ma per la multa non ci fu niente da fare. Bilancio della giornata: una chiave e un buccellato da una parte e una multa e pantaloni strappati e impataccati dall'altra.

"E ora chi la sente la moglie." Pensò un preoccupatissimo Paolo.

Nel pomeriggio, durante una briscola al Bar Gello…

<Allora? Sì, le indagini 'ome procedano?>

Paolo <Vi ho dato retta e sono andato a cercà le 'iavi della bici… e penso di ave'lle trovate, almeno credo, domattina verifi'o.>

<E un ci dice'i nulla?> Fanno in coro gli amici.

Marione <Ma 'sto ragazzo…gai… o come cavolo si dice, un ave'a punte relazioni?>

Paolo <Porca miseria…> Si dette una manata sulla fronte… <Mi so' dimenti'ato di fallo 'onvocà! Ora 'iamo l'Artura.>

<Pronto, so' Paolo, ti vole'o di' che stamani so' ritornato sul posto dove è frullato di sotto alle mura il ragazzo e ho trova'o una 'iave. Ti voleo di' anche di 'onvocà ver tipo… 'me si 'iama, mmm…Giustino.>

Artura <Speriamo per la 'iave. Pe' quel ragazzo ci ho già pensato, domani alle dieci viene qui.>

La mattina successiva Sandra <Oggi un fa' troppo tardi. Alle cinque c'è la tombola di beneficenza alla parrocchia.>

Paolo <Sì cara, stai tranquilla.> "Boia ci mancava anco la tombola, meno male che almeno ci so' anche l'amici."

Ore 10 Lucca. <Buongiorno Artura, novità?>

Per ora tutto tace, di là c'è il ragazzo che ci aspetta… la 'iave?>

Paolo <Eccola, falla provare.>

Suona il cellulare di Paolo <Pronto so' Marione, senti ma... sto Giustino? Ora lo devi interroga', vero? Inventagli che l'avete 'iamato perché sulla 'iave ci so le su' impronte e vedi 'ome reagisce.>
<In effetti è na buona idea, ti faccio sapè.>
Il ragazzo cercava di dimostrarsi calmo, ma la fronte imperlata di sudore lo tradiva.
Paolo <Giustino...vero?>
<Si, so' io, ma perché mi avete fatto venì? Mica ho fatto nulla...>
Artura <Perchè...>
Paolo <Aspetta Artura... perchè abbiamo ritrovato le 'iavi con cui era 'iusa la bici e ci so' sopra le tu' impronte, ecco... perché!>
Artura guarda Paolo con espressione interrogativa.
Giustino <Ma...io> la sua voce tremolante fu interrotta da quella molto decisa di Paolo.
<Niente ma, dicci la verità oppure te la di'o io!>
Giustino era alle corde come un pugile in attesa del ko.
Paolo <Ti conviene cantare se non vuoi peggiora' la tu' posizione.>
Giustino ormai in lacrime non resse più <Non l'ho fatto apposta, io non vole'o ammazzallo, n'ave'o preso le 'iavi e tirate dalle mura pe' rabbia... lui mi respingeva e io ero innammorato di lui.>
Artura <Come mai l'hai spinto giù?>
<Non l'ho spinto, anzi dopo che ave'o tirato le 'iavi abbiamo cercato di re'uperarle. Lui s'è sporto dar parapetto e io lo tenevo pe' i piedi... una scarpa n'è uscita e lui è caduto ed è morto...>
Giustino scoppia in un pianto disperato. Artura chiama due poliziotti e lo fa portare via. <Abbiate cura di sto ragazzo.>
Artura <Ma come hai fatto a capì che era lui?>
Paolo <Mi'a lo sapevo, mi immaginavo che avremmo trovato le su' impronte sulla 'iave.. ho gio'ato d'anticipo e... 'vesto è il risultato.>
Artura <A sì? allora lo voi sape'?>
<'Osa? Dimmi.>
Artura <Hanno provato la 'iave e... non è quella giusta!>
<Boia, allora ho sbagliato lavoro, dove'o fa l'attore!>
<77... le gambe delle donne, 48... morto che parla, 90... la

paura...>
<Cinquina!> Fa Amulio, < ho vinto ir salame, ganzo...>
<13, 7, 54>
<Tombola!> Fa un raggiante Marione.
<Tutto a voi eh? A me manco le briciole!> dice uno sconsolato Paolo, <avete un ber c...> Non fa in tempo a finire la parola che incontra lo sguardo furibondo di Sandra <Paolo ti ri'ordo che siamo in Parrocchia!>
Gli amici <O Paolo, sei riuscito a risolve' ir caso credendo di avè delle prove che invece un ave'i e questo pe' oggi ti basti.>
Paolo <'Vello che dite è sacrosanto, ma contento un so' davvero. Mi dispiace che una storia d'amore sia finita co' un ragazzo morto e il suo ex ne guai... So' ragazzi che avrebbero il diritto alla felicità, a vive' i loro sentimenti senza sensi di colpa e soprattutto senza il pregiudizio da parte di tanta gente ignorante. E invece Tommaso non c'è più e Giustino, anche se col tempo sarà 'ompletamente riabilitato, porterà sempre sulle spalle quel macigno. enorme. Ma ora pensiamo alla tombola che mi de'o rifà.>
<36, 14, 56. <E vai... terno!> Fa un felicissimo Ugo
Paolo <E dai, ci risiamo...>

Bianca neve e il pirata sugli sci

Sicuramente all'Abetone questo gennaio lo ricorderanno per un pezzo. Dopo qualche stagione avara di neve, quest'anno ce n'è per benedire e santificare. Al bar Gello, Paolo e gli amici stanno consultando su "Bianco Abetone.it" il bollettino meteorologico.
Ugo consulta il cellulare <Caro Paolo, allora che informazioni ti posso dà pe' la tu' settimana bianca: dunque... altezza neve da 210 cm a 290 cm, quindi bonissimo, tempo bello anche se un po' freddino, so' previste temperature fino a 8 10 gradi sotto zero, ma clima secco. Il tu' albergo è super collaudato, belle 'amere e mangiare ottimo... ma che voi di più?>
Paolo <Sapete che la iella è sempre in agguato, l'anno passato vi ri'ordate ir mi Gia'omo? Febbre e tosse, Sandra sempre 'iusa in albergo e io a fa' varche pista 'olla bimba, con aggiunta di sensi di 'orpa perché un davo mai ir cambio alla moglie, ma... d'artra parte che ci po'teo fà, era lei che dettava legge!>
Marione <Boia Paolo, ce l'hai racconta'o na' frana di vorte, ti dov'ei sentì proprio un pezzo di mota!>
L'indomani mattina ore sette. Sandra <So' arrivati i nipoti, Bullo va a casa della Simona.>
Paolo <Car'io l'attrezzatura, le valige dei bimbi e si parte.>
Non fecero in tempo a uscire di paese... <Cavolo, ho dimenti'ato i mi' scarponi!>
Sandra <E ti pare'a! Ma la testa l'hai portata?>
Il viaggio scorre in allegria; verso le 9, ai lati della strada, si cominciano a vedere le prime chiazze di neve. Più salgono e si avvicinano alla meta e più la candida coltre si inspessisce. La gioia dei ragazzi diventa presto impazienza <Manca molto nonno? Vo-

gliamo andà a scià subito.>

<Carma nipoti, prima si sca'ria la roba in Hotel e poi si va.>

L'hotel "Fiocco di neve", era proprio nelle vicinanze della piazza del paese. Un simpatico albergo a tre stelle gestito sapientemente dalla famiglia Ceccanti. Le camere, ristrutturate da poco, erano accoglienti pulite e con dei bei finestroni che nelle notti di tormenta permettevano, dal letto, di godere il magico spettacolo dei fiocchi di neve che cadono silenziosamente e, col sole come in quel momento, di far entrare una luce che metteva allegria.

Dai nonno, noi siamo già pronti, si va a scià?>

<E va bene… Sandra posso portà i nipoti sulle piste?>

<Vai caro, vi sistemo io, ci vediamo a pranzo.>

Paolo <Sentite nipoti, 'ominciamo dalla Selletta che ha un bel tracciato ed è facile, 'osì ci scardiamo i muscoli.>

Montarono sulla seggiovia. Man mano che salivano, enormi abeti carichi di neve luccicavano al sole, come fossero coperti da brillanti, e un piacevole silenzio li accompagnava sino in vetta. Paolo ripensava a quando era bambino e al posto dei nipoti c'era lui. In fondo, l'Abetone non era cambiato così tanto, anzi, a parte i moderni impianti di risalita, per il resto era rimasto tutto magicamente uguale. Le piste Selletta, Riva, Gomito Stucchi, la Chierroni le Zeno, Che portano il nome del leggendario "Colò", il boscaiolo toscanaccio che vinse le olimpiadi… il Pulicchio, la Val di Luce. Oggi l'Abetone è una moderna stazione sciistica, con impianti ma soprattutto piste che fanno invidia ai più rinomati centri sciistici delle alpi. "Gli scemi, invece so' sempre i soliti, bada 'vel pirata pe' po'o 'un arrota un bimbetto" Pensò Paolo scuotendo la testa. Prontamente un carabiniere che controllava le piste raggiunge il "cretino" e lo redarguisce.

<Meno male che ci siete voi a tenè a bada 'vesti matti!>

Il Carabiniere sorridente <Quando li vediamo… purtroppo siamo po'i e le piste tante, 'omunque ci mettiamo der nostro meglio.>

Paolo e i nipoti continuarono la discesa, che curva dopo curva li portò nuovamente alla seggiovia. La mattinata di sci proseguì in tutta tranquillità fino all'ora di pranzo. Affamati e allegri raggiunsero Sandra. I ragazzi mangiavano a "quattro ganasce", come diciamo noi toscani. Paolo non era da meno e Sandra... <'Apisco i nipoti che de'an cresce', ma te un sembri un 'omo, sembri un cinghiale all'ingrasso! E poi fai l'analisi che neppure leggi pe' la paura! Meno male che ci so' io che ti tengo un po' a freno, vai.>

Paolo <Senti un po' Sandra, domani vieni a scià co' noi?>

<Mi piacerebbe, ma l'anni passano e... le gambe invecchiano...>

Paolo <Ma se sembri 'na ragazzina!>

<Sì... magari!>

La sera, a passeggio per il paese, Sandra come sua abitudine guardava le vetrine. Per fortuna all' Abetone ci sono anche bei negozi di articoli sportivi dove Paolo e Giacomo si estasiavano alla vista di attrezzature da sci avveniristiche. <Nonno, hai visto gli sci della Snow and Sun? So' bellissimi! un mi' ami'o ce l'ha, b'on pe' lui! E gli scarponi della Polo Norde?>

Sandra <Entro co' la bimba un se'ondo in 'vesto negozio, ci so' delle cosine deliziose.>

Paolo a Giacomo <Ci risiamo dè, ir mi' bancomatte è sempre in cardo, tanto lo so', entra in un negozio e 'varche cosa si'uramente ni resta appicci'ato alle mani.>

Suona ir cellulare di Paolo < Pronto... so' Franco Giomi, m'ave'i detto che saresti venuto all'Abetone. Io domani sarei libero, verrei a scià co' voi così stiamo un po' insieme.>

Paolo <Ma è un piacere immenso, so' alloggiato al solito hotel, "Fiocco di Neve"... lo sai vero?>

Franco <Sì, sì, dai, a domani mattina alle 8, si prende un caffè al bar "L' Orso Polare" e po' si va sulle piste.>

La mattina successiva <Oh, finarmente si rivede ir vecchio Paolo...>

<Vecchio a chi, fra po'o ti fo' vede' ir vecchio... se si parte insieme sulla pista, 'vella che voi tu... eh, io ti aspetto in fondo 'ogli sci in mano.>

<Eh, esagerato, se lo di'ono i tu' nipoti ci 'redo, guarda che atleti che so', ma se me lo dichiari tu allora... ho 'varche dubbio, ahahah.>

Paolo <Ragazzi, io salgo in seggiovia co' Franco, voi andate insieme.>

Franco <Allora Paolo, 'vesta pensione, 'ome va? A me mancano ancora 'vattro anni, e qui ner comprensorio montano è 'na noia mortale, un succede mai nulla. Pensa che l'urtimo intervento che ho fatto, circa 'vindici giorni fa, riguardava un tale che co' la scusa di aiutà le vecchiette pe' strada, ni rubava i sordi dalla borsa... sai che caso importante! In compenso ho imparato a scià alla grande, ora ti fo' vede'.>

Franco parte in stile perfetto con una serpentina da vero professionista dello sci.

<Boia dè, sei proprio bravo davvero, scii 'ome un maestro!>

<Che ti dicevo?>

<Bravo signor Franco!> Dissero meravigliati i nipoti.

Nel mentre Paolo volendo ripartire, guarda come il buon senso comanda, se la pista è libera. Non fa in tempo a voltarsi che con la coda dell'occhio vede un proiettile fatto uomo, anzi... fatto idiota, sparato sulla pista. Per poco non prende in pieno i due nipoti, solo un miracolo evita quella che sarebbe stata una sicura tragedia, la quale purtroppo si materializza poco sotto dove un gruppetto di ragazzini si era fermato per recuperare le forze. L'imbecille, perso il controllo dei suoi sci, piomba sul gruppo di ragazzi prendendone due in pieno. Comunque non desiste e, forse anche per evitare un sicuro linciaggio, continua la sua folle corsa.

Istintivamente Franco urla <Paolo guarda sa' è successo, 'iama i soccorsi, io cerco d'andanni dietro.>

Paolo <Nipoti state 'vi fermi, io vo' a vede' la situazione.>

Lo spettacolo non è molto rassicurante, una ragazzina sui 15 anni e un ragazzo più o meno della stessa età erano a terra, la bimba riversa su una grossa pozza di sangue, sembrava in gravi condizioni e non si muoveva, il compagno gemeva dolorante, e voleva rialzarsi. Paolo riusci a convincerlo a non muoversi, gli altri amici erano impietriti davanti alla scena. Paolo col cellulare chiama i soccorsi che arrivarono in pochi minuti. Nel frattempo Franco arriva in fondo alla pista, si avvicina a un gruppo di persone che beatamente si godevano il sole seduti ad un tavolo del rifugio. <Buongiorno, avete mi'a visto un tale con completo celeste e un casco blu?

Il gruppo <No, non lo abbiamo visto, eravamo 'vi a chiacchera e un ci abbiamo fatto 'aso.>

Un bimbo <Io l'ho visto, sembrava 'velli che fanno la discesa libera, andava forte forte. 'Vando è arrivato s'è levato gli sci ed è andato via di 'orsa... eccolo, è là ner posteggio, lo vede? Sale su 'vella gippe verde scuro!>

Franco <Grazie.>

Paolo telefona <Franco, so' venuti a prende i feriti, una ragazzina e un su ami'o. Li ho lasciati in ottime mani, li stanno trasportando con du' toboga, forse li ri'overano all'Ospedale di Pistoia. Gli artri der gruppo pe' fortuna non si so' fatti nulla, sono solo un po' scossi. Te do' sei?>

<So' infondo alla pista, ir pazzo è scappato 'olla macchina, ho già chiamato du' pattuglie pe' mette' i posti di blocco prima e dopo ir paese.>

Paolo <Bene, ti raggiungo co' nipoti... dove sei te, ci so' anche i genitori de ragazzi feriti che aspettano di vede' i loro figlioli, me l'hanno detto l'amici dei due feriti. Fra po'o arrivano i toboga.>

Quando Paolo e i nipoti arrivarono, Franco stava parlando con un gruppo di persone visibilmente preoccupate. Una donna piangeva... erano i genitori dei ragazzi.

Paolo <Salve, sono un collega der dottor Giomi, insieme abbiamo assistito all' incidente. Spero che un ci sia niente di grave.>

I genitori <Grazie pe' il vostro aiuto. I ragazzi saranno trasportati all'ospedale coll'eli'ottero, e adesso partiamo pe' potè assisterli. Abbiamo scambiato i numeri di telefono co' il su' 'ollega Giomi, vi faremo sape'.>

Paolo si rivolge a Franco <Boia che giornata, e che botta... speriamo bene!>

Giacomo <Nonno, pole esse' utile sapè che sci ave'a ir tipo?>

<Sì Giaomo, ma a 'vella velocità...>

Il nipote <Ti ri'ordi ar negozio ieri sera t'ho fatto vede' gli sci della "Snow and Sun"? 'Ver tipo c'ha ir top di gamma, 'ostano un

botto e se ne vedono po'issimi in giro.>

<E te 'ome fai a esse siuro, andava 'osì forte che vede' gli sci è impossibile.>

Giacomo <Sì, è vero, ma ho visto ir sotto degli sci e ti di'o che so' l'unici ad avè la soletta bicolore, verde e gialla.>

Paolo <Bravo Gia'omo, abbiamo un artro detective in famiglia. Franco hai sentito?>

<Certo, stavo giusto telefonando alle pattuglie pe' dalli sto' indizio.>

Suona il cellulare di Paolo <Ciao Ugo, ma... non saprete mi'a già 'vello che è accaduto?>

Ugo <No, si 'iamava pe' un saluto, 'sa è successo?>

Paolo <Dè, un pazzo a tutta velocità ha potato du' ragazzi su una pista, i ragazzi so' all'ospedale e l'idiota è scappato. Di lui sappiamo solo 'vattro 'ose: ir modello degli sci, per altro molto raro, ir colore della tuta indossata, la macchina che è un Range Rovere e che è di sesso maschile. Abbiamo fatto disporre posti di blocco ma per ora niente.>

Ugo <Mi sta dicendo Marione, che se'ondo lui, uno co' sci e macchina 'ostosi, potrebbe anche esse' uno co' vattrini che c'ha na 'asa oppure che è in hotel, un è detto vadi via dar paese.>

Paolo <Effettivamente è vero, grazie dello spunto.>

Suona il cellulare di Franco <Pronto? Mi di'a... ho capito, la bimba è stata giudi'ata f'ori peri'olo, anche se ha delle fratture e il ragazzo tibia e perone rotti. Meno male, grazie pe' le informazioni, teneteci aggiornati.>

Paolo <Dè, avrei pensato molto peggio, tutto sommato è andata di lusso.>

Paolo <Telefono a Sandra... Si, so' io, o trovato da lavora' anche qui, un criminale ha investito du' ragazzi 'olli sci e se l'è data a gambe. I giovani so' all'ospedale di Pistoia.>

Sandra <Ma che mi dici! Va be', mandami i nipoti, te fai 'vello che devi fa'.>

Paolo <O Franco, mi viene in mente na 'osa, vieni co' me. Voglio passà dar negozio dove ieri sera co' Gia'omo abbiamo visto gli sci "Snow and Sun".>

Il negozio "I love Sport", si trovava nella piazza del paese.

<Buongiorno, i signori desiderano?>

<Buongiorno a lei> Disse Franco al commesso. <Senta, siamo della polizia, oggi è accaduto un grave incidente 'vi sulle piste. Du' ragazzi so' stati falciati da un pirata con gli sci...>

Il commesso <Sì, ho saputo, siamo in un piccolo borgo e le notizie volano, ma... cosa posso fa' pe' voi? Io ero qua ar negozio, 'vindi un ho visto niente.>

Paolo <Senta, ir delinquente è scappato, ma abbiamo potuto vedere che aveva gli sci della "Snow and Sun", ci 'iedevamo se fosse possibile che ir tipo li avesse 'omprati 'qui da voi... ah, aveva anche una tuta da sci tutta celeste.>

Il commesso <Gli sci, se l'ha comprati in Toscana, è morto probabile che l'abbia presi 'vi. Siamo solo tre negozi accreditati alla vendita di 'vesti attrezzi. Gli artri du' negozi so' a Firenze e Livorno. Ma ora che ci penso...> Il commesso andò nel retro bottega e tornò con una grande busta scura. La aprì e ne estrasse una divisa da sci identica a quella del pirata. <Per caso ave'a a dosso vesta tuta?>

<Boia, sì, sì, è proprio 'vesta dè!>

<Allora le di'o che ha comperato tutto 'vi agli inizi di dicembre, mi ri'ordo bene.>

Suona il telefono di Paolo <So' Ugo, niente di novo?>

<Sì, proprio adesso abbiamo individuato ir negozio dove ir marvivente ha 'omprato gli sci e la divisa, però risalì ar nome e cognome è morto difficile.>

Ugo <Difficile? Ma un credo proprio! Ti ri'ordo che lavoro in banca e so' come funzionano i pagamenti...>

<Che voi di'!> Disse Paolo.

<Voglio di' che deve avè comprato la roba co' una 'arta di 'redito o un bancomatte, perché cor contante un sì pole superà certe cifre... e po' ce lo vedi uno che paga co' un fascio di sordi? Le 'arte di 'redito e i bancomatte hanno un nome e cognome del proprietario e a voi della Polizia dovrebbe esse' facile risalire al titolare.>

Paolo <Boia che bella imbeccata, dè, un ci ave'o proprio pensato...

grazie Ugo.> <Ir mi ami'o ar telefono m'ha detto che ir pagamento fatto dar tipo è si'uramente fatto co' una 'arta elettroni'a. Lui è un bancario e di 'veste 'ose se ne intende.>

Franco <Faccio fare delle ricerche, 'osì vediamo chi è 'ver bastardo.>

Paolo <Dè, certo che è la prima vorta che mi trovo a indagà su un crimine dove l'arma der delitto so' un paio di sci!>

L'indomani mattina molto presto Paolo, con una certa impazienza di sapere le cose, telefona all' amico Franco <Pronto, allora si 'onoscono le generalità der folle?>

Franco con un tono di delusione <Che ti devo di', è una 'arta di credito e il titolare si 'iama Giorgio Matteini.>

Paolo <Dè, abbiamo risolto ir caso e sei deluso? Forse speravi che durasse di più perché come mi dicevi l'artro giorno, 'vi in montagna un commissario c'ha più po'o da fa'?>

<No> Risponde Franco <Ir fatto è che il signor Matteini proprio il giorno in cui è stata acquistata l'attrezzatura da sci si è accorto di aver perso la su' 'arta e 'vando l'ha bloccata, era ormai troppo tardi. Evidentemente il nostro ami'o, oltre che un pazzo scatenato, è anche un ladro.>

La sera a cena in hotel <Cara Sandra, purtroppo pensavo che ir caso fosse risolto e invece... tutto da rifa'. Il delinquente, ladro, un so più 'ome 'iamallo, è svanito ner nulla.>

Giacomo < Io e Matilde vogliamo fa' un giro in paese, possiamo?>

Sandra <Si, ma tornate entro le dieci.>

Indossata la giacca a vento, i nipoti escono. Dopo pochi istanti rientrano di corsa e a voce bassa. <Nonno nonno, vieni fori, vieni a vede'... presto!>

Paolo incuriosito, esce e vede due individui che, da un Renge Rover verde, avevano spostato l'attrezzatura da sci su una macchina bianca, più precisamente su una vecchia Volvo familiare. Terminato il trasbordo, i due entrano nell'hotel e si siedono ad un tavolo per la cena. Paolo fotografa con il cellulare le targhe dei due mezzi e rientra. Raggiunge la Sandra e i nipoti, i quali eccitati <Nonno, abbiamo visto gli sci, so' proprio 'velli e poi hanno 'ariato un sacco da dove spuntava la mani'a di una tuta da sci

celeste.>

Paolo osserva i due individui che sedevano a poca distanza dal loro tavolo. <Famiglia mettetevi davanti a me che vi fo' na foto.>

Con la scusa del quadretto di famiglia, Paolo immortala i due che confabulavano sottovoce, poi si allontana e cerca un posto appartato per telefonare a Franco.

<O Paolo, che succede, se mi 'iami a vest'ora vor di' che è successo 'varcosa.>

Paolo <Forse ci siamo, i mi' nipoti hanno visto due che da un Renge Rovere spostavano l'attrezzatura da sci su una Vorvo bianca, e 'vesto materiale, 'ompresa la tuta da sci, 'orrisponde a 'vella der folle che... si trova ner mi' arbergo. L'avevo già notati... mi ri'ordo che 'vello biondo una mattina indossava na divisa celeste. 'Vindi è pratia'mente si'uro che dormano 'vi, c'ho anche le foto, dè... so' un poliziotto tennologi'o.>

Franco <Che bella notizia, organizzo du' volanti e veniamo a prendelli.>

Paolo <Sì, ma non creiamo 'onfusione 'vi c'è pieno di crienti... mi dispiacerebbe anche pe' i proprietari dell'hotel.>

Dopo circa venti minuti... <Pronto Paolo, noi siamo 'vi fori che facciamo?>

Paolo <Mi invento 'arche cosa voi nascondetevi.>

<Che dobbiamo fa'? Gio'iamo a nascondino?>

Paolo <Fai 'ome ti di'o, te li mando fori e voi l'arrestate.>

Paolo fa finta di uscire e poco dopo, rientra nella sala da pranzo tutto concitato... <Signori scusate ho urtato con la mi' macchina in una Vorvo famigliare bianca...>

Sandra e i nipoti...<hai battuto? E dove stavi andando...>

Paolo imbarazzato comincia a fare versi strani con le espressioni del volto sperando che i familiari capissero.

Matilde <Nonno ma t'ha preso, un ticchio? Perchè fai tutti 've versi.>

Paolo spazientito, approfittando del fatto che i due erano usciti a vedere la macchina... <Ma un capite proprio 'na... 'na... un cavolo!>

Quando uscì, i due erano già belli ammanettati ed inveivano

pesantemente <Bastardo, stronzo, se ti trovo pe' la strada t'arroto!>

Paolo <Intanto hai arrotato du' poveri ragazzini sulle piste e solo pe' mira'olo so' co' diverse ossa rotte, ma vivi…e poi spero che per un po' te un possa arrota' proprio nessuno.>

La mattina successiva ore otto e mezza.

Paolo <Forza nipoti pelandroni, fate 'olazione che si va a scià. Ora telefono all' amici pe' dilli che ir caso è risolto.>

Non fa in tempo a prendere il telefono che entrano nella sala della colazione un gruppo di persone festanti, Paolo mette a fuoco e… <Ma siete voi, che sorpresa! Amulio, Ugo, Marione, Filippo, ma come avete fatto a sape' che ir caso è risolto…>

Marione <Anche Sandra sa usa' ir cellulare e ci ha avvertito di nascosto e abbiamo deciso di fa'tti 'na sorpresa, ma… un ci offri nemmeno un caffè?>

<Dai sedete, fra po'o arriva ir mi' ami'o e collega Giomi, ve lo fo' conoscere.>

Naturalmente la mattinata volò via fra risate prese di giro e scivolate sul ghiaccio. Gli amici, a parte Ugo non avevano mai visto tanta neve tutta insieme. Ore tredici, sono d'obbligo le gambe sotto il tavolo. Il menù prevedeva ribollita, salsicce con rapini, vino, dolcino e caffè. I quattro familiarizzarono rapidamente con l'amico di Paolo. <Signor Franco, a visto che investigatori?>

Franco <Sì, ma perché ar plurale?>

Marione <Ma che ha capito, mi'a si parlava di Paolo, 'vello è un bono a nulla, si parlava di 'velli bravi… de' nipoti! So' loro che hanno risolto ir caso. Pensi che in una recente indagine, ir caso nie l'ha risolto ir su' cane, ir miti'o Bullo!>

Paolo Scuro in viso <Ha parlato Nero Worfe, dè! Co' l'uni'a differenza che Worfe face'a l'indagini ner su' studio, mentre 'sti 'vattro scioperati le fanno dar barre davanti a un cappuccino e na brioscia!>

Tutti risero beatamente.

Paolo <Brindiamo piuttosto ai du' giovani investiti dar pazzo, che anche se ammaccati guariranno velocemente.>

Ultima stazione l'inferno

La droga fa male. Bella scoperta! Mi pare un'affermazione decisamente scontata. Eppure… i giovani sembrano non capirlo, o forse… non vogliono capirlo. I Produttori di droga e gli spacciatori, approfittano di questo per fare i loro schifosi affari, mentre ai genitori, psicologi e insegnanti, da sempre, sembra mancare una argomentazione convincente a dissuaderli. Quella che all'inizio è più una bravata che altro, prima o poi immancabilmente spalanca le porte dell'inferno. Pasticche, liquidi polveri dai nomi più intriganti, tutto dicono tranne che sono quasi sempre una strada senza ritorno.

<avete sentito? Ad Arezzo Un Ragazzo è ridotto in fin di vita pe le botte subite.> Dice Marione alzando gli occhi dal giornale.
Paolo sorseggiando un ottimo macchiato <botte pe' cosa…>
Marione <Sembra che sto giovine, un tossio dedito anche allo spaccio, si iama D.P., ci so solo l'iniziali, preso dar rimorso d' avè rovinato la vita di parecchi ragazzi ortre che la sua, si è ribellato e pe proteggersi si è consegnato alle forze dell'ordine. Poichè in Italia un t'arrestano neanche se ti autoaccusi, vesto lo dio io, il tale è stato rilasciato e i su "olleghi", brava gente, pe vedè se aveva antato, hanno pensato di falli un bel servizietto, in pratia è stato pestato ben bene e ora è più morto che vivo… Lo onosci un commissario che si iama… Antonio Esposito? Pare sia lui a condurre l'indagini.>
<O lo 'onoscerò? So stato ir su maestro, era co me vando ha iniziato e io… boia, ero già navigato! Ottima persona, viene da Napoli e ormai è in Toscana da mo'.>

Amulio <Sur giornale c'è scritto che ir tipo è stato portao in un artro ospedale della toscana in gran segreto pe evitare urteriori rappresaglie da parte della malavita lo'ale… sì di Arezzo.>
Paolo <ora iamo Antonio, vediamo ca' ci dice… >
Il telefono squilla <Prondo Baolo, sei brobrio du?>
<Certo che so io, ma come parli!>
<Sono raffreddado, qual buon vento?>
Paolo <Ma, leggevo sulla cronaa regionale der pestaggio dello spacciat…>
<Si si, l'hanno ridotto bale, ma ora è fuori pericolo. Senti, spero di non essere intercettato, il ragazzo si trova a Pisa all'Ospedale Cisanello, se bi vuoi dare una mano, vallo a trovare, ora è in grado di parlare. Era ridotto balissimo ba per fortuna ha una fibra molto forte e si sta riprendendo.>
Paolo <Volentieri, ci vado stamani, te dimmi ome fò a trovallo, po' dopo ti ragguaglio. Senti un po' Antonio, una 'uriosità, ma dopo tanti anni che vivi in questa regione… varche parola toscana… noo? Parli un italiano perfetto, a parte il raffreddore.>
Domenico Poli, così si chiamava il ragazzo, era ricoverato con trauma cranico e diverse fratture. Chi lo aveva massacrato, lo aveva fatto senza pietà. Un infermiere assai gentile, accompagna Paolo alla camera dove è ricoverato e piantonato il giovane. A vederlo faceva paura, viso tumefatto, gli occhi pestati, testa fasciata, gesso ad un polso ed una gamba, cannelli e tubicini spuntavano da ogni parte del corpo.
<Buongiorno Domenio… è così che ti 'iami vero? Dice Paolo.
<Si> Risponde il ragazzo con una smorfia di dolore. <Ma lei chi è? >
<Sono Paolo Benvenuti, un commissario di Polizia ami'o del collega Antonio Esposito, che ad Arezzo segue l'indagini sul tu aso. Scusa se ti do der tu, ma avrai si e no 25 anni…>
<26 per l'esattezza, non si preoccupi, mi dia del tu tranquillamente.>
<Senti, ti faccio arcune domande, te la senti di risponde?>
<Sentiamo> Disse un affaticato Domenico.
<Mi racconti un po' la tu vita?>

Domenico <La mi vita? Ma… io non ho mai avuto una vita! Da ragazzino vivevo cor mi babbo e la mi mamma, litigavano sempre, non riordo un giorno sereno. In casa un c'erano i sordi manco pe' mangià, vei pochi spiccioli che entravano in casa grazie a mi madre che faceva le pulizie nelle 'ase, venivano spre'ati dar mi babbo al barre pe' ubriacassi. A scuola ero la disperazione di tutti, anche de' 'ompagni. Poi da più grandicello, verso i 17 anni, ho fatto amicizia… maledetto vel giorno, con Gaetano Romano. Suo Padre è un camorrista legato al traffi'o di droga, rifornisce diverse piazze della Toscana. Lui mi propose di lavora' co loro, all'inizio aveo compiti semplici, doveo porta' la roba agli spacciatori lo'ali, poi ho fatto la sentinella, avvisavo vando c'erano gli sbirri in perlustrazione. Infine ho fatto lo spacciatore e consumatore, prendevo di tutto, cocaina erba, pasticche. Comunque era un lavoro che rendeva, mi drogavo gratisse, o meglio… rovinavo gratisse! Riuscivo anche a portare un po' di denaro alla mi povera mamma, rimasta sola e aggiungo pe' fortuna, dopo la morte der mi babbo; che le fiamme dell'inferno l'arrostiscano per bene! Così sono diventato il classi'o drogato salito sur classi'o treno che ha come urtima fermata l'inferno. Da po'o, ho conosciuto un angelo, si iama Alice. Lei mi ha… come adottato. Pe' la prima volta nella mi vita ho sentito calore umano intorno a me. Lei è dolcissima, piano piano è stata 'apace di fammi ragiona' su come vivevo, che ero causa di sofferenze altrui ma anche di sofferenze mie. E così giorno dopo giorno con grande forza di volontà che un immaginavo minimamente di ave', sorretto dalle attenzioni di Alice, so riuscito a smettere di drogammi, ho cercato di salvà arcuni ragazzi mi clienti e ho smesso di spaccia'. Pe' proteggermi mi sono anche autodenunciato. Mi hanno tenuto du' giorni e po' m'hanno dovuto rilascia'. Ovviamente vesto un è piaciuto punto ai capi dell'organizzazione che pe' punimmi e pe' convincemmi a un fa nomi, mi hanno ridotto 'ome lei mi vede, questo è tutto. In vel cassetto c'è ir mi cellulare, per favore può darmelo, voglio 'iamà Alice e mamma?>
Paolo <Certo.>

Paolo aprì il cassetto, estrasse il cellulare e si accorse della presenza di un piccolo orsacchiotto di peluche. Questo fatto apparentemente insignificante, agli occhi di Paolo apparve come la dimostrazione che anche i ragazzi più sbandati, persi nella droga e dediti alla delinquenza, hanno un'anima. Domenico si accorse che Paolo era rimasto colpito dall'orsacchiotto e disse <Quello è stato uno dei rari gio'i che ho ricevuto da bambino, l'ho sempre 'onservato per ri'ordammi che sia pur per po'o, ma sono stato felice anch'io.>

Paolo turbato dal triste racconto <Tu hai 'na grande opportunità...>

Domenico <E quale?>

<Quella di non butta' via la tu vita passata, ma mettella a disposizione della giustizia in modo che un bel po' di bastardi senza scrupoli che si nutrono succhiando la vita di tanti giovani come te, vadino a marci' in galera. Aiutaci e te avrai fatto varcosa di grande.>

Domenico pensieroso <Si, lo farò, non so come, ma lo farò.>

<A pranzo che c'è?> Domanda un affamato Paolo.

Sandra <Maccheroni al ragù, ossobuco co piselli, e dorce.>

Paolo <E vai! Una vorta tanto si mangia in barba all'analisi!>

<Ma sei proprio un torsolo! T'ho portato dar dottore l'artra settimana, t'ha fatto un mucchio di raccomandazioni, ri'ordi? Un mangia' vesto, un beve' vell'artro, e se'ondo te... io ti faccio ir ragù e l'ossi bu'i? O bischero, un sembra, ma io ci tengo a te, quindi... brodino di pollo con pastina, coscia di pollo lessa con purè di patate e mezzo bicchiere di vino rosso, che fa tanto bene ar cuore.>

Paolo <Mangia' così, farà anco bene ar corpo, ma non alla mente... sarà meglio che fissi una visita da uno strizza cervelli vai!>

Dopo "l'appagante" pranzo e successiva pennica... <Vo' ar barre e poi vado a vede' i ragazzi in palestra...>

Sandra <E il regalo alla nostra figliola?>

<Regalo pe' cosa!>

Sandra <Giusto, te un ti ri'ordi der tuo di 'ompleanni, figurati se ti ri'ordi di vello degli artri! Ir nome Simona… ti dice niente? Ti ri'ordi la data di nascita?>

Paolo <Già, è vero, un ci poi anda' te?>

Dopo mezz'ora erano nel parcheggio di "Elettrodomestico più", Sandra aveva deciso di comprare uno di quei "in cucina faccio tutto io" che neanche alla NASA ce l'hanno.

Sandra seguita da un annoiato Paolo era in estasi mentre ascoltava tutte le possibili funzioni di un avveniristico marchingegno che un gentile commesso gli stava illustrando.

<E vanto 'osterebbe vesto 'oso?> Dice Paolo.

Il commesso <Millesettecentocinquanta euri.>

<Boia dè, che prezzo! Se quando mi fanno da mangia' con vesto ruzzino mi ri'ordo vanto mi è costato, mi va tutto pe' traverso! Boia un artra vorta.>

Sandra <Un ni dia retta lo 'ompriamo…>

Squilla il cellulare di Paolo <Ciao Antonio, ti stavo pe' chiamà… allora, il ragazzo è concio pe' davvero, mette paura, però è reattivo e ha detto che ci aiuterà nell'indagini.>

Antonio <Ci aiuta… vuol dire che mi vieni a dare una mano?>

<Certo, ma mi ospiti a casa tua vero Antonio?>

<Sono felice, così avrò l'onore di rivedere il mio maestro… ti ricordi i vecchi tempi? Mi raccomando, porta anche Sandra, così rivedo anche lei ed è contenta anche mia moglie.>

Paolo <Domani torno da Domeni'o e vedo di cavagli valche cosa di bocca.>

Antonio <Va bene, ti aspetto domani sera, prenoto un posticino.>

Sandra <Dobbiamo anda' ad Arezzo? Oddio che bello, mi piace tanto vella città, e poi rivedo volentieri la Piera e Antonio. L'uni'a cosa è che dobbiamo porta' anche Bullo.>

Paolo <E che problema c'è, un è mi'a la prima vorta che viene co' noi.>

La mattina seguente al bar Gello. <Vado ad Arezzo pe' l'indagini sul ragazzo pestato, mi raccomando… cervelli al lavoro e sentiamoci.>

Tutti in coro <Va bene Paolo.>

<Ora vo' a ritrova' il ragazzo.>

Quando Paolo entrò nella camera dove si trovava Domenico, lo trovò seduto su una poltrona, gli occhi ancora tumefatti, ma l'umore migliorato rispetto alla visita precedente, il gesso al braccio e alla gamba naturalmente erano sempre al loro posto.

<Buongiorno Domeni'o.>

Il ragazzo con un sorriso <Buongiorno 'ommissario.>

Paolo <Ti vedo assai meglio e anche… allegro direi.>

Domenico <Oggi è un gran giorno, hanno permesso alla mi Alice di venimmi a trova' e lei mi ha fatto proprio un bel regalo, mi porta la mamma… non so 'osa dovrei vole' di più.>

Paolo <ho che bello, sono 'ontento anch'io. Ma ora ascolta, te la senti di fa' du' nomi?>

Domenico <I nomi di velli con cui lavoravo si, quelli che mi hanno pestato sono si'uramente alle dipendenze dei Romano, ma credo venissero apposta per me dalla 'Ampania. L'accento era di velle parti, erano a volto 'operto. L'uni'a cosa… uno avea una croce 'ome vella de' nazisti su una mano…>

<una Svasti'a.> Disse Paolo.

<Si, proprio vella, l'ho notata perché era grossa, l'altro avea una voce molto roca. >

<E velli con cui lavoravi?>

<Beh, prima di tutti, quello che mi ha introdotto ner giro, si, il figlio der camorrista, Gaetano Romano, so anche i posti che frequenta. Poi Ebrahim l'egiziano, Maso il fiorentino e poi Ciro Starace, Renato Maddaluno, Nicola Lubrano e poi altri che ho perso di vista. Il grande boss, Gennaro Romano, l'ho visto solo una vorta insieme ar su figliolo, vive nascosto come un topo di fogna un so' dove, ver bastardo… penso nelle vicinanze di Arezzo, dove è il padrone indiscusso der traffi'o di droga lo'ale.>

<Sandra è tutto pronto? Cari'o Bullo e partiamo.>

Dopo alcuni giorni di temperature miti, era tornato un po' di freddo, d'altronde, si sa, d'inverno può succedere. In compenso non c'era una nuvola in cielo e il viaggio fu molto piacevole.

<L' appuntamento è subito oltrepassato il casello di Arezzo>
Disse Paolo.

Quando arrivarono, Antonio e la moglie Piera, belli infagottati
nei loro cappotti con tanto di sciarpe e cappelli, li accolsero con
allegria <Ho i signori Benvenuti... che piacere rivedervi, Sandra
Paolo, sembrate due giovanotti.>

Paolo <Si, du' bimbi di 65 anni io e 63 Sandra!>

<Ma senti vesto! Nessuno t'ha insegnato che l'età delle signore
un si dice? pensa ai tu' 'apelli bianchi e più po'i anche!> Disse
risentita Sandra.

<E... avete anche un cane?> Disse Piera per stemperare il mo-
mento.

Paolo <Si 'iama Bullo, un'è di razza, ma un lo 'ambierei con nessun artro 'ane ar mondo, state a vede'... Bullo, saluta i signori!>

<Bau bau.>

Risata generale. <Incredibile, ci ha salutato...>

Paolo <Te l'ho detto, è n' fenomeno, chissà come sarebbe da 'ane
poliziotto.>

Antonio <Magari lo proviamo.>

La serata continuò con le gambe sotto il tavolo, in una trattoria
dove si mangiava da Dio.

Paolo <Finalmente una tregua alla dieta.>

Piera <Dieta? Ma non sei mica grasso.>

Sandra <Ir grasso ni scorre nell'arterie, ir vostro ami'o, se es-
istesse, vincerebbe ir campionato mondiale der colesterolo, arto
'ome lui un ce l'ha nessuno!>

Paolo sconsolato <Ormai per me è finito il piacere di mangia',
pranzi e cene so diventati ir mi' incubo, anco la notte mi sogno
semolini, purè sciapiti, brodini e cosce di pollo lesso, i dorci poi
un ti di'o. Meno male posso be' un mezzo bicchiere di vino bono,
mi fa tanto bene ar core!>

Antonio <Ma stasera hai mangiato...>

<Beh, una vorta tanto... ma penso già ar mangiare ospedaliero
che dovrò ingolla' ar ritorno, dè!>

L'indomani mattina di buon'ora. <Buongiorno Antonio.>

<Buongiorno Paolo, lo vuoi un caffè?>

<Grazie volentieri. Ti voleo dì, posso portà Bullo, si, ir cane, co noi? Le mogli vanno a fa un giro turistio in centro e con l'animali nelle 'iese un possano entra'.>
<Ma con piacere, magari gli facciamo conoscere Pablo e Fenomeno i nostri poliziotti a quattro zampe.>
Antonio molto cupo continua <Purtroppo c'è una novità... stanotte è morto l'ennesimo ragazzo per overdose, mi hanno telefonato mezz'ora fa. L'hanno trovato in un piccolo parco qui a due passi seduto su una panchina con ancora la siringa nel braccio.>
Paolo <Di male in peggio, bisogna ferma' vesta banda di delinquenti e trova' ir boss che è nascosto vi da varche parte, bisogna taglia' la testa dell'organizzazione se vogliamo risolve' la situazione.>
Paolo <Allora Bullo, mi raccomando, facciamo i bravi è?
Antonio e Paolo si avviano verso il commissariato.
Antonio <Ti faccio vedere quello che abbiamo raccolto durante le indagini e dopo andiamo dove hanno trovato il ragazzo morto.>
<Ecco, un bel po' di dosi di eroina, un marsupio pieno di banconote, qualche foto peraltro fatte male che comunque provano il passaggio di droga dagli spacciatori ai tossici, questo è tutto.>
Nel frattempo Bullo annusa la scatola dove sono raccolte le dosi di droga, alza la zampa e innaffia beatamente il sinistro contenitore che era poggiato sul pavimento.
Paolo <Bullo ma che fai! Pisci sulle prove?>
Antonio <Ma non lo sgridare, cosa vuoi che sia.>
Poco dopo, si avviano verso il parco dove era stato trovato il ragazzo morto. Quando arrivarono, trovarono la solita immancabile folla di curiosi. Alcuni giornalisti qua e là, intervistavano persone che raccontavano i consueti aneddoti utili solo a riempire pagine di morbosa cronaca nera. Da sempre Paolo era convinto che la cronaca nera data in pasto a chiunque, possa generare emulazione. Vi ricordate ad esempio quando cominciarono a tirare le pietre sulle auto? In breve diventò lo sport nazionale. E poi vorrei sapere... la libertà di stampa ovviamente è un diritto, guai se non ci fosse, ma dare in pasto all'opinione pubblica la notizia che in un paesino pugliese piuttosto che lombardo o

toscano, un tale ha ammazzato moglie e figli, oppure che ha dato fuoco alla ex fidanzata, o che ha fatto a pezzi la nonna e l'ha messa in frigo per riscuotere la pensione è davvero utile? E cosa dire di quei giornalisti che in presenza di un genitore al quale è stato ucciso un figlio, con il loro microfono chiedono al disgraziato... <Cosa prova in questo momento?> A me personalmente tutto questo genera solo rabbia e indignazione, forse perché ho un cervello nella norma, ma in personaggi che nella norma non sono? L'ignoranza, la follia, la noia le difficoltà nella vita possono giocare brutti scherzi e notizie come queste potrebbero essere la miccia per azioni inconsulte.

Paolo e Antonio si fanno largo tra la gente scortati da alcuni poliziotti. <Fate passare, fate passare.> Dice ad alta voce uno di loro. La scena è di una tristezza infinita. Paolo pur avendo un'esperienza infinita di casi come questo, non può far altro che raccogliersi in silenzio davanti al corpo esanime di quel giovane.

Mentre i due commissari parlottando si fanno nuovamente largo fra la gente, Bullo dopo aver annusato i pantaloni di un tale, alza nuovamente la gamba e... Il tipo si inalbera subito, Paolo mortificato se la prende con il povero cane.

<Che figure mi fai fa'... cattivo che un sei artro!>

Non fa in tempo ad alzare lo sguardo per chiedere scusa, che il giovane usato da cesso dal povero Bullo, non c'era più.

Suona il cellulare <Ugo, 'ome state?>

<Bene dai, siamo tutti vi al baretto, le indagini?>

Paolo <Dè guarda, stamani è stato trovato il cadavere di un ragazzo in un parco, con ancora la siringa ner braccio, una scena che un ti di'o. ah poi c'è Bullo che mi fa tribola', ha appena pisciato sui pantaloni di un tale che s'è arrabbiato tanto ma un ho fatto in tempo a scusammi che un c'era già più, boh? Ihih vesta po' fa ride'... stamani ir cane ha pisciato sulle dosi di droga che erano nella stanza dove so raccolte le prove der caso.>

<Ugo < Ahahah, bravo Bullo. Ma... mi viene in mente una 'osa, un pole esse che ir cane abbi sentito lo stesso odore della droga che c'è in commissariato su pantaloni di ver tipo che è sparito in fretta? Magari ir tizio se l'è data pe' paura d'esse ri'onosciuto.

Bullo pisciandogli addosso può darsi che ti abbi voluto da un indizio?>

Paolo <Ir mi Bullo è di morto intelligente, vindi potrebbe anche esse'. Grazie pe la pensata.>

Paolo <Sai che mi di'ono l'amici del baretto? Che Bullo abbi sentito lo stesso odore della droga che avete in commissariato sui vestiti der tipo e n'abbia pisciato addosso pe' dammi un segnale.>

Antonio <Effettivamente è un comportamento che potrebbe far pensare questo, mica male l'idea dei tuoi amici… colleghi vero?>

Paolo <Veramente quello che parlava ar telefono è un bancario, ma ci so anche un meccanio in pensione, un nulla facente, un ex calciatore dai trascorsi po'o gloriosi… pensa che ir su miglior campionato l'ha fatto ner Pisa vando fu' retrocesso inserie C, ahahah.>

<Ma come… ti fidi di loro?>

Paolo <A parte che so veri amici, ti 'onfesso che per arcune delle mi indagini, ho preso ir merito io, quando invece sarebbe spettato a loro… mi danno sempre delle dritte che un ti di'o.>

Antonio <Se lo dice il mio maestro, ci devo credere per forza. Comunque esiste un sistema per vedere se l'intuizione dei tuoi amici è giusta, ho visto che la telecamera di "TV Arezzo 2000" era puntata su di noi e io conosco bene il direttore del telegiornale, ora lo chiamiamo.>

<Pronto, sono il commissario Esposito, c'è mica il direttore?>

Non fecero in tempo a raggiungere il commissariato che il filmato era già a loro disposizione.

Antonio <Ora chiamo Bellei, il nostro esperto di aggeggi elettronici, cosi vediamo il filmato.>

Le immagini erano inequivocabili, si vedevano loro con il cane che passano vicino ad un tipaccio, Bullo alza la gamba, e l'individuo d'istinto comincia ad imprecare, e mentre Paolo sgrida il povero animale quello scappa improvvisamente.

Paolo <Hai visto? Vello se l'è data, un ci so' dubbi, cerchiamo di 'atturarlo e vediamo chi è.>

Antonio <Organizzo le ricerche e poi raggiungiamo le mogli in

centro.>

Quando si parla di Toscana, vengono subito in mente Firenze, Siena, San Gimignano, mentre Arezzo, turisticamente parlando è per i più una meta poco conosciuta, ma i veri cultori del bello sanno che questo è assolutamente sbagliato. Visitando Arezzo, potrete estasiarvi con le opere di grandi personaggi della storia dell'arte italiana. Vasari, nativo per altro di Arezzo, ma anche Piero della Francesca, Cimabue, Donatello. La magnifica Piazza Grande, in ripida salita, con la sua particolare forma a trapezio, circondata da splendidi palazzi, chiese, il loggiato Vasariano. Il Duomo di San Donato, dove sono visibili la Maddalena di Piero della Francesca, il fonte battesimale con fregi attribuiti a Donatello. La Basilica di San Domenico, dove superbo spicca il grande Crocifisso di Cimabue. E... come si mangia da queste parti, l'acqua cotta! Una zuppa di verdura con l'uovo sopra, le pappardelle alla lepre, i pici, la carne di Chianina, i formaggi. Insomma, chi ama l'arte e la buona cucina, non può fare a meno di passare da queste parti.

Sandra <Che bello, la Piera m'ha fatto fa un giro meraviglioso, bisogna proprio dì che Arezzo è una città stupenda. Abbiamo anche visto un ber negozio dove vendono maglie di cachemirre, venite che ne voglio prova' una che ho visto in vetrina?>

Paolo già vistosamente rassegnato <E va beh... andiamo.>

Entrarono nel negozio e Sandra <Buongiorno, vorrei prova' vesta maglia, c'ha anche artri 'olori?>

Il commesso <Si signora, abbiamo un vasto assortimento...ecco guardi.>

<Belle tutte ma questo 'olor verde mi garba più di tutti, e poi so così morbide, giù, la 'ompro.

Paolo <Dè, la 'ompri... ma un chiedi neanche ir prezzo?>

Il commesso <la maglia alla su' signora ni sta a pennello, e ir colore è bellissimo, 'osta trecentodieci euri.>

Paolo <boia dè, co' vesta cifra io ce ne 'ompro sei e mi danno dieci di resto!>

Tirò fuori il bancomat <Pago tanto è 'na battaglia persa, in veste situazioni vince sempre lei, boia!>

Uscirono dal negozio e Paolo <Un so' se è più verde la tu' maglia o al verde ir mi' portafoglio!>

Ahahah, tutti risero e Antonio <Certo che voi Pisani trovate il modo di essere comici anche quando vi girano.>

La mattina dopo appena alzati. Squilla il telefono di Paolo <Pronto, so Marione.>

Paolo <Ciao bello, 'ome va'?>

Marione <Noi tutto bene... senti Paolo, abbiamo visto su iutubbe o come cavolo si 'iama, ir firmato di voi cor cane e ir tipo che se la dà a gambe...>

Paolo <Dè, un vi scappa nulla è, sapete più robe voi da Gello che di me che so' sur posto.>

Marione <Ir firmato l'hanno fatto vede' sur telegiornale di Arezzo...vabbè 'omunque ti voleo dì che se guardi bene, ir tale ha un tatuaggio che ni spunta dalla mania della 'amicia, pole esse' un segno di ri'onoscimento no?>

Paolo <Boia, se pole esse, è fondamentale e corrisponde a vello che m'ha descritto il ragazzo borchiato!>

<I mi amici hanno fatto bingo, lo sai che forse vel tipo scappato è uno de due che hanno pestato Domeni'o? Proprio lui mi avea detto che uno avea una svasti'a tatuata su una mano!>

Antonio <Stamani rivediamo il filmato.>

Paolo <Si si, dal fermo immagine si vede 'iaramente che da sotto alla mani'a der giubbone spunta un tatuaggio che potrebbe esse' una svastia.>

Suona nuovamente il telefono <Pronto so Sandra, ir cane è scappato! Oddio un lo troviamo più... so' molto preoccupata, vieni subito.>

Paolo <Bisogna che torni a casa tua, a Sandra n'è scappato Bullo, speriamo bene. Un riesco a capacitammi... un l'ha mai fatto.>

I due rapidamente raggiungono l'abitazione e al loro arrivo, trovano il cane fra le braccia di una Sandra emozionatissima.

Paolo < Ma che succede!>

Sandra <Che bello... ir nostro 'agnolino è tornato!>

Bullo appena vede il padrone, gli corre incontro, comincia ad abbaiare con insistenza, gli afferra con i denti i pantaloni e lo convince a seguirlo. Paolo sorpreso <E un sarà mia come vella vorta che mi portasti da una 'anina che ti garbava eh? Brutto mandrillone.>

Il cane procedeva voltandosi di tanto in tanto per vedere se Paolo lo seguiva. Prende una strada, poi gira a destra percorre un breve tratto alberato, gira nuovamente a destra e comincia a camminare piano piano, alla fine si ferma davanti ad un ingresso di una scassata villetta. <Caro Bullo, ho capito, ora telefono ad Antonio, pronto...> Dice a bassa voce <So' in via... ah sì, San Francesco, precisamente all' altezza der civi'o 40, ir cane è qui che cerca di attirare la mi' attenzione ad un portone di una 'asa, vieni vai.>

poco dopo appare l'amico <Che ti dicevo? Ir cane se'ondo me ci vor dì varcosa.>

Antonio <Senti, te vai a casa mia, prendi una macchina e ci mettiamo qui nascosti a controllare.>

Dopo un po' ricompare Paolo con la macchina il cane sul sedile posteriore e un sacchetto con i viveri. <Dè, ho portato un po' di roba da mangia', un si sa mai ci dovessimo campeggia'.>

Antonio <Quante volte da tuo allievo, mi hai mandato a fare questi appostamenti. ihihih abbiamo preso più granchi che delinquenti.>

Paolo <Sta vorta mi sento che Bullo possa ave' ragione.>

Il tempo passava inesorabile. Ad un certo punto il guaito del cane, che non aveva staccato gli occhi dal portone, richiama i due all'attenzione. Il cane comincia ad abbaiare.

<Esce! Si, è ir tipo che è scappato, firmiamolo co ir cellulare. Ma... porta la spazzatura ner cassonetto!>

Il tipo rientra in casa. Una Fiat Panda vecchia e scassata passa accanto a loro, si ferma davanti al cassonetto, un uomo basso e corpulento scende, estrae il sacchetto, facilmente identificabile perché era rosso, e tranquillamente se ne va.

Paolo <Hai visto? Bello il mi Bullo, ha trovato il centro di smistamento della droga.>

Non passa un minuto che arriva un grosso Mercedes blu, si ferma davanti al portone. Dal sedile posteriore scende un sinistro personaggio con occhiali scuri. Sembrava "Tano Cariddi" nello sceneggiato "La Piovra".

<Ma è lui, si è proprio lui!>

Paolo <Ma mi voi dì... lui chi!>

Antonio <L'inafferrabile Boss, Gennaro Romano, senza ombra di dubbio! Mi sa che il cane abbia fatto proprio un bel lavoro.>

Paolo orgoglioso <Ma sai, di'ono che i 'ani assomigliano ai padroni... e quindi è logi'o che Bullo sia un poliziotto provetto, no?>

Antonio <Ahahah, di profilo siete proprio uguali.>

I due scendono dall'auto insieme a bullo.

Antonio <Facciamo un giro dell'isolato in modo da vedere se ci sono altre uscite, intanto chiamo i miei ragazzi gli spiego la situazione e vediamo di intervenire... Pronto, sono Esposito, abbiamo identificato una villetta dove si trovano alcuni componenti del clan Romano compreso il vecchio boss, venite bisogna beccarli quando meno se lo aspettano.>

<Davvero? Veniamo subito.> Disse Bonelli, il fido amico a capo della locale squadra mobile < Organizzo in un attimo e siamo da voi in via San Francesco fra po'i minuti!>

Nel frattempo dalla villetta escono due loschi individui, uno era di nuovo il tipaccio con il tatuaggio e l'altro con tutta probabilità, vista la voce rauca che si sentiva in lontananza, doveva essere l'altro autore del pestaggio di Domenico. Avevano in mano un sacco a testa, uno rosso e uno verde pisello. Si avvicinano al cassonetto, lo aprono e buttano dentro i sacchetti.

Paolo <Dè, vesta te'nnologia moderna devo ri'onosce che è ganza pe' davvero, sto firmando tutto cor cellulare.>

Antonio <Si, è così ganza che ci hanno visto! Stanno dirigendosi a gran velocità verso di noi... scappiamo!>

Bullo per nulla intimorito, si mette a correre verso i malviventi abbaiando furiosamente. I due vista la situazione, si fermano bruscamente, cambiano direzione cercando di guadagnare la porta della villetta, uno tenta di estrarre un'arma dalla tasca ma il cane gli è ormai addosso. Con un gran balzo il coraggioso Bullo addenta i pantaloni di uno dei due all'altezza delle chiappe. Nella colluttazione, il tipo cade sul compagno rimanendo praticamente in mutande, i pantaloni strattonati dal cane gli erano scesi sotto le ginocchia e gli impedivano di muoversi. Dalla villetta escono diverse persone compreso il boss per capire cosa stesse accadendo. Nel frattempo arrivano a sirene spiegate, quattro macchine della polizia che accerchiano la zona. Con velocità straordinaria, i poliziotti non danno ai malcapitati delinquenti neanche il tempo di rendersi conto, che in un attimo sono tutti in manette, anche il boss, che comincia a sbraitare <Bastardi... sbirri bastardi, ma non è finita qui, bastardi!>

Nel caos generale Paolo <Ir cane... in do sta ir mi Bullo...>

Antonio <Che faccio Paolo... ammanetto anche lui? La tua macchina era aperta e lui si è fregato i nostri panini, lo faccio arrestare per furto, che dici?

Paolo <Ahahah, bravo ir mi Bullo, visto che un ni si dava ir premio perché è stato bravo, s'è premiato da solo, dè, è proprio un ganzo.>

Come vuole la prassi, la strada in pochi minuti si riempie di gente curiosa, giornalisti, telecamere. Paolo e l'amico Antonio, vengono presi d'assalto dai mezzi d'informazione.

<Allora, ci raccontate 'ome siete giunti a sti' risultati? Dice un giornalista della tv con un microfono in mano.

Paolo <Ir merito non è nostro caro signore, ma der mi 'ane. Da solo ha investigato, trovato e sgominato 'sta branca di marviventi.>

Il giornalista al microfono <Cari ascoltatori, avete sentito? Pare che un cane... di nome?>

<Bullo> Dice Paolo.

<Abbi fatto tutto da solo, chiedo alla tele'amera di inquadra' ir nostro eroe a quattro zampe.>

Intanto bullo da personaggio consumato, si mette in posa e <Bau bau bau bau bau>

<Ovviamente un siamo in grado di tradurre ma...>

Paolo <Traduo io... ha detto: perchè invece di guardammi ome un fenomeno da baraccone e mette l'attenzione tutta su di me, un pensate ad esempio a Domeni'o, ir ragazzo pestato? Ha messo in peri'olo la su' vita dimostrando un coraggio fuori dar comune,

pe' cercà di sarvare tanti ragazzi finiti 'ome lui nelle grinfie di delinquenti senza scrupoli.>

Si ritorna alla vita di tutti i giorni. "Certo che a Gello ci si vive proprio bene… se un ci fosse po' ir dottor Maggini che mi 'ostringe a diete pissiologicamente massacranti sarebbe proprio un vivere perfetto". Rimugina fra sè Paolo. <Sandra, un ti 'iedo osa c'è pe' cena pe' un deprimermi.>

Sandra <Invece te lo voglio dì, allora… di primo maccheroni ar sugo, di seondo ossi bu'i co piselli, formaggi dorce e vino.>

<Come ar solito mi prendi per le mele… ma… perché hai messo tanti posti a tavola? Che ci so' i figlioli co' le famiglie?>

Improvvisamente si apre una porta e un festante gruppo di persone accerchiò lo stralunato Paolo, erano gli amici del baretto, Antonio e Piera. <Ma… ma che piacere, come mai vesta sorpresa?>

Marione <Dè, e un vorrai mi'a festeggià da solo la risoluzione der caso!>

Paolo <Ma l'ha risolto Bullo…>

Sandra <Allora un hai visto l'apparecchiatura der tavolo, in vella ciotola a capo tavola… un ci vorrai mia mangia' te?>

Paolo <Allora apriamo ir vino pe un brindisi ar mi Bullo, ir cane più intelligente der mondo.>

Gita alle terme

<Sandra, v'o ar barre, tanto è tutto pronto, mezz'ora di tempo pe' la 'olazione e po' si parte.>

<Va bene, ma un fa' tardi, abbiamo un mucchio di 'ilometri pe' arrivà a Saturnia.>

Quando aprì la porta del bar Gello, Paolo fu pervaso dal familiare vociare dei clienti e dal profumo di caffè. <Buongiorno ragazzi.> dice sbadigliando <Mi fai ir mi' macchiato? Si, dammi anche na bella sfoglia carda, vai. Ragazzuoli, so' di partenza stamani.>

Ugo e Marione <Quarche indagine nova?>

<No, se Dio vole, vo' a fa' na va'anza co' Sandra, è tanto che vole anda' alle terme di Saturnia e approfitto der fatto che ir tempo dovrebbe esse' bono.>

Amulio <Zona pe' ricconi, ci so' tanti arberghi famosi, in parti'olare 'vello 'ollegato alle piscine termali.>

Paolo <Infatti ho prenotato da un artra parte dè, in un Bed e Brekkefaste a po'i 'ilometri pe' un fa'mmi spennà. Si 'iama "Ir canto del Gallo". Speriamo che un canti pe' davvero che vorrei fa' anco 'varche bella dormita, ahahah.>

<Sandra siamo pronti? Un vedo l'ora di butta'mmi in 'velle piscine co' l'acqua bella carda, un po' puzzolente di zorfo, ma… piacevole.>

Sandra <Che strada hai in mente di fare?>

<L'Aurelia fino a Grosseto, e po' dopo si punta dritti verso Saturnia. Ir nostro alloggio è ne' pressi di Montemerano.>

La giornata era splendida. A Livorno decisero di fare la litoranea. Il mare era calmo, in lontananza si vedeva l'isola Gorgona. Alcuni gabbiani volteggiavano sulla scogliera. Il castello Sonnino, con la sua imponenza, dominava il promontorio a picco sul mare. Poco dopo costeggiarono lo storico centro balneare e culturale di Castiglioncello, meta frequentata in passato fra l'altro da molti artisti livornesi appartenenti alla corrente dei Macchiaioli, ovvero gli impressionisti italiani. Continuando il loro viaggio giunsero a Bolgheri, dove il duplice filare di cipressi tanto caro al Carducci, li accompagnò fino in paese.

La Toscana è una regione davvero straordinaria, vuoi andare al mare? Eccoti servito, ti aspettano mete stupende come ad esempio l'isola d' Elba, Il Giglio, Capraia. Ti piace unire al relax sulla spiaggia un po' di mondanità? Allora La Versilia è quello che fa per te, Forte dei Marmi, Pietrasanta, Lido di Camaiore, Viareggio, e poi appunto Castiglioncello in provincia di Livorno, la costa Etrusca... insomma ce n'è per tutti i gusti. Ma non finisce qui. Se ami la montagna, non rimarrai deluso; ti aspettano le Alpi Apuane, le stazioni di sci, con in testa il mitico Abetone... E poi Città d'arte, borghi antichi, musei fra i più importanti al mondo, la cucina, l'olio il vino. Cos'altro ti interessa? Le terme? Dovete sapere che anche in questo caso c'è solo l'imbarazzo della scelta. Vi aspettano mete storiche: Bagno Vignoni, Rapolano, Chianciano, San Giuliano, Bagni di Lucca Montecatini, Monsummano, Saturnia... queste solo per citare quelle che mi vengono in mente, ma ce ne sono ancora un'infinità!

Paolo <Certo che Bolgheri è na chicca, forse un po' troppo turisticizzato negli ultimi anni, ma sempre un bel borgo.>

Sandra <Vero, e come si mangia da 'veste parti! Peccato che sia 'osì presto artrimenti un ber tagliere co' affettati e sott'olio,'co un ber bicchierotto di vino rosso di Bolgheri, un ce lo levava nessuno.>

Si rimisero in viaggio, dovevano percorrere la superstrada fino a Grosseto.

Paolo <Certo dè, che manto stradale! Hanno messo ir limite di velocità a 110, ma vorrei sapè chi riesce a superallo. Ci so' buche e asperità da mette' paura. Schiaccia' l'acceleratore è impossibile.>

Arrivati a Grosseto, presero la strada per Scansano Saturnia.

<Ancora 'na cinquantina di 'illometri e ci siamo.> Disse Paolo.

<Finarmente, ir cartello di Montemerano. Ora siamo arrivati pe' davvero, ci sistemiamo e poi andiamo a mollo nell'acqua carda.>
L'alloggio era molto bello e accogliente, addirittura superiore alle loro aspettative.
Sandra <Che bella 'amera! Ir bagno sembra un salotto. Anche la sala della 'olazione è bellissima, tutti tavoli tondi co' tovaglie bianche, il tetto a cassettone con de' travi di legno spetta'olari, veramente elegante. Ora c'ho da avvisà i figlioli che siamo arrivati, 'osì ni descrivo anche a loro la nostra sistemazione.>
Dopo aver espletato tutte le formalità e disfatto le valige, arriva il momento più importante: andare alle terme.
A Saturnia puoi fare due scelte: pagare ed accedere alle bellissime e ben organizzate vasche termali, con idromassaggi e getti d'acqua piacevolissimi, oppure arrivare in costume ed accappatoio ed immergerti nelle pozze naturali di acqua calda, dove invece non si paga. Vedere le vasche termali naturali con la gente immersa fa un effetto tipo "inferno Dantesco". Le teste delle persone, che si intravedono qua e là comparire da dietro nuvole generate dai fumi solfurei, appaiono come quelle dei dannati nella Divina Commedia, con una sostanziale differenza, che se il luogo "dell'eterna condanna" fosse davvero così, le anime dei defunti farebbero tutte a gara per andare all'inferno!
Sandra e Paolo, da buoni amanti delle comodità, avevano optato per quelle a pagamento. Entrati nel parcheggio, vedono una gran folla davanti l'ingresso con tanto di giornalisti telecamere e fotografi.
Sandra <Oddio, mi ri'ordo d'ave' letto che in questi giorni ci dovrebbe esse' anche George Clooney... che bello, so' eccitata! Andiamo, forza, voglio vede' anch'io!>
Scesi dalla macchina, si avviano verso la folla. Paolo intravede due auto della polizia e, intervistato dai giornalisti, un tipo alto e ossuto, con occhi vivaci, volto gradevole e... vagamente familiare.
"Ma chi è? Eppure lo 'onosco!" Pensò Paolo.
Quando arrivò a pochi passi, il tipo gli sorrise e con un gesto della mano gli fece cenno di avvicinarsi.

Paolo ad alta voce <Ma un ci posso crede'! Diego Cagnacci...>
Sandra <Oddio, è vero! E' ir tu' 'ollega di Grosseto. Però... s'è fatto proprio un tipo interessante.>
Paolo si avvicina <Ciao Diego, mi fa piacere vedetti. L'uni'a cosa, però, è che se sei 'vi un deve certo tirare una bell'aria, dè!>
Diego < Si, purtroppo c'è stato un duplice omicidio, ma... senti Paolo, visto che sei 'vi, mi v'oi da' na' mano? Così stiamo anche un po' insieme e mi racconti che fai da pensionato?>
Paolo <Va bene, però so' in va'anza 'olla moglie e... un vorrei deludella.>
Diego sembrava non aver sentito e... <Un hai mi'a cambiato numero di cellulare, vero?>
<No, stai tranquillo!>
Sandra <Allora? So' di scorta a Clooney? So' elettrizzata.>
Paolo <Smagnetizzati! Niente attori, ma cadaveri... boia! M'hanno incastrato un artra vorta, mi ha chiesto se ni' do' na mano! Un c'è mai una vorta che facci una va'anza senza lavorà, boia dè!>
Sandra delusa <Che peccato, ma chi sarà morto?>
Naturalmente l'ingresso alle terme almeno per quel giorno era sospeso. Trovarono il sistema di cambiarsi in auto e infreddoliti si diressero alle terme libere. Si divertirono comunque. Paolo però era un po' teso, perché ben sapeva che, di lì a poco, sarebbe stato raggiunto dalla telefonata del collega.
Dopo qualche ora, squilla il telefono e Paolo risponde.
<Pronto, so' Diego.>
Paolo <Ciao, ho appena fatto la doccia, so' in camera; dove alloggio si 'iama "Il canto der gallo", lo 'onosci?>
Diego, sì, so' dove si trova...ti posso raggiungere?>
<Dai, ti aspetto.>
Poco dopo <Ciao Diego, vieni 'va dietro, c'è un salottino dove possiamo parlare tranquillamente.>
I due si sedettero su un enorme divano che si affacciava su una vetrata con un panorama mozzafiato sulla campagna circostante.
<Allora Paolo, la pensione?>

<La pensione? 'Vale pensione! Ma se lavoro più ora che di 'vando ero in servizio! Pensa che pe' l'indagini so' dovuto anda' anche a Napoli, Palermo, e po' sempre in su e in giù pe' la Toscana... e bada bene, senza riceve' il becco d'un quattrino. Mi so' dovuto pagà anche da mangià a parte varche rara eccezione.>

<Ma dai che ti 'onosco, sei un brontolone... ma di 'velli però che un si tirano mai indietro e fanno le 'ose co' passione e soprattutto con senso civico.>

<Dè, 'vesto è vero, quando vedo ingiustizia, sopraffazione, cattiveria io... io mi sento obbligato a intervenì e... ma lasciamo perde via, parlami di 'vello che è successo, dai.>

Diego < Va bene, allora... stamani 'vando ci siamo visti, ero da poco uscito dalla 'amera dell'omicidio. I due assassinati sono uno stimato politico e sua moglie, clienti abituali dell'hotel.>

Paolo <Vedi? Abbiamo sbagliato tutto nella vita... basta fa' du' promesse 'vasi mai mantenute, quattro discorsi a ombrello, la gente ci 'asca, ti vota e te poi vienì in 'vesti posti a cinque stelle 'olla moglie senza problemi... a parte 'vesto 'aso. A noi invece ci tocca stà fra i 'adaveri e i delinquenti tutta la vita. Po' vai in pensione e se voi fa' na' va'anza devi anda' in un Bed e brekkefaste e sta' attento alle spese anche, boia dè! Ma scusa ti ho interrotto.>

<Il tale forse di fama lo 'onoscevi. Si 'iama, anzi... si 'iamava, Giuseppe Chiomani e sua mogle Anna.>

Paolo <Sì, me lo 'riordo, era 'na brava persona. Quanto si è battuto pe' strappa' alla malavita i ragazzi della su' amata Campania! Mi dispiace proprio, anche la moglie gli era accanto nella su' battaglia.>

Diego <E pensa che anche da anziani hanno continuato a lottare. Lui poi, 'vando è andato in pensione, ha rinunciato a tutti i benefitte che hanno i politici, tipo: l'auto, carburante, tagliandi, la scorta e tante artre 'ose. Pensa che ha rinunciato anche ad una consistente parte della su' pensione a favore di un'organizzazione che si occupa di famiglie bisognose. Veniva sempre a Saturnia perché l'acqua sorfurea di veste parti è parti'olarmente efficace nel trattamento della psoriasi, e la su' moglie pace all'anima sua, ne soffriva. L' hotel, poi, è gestito da un su' nipote.

Non veniva in albergo a cinque stelle pe' fa ir ganzo come tanti artri su' 'olleghi, ma solo pe' curà la moglie e nel contempo stà cor su' adorato nipote.

Paolo <beh, allora mi devo ricrede'. Purtroppo quando si ragiona 'olla rabbia si fa di ogni erba un fascio e… io ho ragionato da incazzato, e me ne scuso.> <Mi domando: chi può avè fatto un'atrocità der genere a una coppia di persone così brave? Evidentemente un stavano morto simpatiche a 'varcuno…>

Diego <Beh… l'ipotesi mia è che potrebbe esse' stato ucciso dalla camorra, perché ir dottor Chiomani gli metteva contro i giovani, potenziali reclute di un esercito di delinquenti.>

<Ma da quanto ir Chiomani ave'a dato battaglia alla 'amorra?> Disse Paolo.

Diego <Eeh, da morti anni… 'armeno venti.>

<Ma mi domando: se le 'ose stanno così perché un l'hanno fatto fori prima? Dè, va be che la vendetta è un piatto che si serve freddo… ma vesto un è freddo, ma proprio andato a male.>

Suona il cellulare di Paolo <Pronto, so' Marione, abbiamo letto sur giornale del doppio omicidio a Saturnia, Ma ci dici una 'osa? Ma te porti male? Ovunque ti movi succede sempre 'varche problema, dè!>

Paolo <In effetti 'omincio a pensallo anch'io… 'omunque se vi viene in mente 'varcosa 'iamate, va bene?>

L'indomani mattina, durante una colazione a dir poco mitica, squilla il telefono.

Paolo <Pronto Ugo? 'Ome va' a i' barre?>

Ugo <Direi bene. Ti 'iamavo perché ieri sera dopo cena mi so' messo a spippolà su internette. Cercavo 'varcosa sulla vita der Chiomani. Stamani si parlava co' Amulio e Marione di 'vello che ho trovato e abbiamo deciso di 'iamatti.>

<Che avete scoperto?>

<Pare che prima di entrà in politi'a, ir Chiomani, avvo'ato di successo, avesse subito un attentato. Forse 'vesto era la risposta a un suo sgarro… Infatti ho trovato che mentre difendeva un camorrista di spicco accusato di aver fatto ammazzare i figli di un capo clan rivale, sapendo per certo che questo era ir mandante, lui,

co' una linea di difesa volutamente condotta male, fece in modo non solo di fa' giudi'à corpevole ir tale, ma riuscì anche a falli prende ir massimo della pena, attirandosi di 'onseguenza le ire der malvivente.>

Paolo <Grazie Ugo, interessante e utile. Saluta i ragazzi.>

"Eppure sti' ragionamenti un mi 'onvincono. Si è vero... mettersi 'ontro la 'amorra un è mai 'na buona 'osa. Fa' ingattabuiare un capo clan e falli prende ir massimo della pena, mettere i ragazzi, potenziali sordati di un esercito dedito ad ogni tipo di malefatta ontro ai boss, anche 'vesto, sì è peri'oloso. Ma so' passati vent'anni dè! Omunque non va presa sottogamba nessuna notizia".

<Sandra andiamo alle Terme, così mentre fai ir bagno io mi vedo co' Diego nell'hotel.>

<Ciao Paolo.> Disse Diego, <mi dispiace rovinatti la giornata ma ir tu' aiuto è veramente importante.>

Paolo <Si, dai, un mi fa' pensà che sarei in va'anza, artrimenti un mi riesce di 'oncentrammi.>

<Paolo ti presento Il signor Raffaele Chiomani, nipote der defunto.>

Paolo gli strinse la mano e fece le condoglianze. <Lei signor Raffaele dirige vesto popò di arbergo vero?>

Raffaele <Si, ormai sono diversi anni. Mio nonno veniva spesso a trovarmi con la nonna, ora ... non ci sono più e non riesco a darmi pace.>

Paolo <Da chi è stato scoperto ir fattaccio?>

<I nonni erano soliti scendere abbastanza presto per la colazione. Quella mattina, non vedendoli arrivare, mi sono preoccupato ed ho personalmente telefonato in camera, ma senza ricevere alcuna risposta. Allora ho mandato una cameriera a vedere. Ha prima bussato e poi, non ricevendo risposta, ha aperto con il passepartout e gli si è presentata una scena terribile. Claudia, sì, la cameriera... è sempre sotto shock.>

Si avvicina un tale e Raffaele lo saluta dandogli del tu <Ciao Ermanno, ti presento i signori, sono della polizia.>

<Buongiorno signori. E si allontana.>

Paolo <Ma 'vesto un è un hotel, ma na famiglia! Vi date der tu co' i crienti?>

Raffaele <No… Ermanno è un mio cugino. E' venuto ieri sera dopo che ha saputo del nonno.>

<Strano, ero 'onvinto che lei fosse l'uni'o nipote…>

<No> Disse Raffaele con imbarazzo <Siamo due nipoti.>

Quando Diego e Paolo rimasero soli… <Riguardo ar cugino, come ben sai, caro Paolo, anche nelle migliori famiglie ci so' dissapori. Ir cugino era 'vasi sconosciuto perché su' padre, tale Massimo Giangrande, che avea sposato Raffaella Chiomani, figlia der morto, un andava punto d'accordo cor suocero e così pure ir su' figliolo, 'ugino der Raffaele Chiomani.>

<Apisco> Disse Paolo <Beh…ora vo' da Sandra alle terme, 'osì la faccio 'ontenta. Se c'è 'varcosa di novo, io tengo ir cellulare acceso. Dai, a più tardi.>

<Finarmente ti si vede!>

<Sandra, ci so' du' morti, dè! E un abbiamo nessuni indizi. Scusami ma ner contempo cerca di capì.>

Squilla il cellulare <Amulio bello… insomma bello, dè, pe' modo di dire…>

<O Paolo… brutto… dè, pe' davvero! Ti volevamo di' che ir Chiomani ave'a un artro nipote cor quale un si parlava, pe' litigi familiari.>

<Lo so, l'ho conosciuto, ieri è venuto a Saturnia pe' la morte der nonno.>

Amulio <Dè, ma allora sai già tutto.>

Paolo <Scusa Amulio, ma che notizia è? Era pur sempre ir su' nonno e perciò un trovo niente di strano che sia venuto.>

Amulio <Un ci sarebbe nulla di strano se un ci fosse l'eredità… ir Chiomani c'ave'a i sordi, dè!>

<Questo è vero> Disse Paolo.

La mattina successiva, mentre Paolo si sta radendo la barba, squilla prepotentemente il cellulare. <Boia! Stamani un ho voglia pe' davvero, Sandra guardi chi è?>

<Ugo, ciao, so' Sandra.>

<Passamelo, sentiamo che vole.> Disse Paolo

La schiuma da barba faceva un effetto strano sulla sua faccia e Sandra ridacchiando <Se fosse 'varche mese fa, co' un ber berretto rosso in capo e 'vella schiuma sur viso che pare na barba bianca, ti mancherebbe la slitta 'olle renne e saresti Babbo Natale, ahahah...tieni ir tu telefono.>
Paolo stizzito <Pronto...>
<Ahahah, ho sentito tutto 'vello che ha detto la Sandra, devi esse' buffo ammodo!>
<Dè, bando alle ciance e... alle prese pe' le mele... 'sa c'è?>
<Ieri sera ho visto sur giornale un arti'olo che parlava di un'organizzazione alla quale il Chiomani devolveva lauta parte dei suoi proventi da pensionato. Si 'iama "Famiglia e Amore". Il fondatore, Antonio Matrullo, viene descritto come un tipo ambiguo che ha da tempo problemi con l'Agenzia delle Entrate.>
Paolo <E che c'è di strano? 'Vando ti trovi a tene' le redini di organizzazioni der genere, 'osì come pure 'velle sportive, devi fare i sarti mortali pe' mantene' la barca pari. Quarche magagna e'onomica è facile che venga fori. 'Omunque è 'na notizia da 'riordassi, un si sa' mai, grazie.>
Quando erano in macchina in direzione delle Terme, Sandra ...<Stamani ho avuto 'na notizia veramente triste...>
Paolo <C'è stata 'varche disgrazia, è morto 'varcuno?>
<No> Rispose Sandra <Mi ha chiamato Simona pe' raccontarmi... sai di 'vell' adozione a distanza che ave'a fatto 'varche anno fa? Bene, anzi malissimo, hanno scoperto che era tutta 'na truffa. Mandavano tutti l'anni na foto der bimbo, con tanto di lettere di ringraziamento scritte sempre dar figliolo in questione. Sai 'ome hanno fatto a scoprillo? Du' signore di Roma hanno denunciato l'associazione pe' truffa dopo che, confrontando le foto e le lettere allegate, hanno scoperto che erano uguali. Quando è stata aperta l'indagine, s'è potuto verifià che centinaia di persone ricevevano foto e lettere identi'e. Ti rendi 'onto? 'Vesto poi mette in cattiva luce anche le organizzazioni serie che so' convinta siano la stragrande maggioranza.>
Paolo <Mamma mia, un ci si pole più fidà di nessuno, boia!> Poi pensò... "E se anche 'vesta organizzazione fosse na truffa?"

Suona il cellulare di Paolo <Buongiorno Diego, stamani vorrei fa' un bagno alle terme. Vieni anche te cosi ti rilassi un po' e ner frattempo parliamo der caso?>

<Ok, fra mezz'ora so' lì.>

L'acqua era calda al punto giusto. I due colleghi si erano seduti nello spazio idromassaggio, dove chiacchieravano cullati da piacevoli getti d'acqua tiepida.

Diego <So' arrivati i risultati del' autopsia. Pare che i due possano esse' stati narcotizzati prima e successivamente uccisi co' un corpo d'arma da fo'o.. magari cor silenziatore.>

Paolo < Come so' risaliti a 'vest'ipotesi?>

<Primo perché un sì so' nenche mossi ner letto e quindi dove'an dormì sodo. In quanto ar silenziatore, è morto probabile in quanto nessuno delle tante persone presenti in arbergo ha sentito gli spari. I due so' morti co' un solo corpo alla testa, una tipica esecuzione in stile mafioso. Ah, dimenti'avo... la scentif'ia ha rilevato che chi è entrato nella 'amera dei coniugi Chiomani, oltre che uccidere la 'oppia, ha anche rovistato alla ricerca di 'varcosa, ma non dei sordi visto che i portafogli erano intatti. >

Paolo <Senti un po', ir Chiomani face'a beneficenza attraverso un'associazione... "Famiglia e amore". Ti risulta?>

<Sì, face'a beneficenza a 'vesta associazione, che c'è di strano!>

<Lo sai che il presidente fondatore... tale Matrullo, ir nome un me lo ri'ordo, ave'a problemi coll'Agenzia delle Entrate?>

<No, un lo sapevo. 'Omunque se ti sembra importante verifi'iamo.>

Nel frattempo sulla sponda della piscina c'è un improvviso movimento di persone. Sono quasi tutte donne che, in preda all'eccitazione, cominciano ad emettere gridolini di gioia e a correre tutte verso una coppia di persone.

Gridavano <George, è lui è proprio lui, Clooney, 'om'è bello, fa l'autografi!>

I mariti nel frattempo ostentavano indifferenza... chiaro segno di gelosia. L'unico che se ne fregava veramente era Paolo.

Sandra, eccitata, si avvicina anche lei con carta e penna. Alcuni Camerieri tentano di difendere l'attore e la sua compagna dall' assalto, ma con scarsissimo successo.

Paolo rivolto ad un divertito Diego <Boia le donne! Si esartano di nulla dè. Basta che uno facci l'attore, e magari sii anche un po' decente, che diventan matte.>

Sandra <O Paolo mi fai fa' l'autografo che un mi riesce di avvicinammi. Oddio, si arza! Un andrà mi'a via?>

Paolo <Dammi la 'arta e la penna, ci penso io.>

Si tuffa nel marasma e, a suon di spintoni e culate, riesce a farsi largo fra le donne imbufalite. Quando arriva nei pressi dice...

<O... no Martini no party... mi fai no scarabocchio pe' la mi' signora?>

George sorridendo <Your wife's name?>

<Sandra, si 'iama Sandra.>

George scrive "To Sandra with sympathy".

Paolo <Grazie ami'o! Ossequi alla tu' signora.>

Rivolto a Sandra <Boia! La su' signora è proprio na gran bella gnocca, dè eccoti l'autografo.>

Sandra <O Paolo, ma ti sembra ir caso di dire 'veste 'ose... alla tu' età poi.>

<Ha parlato lei, dè! C'è mancato po'o che ti strappassi i 'apelli 'ome le ragazzine, ma fammi ir piacere...>

Suona il cellulare <Marione, 'ome andiamo a Gello?>

<Bene, dai. Da voi abbiamo letto che ci so' anche l'attori...>

Paolo <Dè, un me ne parlà. Sandra volea che 'ni facessi fa' n'autografo, io mi so' tirato in mezzo a 'velle donne indemoniate pe' avvicinarmi a rischio di prende' delle sonore ciaffate. 'Omunque ce l'ho fatta dè. Ma... mi vole'i dì' 'varcosa?>

Marione <Si Paolo, volevamo ditti che in televisione hanno intervistato ir fondatore della associazione a cui dava i 'vattrini ir Chiomani. Ci 'iedevamo se avete verifi'ato che tipo è? A sentillo sembra fin troppo bravo. E' a vedello che un convince punto. Sembrava che recitasse, oddio... pole anche esse' che abbiamo preso un abbaglio, ma... sai.>

Paolo <Grazie, mi avete 'onvinto a indaga' su 'vesto Marzullo... Matrullo, un mi ri'ordo dè.> <Diego, hai sentito?>

<Si, ora vo' ar comando, 'osi di'o ai mi' ragazzi di prende' in-

formazioni su 'sto Matrullo. Un c'entrerà niente ma tentar non nuoce.>

Paolo raggiunge Sandra nella vasca grande e comincia a nuotare beatamente cullato dal tepore di quell'acqua meravigliosa.

Dopo poco un trafelato Diego torna a bordo piscina... <Che hai dimenti'ato?> Dice Paolo.

<Ma che dimenti'ato e dimenti'ato... ti vole'o dì che qui fori c'è ir Matrullo! L'ho visto co' mi' occhi mentre posteggiava la macchina. Poi a scari'ato le valige.>

<Davvero? E io sto' qui a perde tempo coll'attori, dè!> Dice Paolo

<Sarà venuto pe' dà l'urtimo saluto ar suo ami'o. Ma sei si'uro che è lui?>

Diego <Si, ave'o visto na su' foto e... comunque vieni a vede'... 'vattro occhi vedono meglio di due.>

<'Vattro occhi un piffero, c'ho da fammi le 'ateratte! L'o'ulista mio ha detto che ci vedo più po'o e devo fa' l'intervento... e io ho paura, boia!>

Paolo uscì dall'acqua infreddolito, si mise il suo accappatoio ed entrò nell'atrio dove casualmente stavano incrociandosi il nipote Ermanno e il Matrullo. Paolo notò che non si guardarono neanche di striscio... "evidentemente un si 'onosceano", pensò.

Il Matrullo, elegante con il suo abito grigio, uscì, sali in macchina, inforcò gli occhiali da sole, accese il motore e partì.

Paolo a Diego, <Ma ir Matrullo c'ha una 'amera prenotata?>

<Possiamo 'iede> Disse Diego mentre si stava alzando per raggiungere il bancone dell'accettazione.

Paolo con un braccio lo ferma. Stava tornando il cugino Ermanno. Notò un particolare... Ermanno, che era solo, si avvicina al banco dell'accettazione con due grosse valige e una sacca a tracolla che dava l'impressione di essere piuttosto pesante.

Paolo di scatto si alza e... <Signor Ermanno ha bisogno di aiuto? Vedo che è morto cari'o.>

Ermanno si gira sorpreso e quasi balbettando... <N... no... g... grazie, non si scomodi.>

Diego stupito <Ma...>

<Vole'o vede' la su' reazione e ti devo dì un mi è piaciuta punto.>

Rispose Paolo senza fargli finire la frase.

Diego <Perchè?>

<So' uno sbirro di lungo 'orso, e certe situazioni le fiuto, proprio come i cani da tartufo. Ora 'iediamo se ir Matrullo c'ha una 'amera prenotata.>

Si diressero al bancone, Diego tiro fuori il distintivo della Polizia e chiese all'impiegato <'Vel signore di prima, co' l'abito grigio, ha una 'amera 'vi in arbergo?>

< No, un ce l'ha, era 'vi 'pe la disgrazia della 'oppia assassinata. E' stato un po' cor direttore che è nipote dei poveri signori Chiomani...>

Paolo <Ho notato che non s'è salutato coll'artro nipote der morto, 'vello co' le valige pesanti che volevo aiutà, ir signor...>

<Ermanno> disse l'impiegato.

<Sì, sì, proprio lui.>

<Non so che dille... un lo 'onosco proprio. Il signor Ermanno l'ho visto 'vest'anno pe' la prima vorta.>

Paolo <Sento puzza di bruciato caro Diego... senti un po': ir Matrullo l'hai visto arrivare 'olle valige e dopo po'o se ne va senza ave' na 'amera, ma soprattutto senza più nessun bagaglio. Sappiamo che è stato un po' co' Raffaele, nipote dei coniugi Chiomani, ma ner contempo sembra un conosce ir cugino Ermanno. Infatti, 'vando si so' incrociati, manco un saluto! Pe' concludere, Ermanno se ne va co' du' grosse valige e un borsone, pur essendo da solo. Pe 'iude ir cerchio, hai mi'a notato se 'ste benedette valige pote'an 'orrisponde a 'velle di Ermanno? Te lo 'iedo perché se'ondo me ir Matrullo 'ni ha dato le sue.>

<In effetti, una in parti'olare era rosso fegato, dello stesso 'olore di 'vella der Matrullo... 'vindi un ci metterei la mano sur foo, ma potrebbero anche esse' le stesse.>

Suona il cellulare<Ciao, so' Ugo, avete indagato sur Matrullo?>

Paolo <In questo momento, stavo a fa' n'analisi di 'vello che abbiamo visto io e ir mi 'ollega po'o fa. Lo voglio di' anche a voi, metti in viva voce 'osi se c'è varche artro de' nostri amici, può sentì.>

Paolo ripete quanto appena detto a Diego e subito Amulio <Ma

'vesto che racconti è la trama di un firme di mafia che ho visto po'i giorni fa alla tele. Ir firme racconta di un ragazzo che un andava punto d'accordo cor su' babbo che era un mafioso. Un boss a capo di una famiglia rivale, approfittando di questa situazione, 'onvince ir ragazzo ad uccidello in cambio di sordi, e ni porta una grossa somma nascosta in una valigia. Dè... un potrebbe esse' andata 'ome ner firme?>

Paolo <In effetti, 'vesto che hai detto è un po' 'vello che sospetto... ora ne parlo co' Diego, ir mi' 'ollega.>

Diego <Ho già capito infatti. Sto' telefonando in centrale pe' fa' predisporre de' posti di brocco più rapidamente possibile.>

<Bah? ora de'o tornà dalla Sandra, sennò divorzia. Se c'è 'varcosa di novo sai 'ome fa a trovammi.>

Paolo con un certo imbarazzo per averla trascurata <O Sandra, scusa ma sai...'veste indagini... m'hanno preso e... po' forse abbiamo imboccato la strada giusta, dè.>

Sandra <Un ti preoccupare, mi diverto un sacco! 'Vi è come vivere in diretta la rivista "Vip forever". Ogni po'o passa un personaggio famoso... pensa che è passata anche Dora Rampelli, protagonista della fiction "Soli sotto ir Sole". Sai, pensavo che fosse più arta, invece è 'na tappa.>

Paolo pensò "Ma se du' attori, anche da strapazzo, venissero un po' anche a Gello, potrei anda' più spesso ar barre oll' amici, Dè! Ma purtroppo a Gello un ci vengono neanche i po'o di buono a movimenta' le giornate... che so', du' pistolettate, du' inseguimenti, macchè nulla di nulla. L'unici inseguimenti so' velli der matto der mi' dottore che si nasconde dietro le macchine pe' potermi prende' di sorpresa e fammi vede' l'analisi e po' dìmmi sadi'amente: un mangia' 'vesto... ti proibisco di be' 'vell'artro... dè! 'Vesto è ir massimo che possi succede in paese".

Squilla il telefono. E' Diego <Caro Paolo ti di'o che meglio un pote'a anda'. L'abbiamo presi tutti e due in due posti di blocco differenti. Avevi ragione a sospetta'. Le valige so' strapiene di banconote. Un li ho contati ma so' tanti sordi. Ir Matrullo invece ha tentato di tira' dar finestrino della su' macchina na pistola che probabilmente è servita ad ammazza' i Chiomani. Ora faremo

un interrogatorio e li metteremo a confronto, vediamo sa' viene fuori.>

Paolo <Ti anticipo 'ome è andata: Ermanno odiava ir su' nonno a tar punto che, quando si fa avanti ir Matrullo 'olla proposta d'ammazzallo in cambio di un sacco di sordi, un ni pare ir vero. Ir Matrullo ni fornisce pure l'arma, probabilmente 'vella che ave'a in auto. Come la trama di un firme che ha visto ir mi ami'o, dè! 'Vello che va chiarito è perché sto' individuo vole'a ammazza' ir Chiomani, che era un importante sostenitore della su' organizzazione benefia. Indubbiamente c'era 'varcosa che un andava fra i due.>

Suona il cellulare <So' Marione, eravamo 'vi che si ragionava. Dunque senti... ir Matrullo ha problemi coll'Agenzia delle Entrate, 'vindi ha dei debiti, ti torna? Fa ammazza' ir Chiomani grande sostenitore della su' organizzazione benefi'a. E' possibile che ir Chiomani si sia accorto che ir Matrullo sottraeva i sordi della beneficenza pe' usalli pe' se stesso. A riprova di quer che diciamo, Ugo a scoperto che sto' "benefattore" diversi anni fa è stato 'ondannato pe' ave' fatto una truffa co' dei sordi destinati alla 'ostruzione di 'ase popolari.>

Paolo <Grazie ragazzi, non fate artro che conferma' 'vello che sospetto, ma un abbiamo prove pe' pote' esse' si'uri.>

La mattina successiva <O Paolo, certo in 'vesta va'anza 'un ti sei goduto punto. Armeno oggi che è l'urtimo giorno spero che tu possa trovà poso e riposatti un po'.>

Paolo <Dè, è vero, intanto facciamo un ber bagno nell'acqua carda e po' vediamo.>

Nel frattempo arriva Diego trafelato. <Paolo ti ho chiamato ma un rispondei.>

<Dè, ir telefono nell'acqua un ce lo posso mi'a porta' e... un avro' sentito, ci so' novità?>

Diego <Se Dio vole, ir caso è risolto, Ermanno, ir nipote, nell'interrogatorio ha gettato la spugna subito, forse pel rimorso, non saprei. Prati'amente... ti ri'ordi che la stanza der delitto era tutta a gamball'aria? Dunque, è stato lui che cercava una busta 'olle prove della truffa ai danni della associazione "Famiglia e amore".

Mi ha dato la busta e ti posso assi'urà che ir bastardone, co' sordi, ci pagava i debiti oll'erario, ma anche omprava droga da rivende' e gio'ava d'azzardo… proprio un ber tipo vai… artro che beneficenza! Ci ha detto che ave'a l'ordine dar Matrullo di brucialla pe' fa' spari' le prove.>
Paolo <Un so' stupìto pe' nulla, perché le 'ose so' andate proprio come immaginavo. Ora mettiti ir costume e vieni a rilassarti un po'. A guardatti ne hai proprio bisogno.>
Sandra, Paolo e Diego sono seduti a bordo piscina con un bell'aperitivo offerto dall'hotel. Un bimbo e una bimba si avvicinano con un foglio di carta in mano ed una penna. <Buongiorno> fanno i due molto timidamente, rivolti a Paolo. <Ci farebbe 'n'autografo?>
Paolo, sbalordito <Ma prima di tutto ir titolare dell'indagine è lui, e po' è la prima vorta che vedo 'iede 'n'autografo ad un poliziotto.>
<Ma lei un è l'attore Aldo Molliconi che ha recitato ner firm "A cena co' Dracula"? La su' faccia è uguale a 'vella der Vampiro!>
Sandra e Diego <Ahahah.>
Sandra <So' la moglie di un vampiro dè! 'Vesta è da racconta'!>
Paolo <Ragazzi, forse avete sbagliato… io so' la vittima. Ir vero vampiro è 'vesta donna… sapeste 'ome succhia… non ir sangue, sia ben inteso, è… un vampiro 'eonomico! Ciuccia sordi e un è mai sazia dè!

Rosso scuro

<Ma qui è un'ecatombe pe' davvero! Tutti i giorni c'è un caso novo!>

Paolo mentre sorseggia un buon caffè, sta scorrendo i titoli della cronaca regionale.

<Sentite 'vi che notizia> rivolto ad Ugo, Marione e Filippo.

<Un tale..."ci so' solo le iniziali" D. B. raggiunge la moglie a Pistoia, la quale si era rifugiata dagli anziani genitori pe' scappare alle violenze del marito. Con lei ci so' anche i du' figlioli nati dalla relazione. Il D. B. raggiunge a Pistoia la 'ompagna e in un agguato la massacra a corpi di 'oltello e si dilegua. Ri'overata in ospedale la donna ne avrà pe' diverso tempo ma pe' fortuna, nonostante la prognosi riservata, pare che sopravviverà. La polizia brancola ner buio. Forse il D. B. è tornato a Torino città in cui la famiglia viveva?>

Marione <Che mondo, un mi ci raccapezzo più!>

Ugo <Ma come si fa a compiere dell'atti 'osì crudeli... 'Vesta è la mi' moglie? Un mi garba più, ni do foo! ... Ma è la mamma dei su' figli cavolo!>

Paolo <Si so' persi tutti i valori, un c'è più rispetto pe' nessuno, si ammazzano mogli, fidanzate, così... come se fossero oggetti di proprietà... I sentimenti, il rispetto della vita altrui... tutto sparito. Non esiste neanche il rimorso! 'Vando vedi 'sti individui alla televisione portati via dalle forze dell'ordine, sembra che un abbino fatto nulla. C'è da vergognia'ssi a esse' nati omini, ve lo di'o io. Adesso 'iamo ir Tesi, il mi' 'ollega di Pistoia. Pe' altro è un mucchio che un lo vedo, voglio sentì che dice.>

<Pronto Girolamo?>

<Non mi di', sei tu Paolo? Che piacere senti'tti.>

Paolo <Ciao vecchio birbante, o colto l'occasione pe' 'iamatti dalla notizia sur giornale.>

Girolamo <Sì, una brutta storia.>

Paolo <D'altra parte quando noi sbirri ci telefoniamo è si'uramente pe' amicizia, ma una base di deformazione professionale c'è sempre.>

Girolamo <Senti un po', visto che sei deformato professionalmente, che ne dici di veni'mmi a da' na' mano?>

Paolo <Certamente, Girolamo domani alle 10 so' da te... sempre al solito indirizzo vero?>

Il Tesi <Sì, sempre lo stesso.>

Il programma della giornata di Paolo, prevedeva: pranzo con Sandra e nipoti, compiti nel primo pomeriggio e finalmente portare i ragazzi all'allenamento di scherma, appuntamento quest'ultimo sempre piacevole.

Paolo <Dunque io seguo Gia'omo e te Sandra segui Matilde.>

<'Sa hai da fare Gia'omo?>

<Matemati'a nonno, in parti'olare un problema, senti 'va: Una vecchietta si scorda aperto il rubinetto della vasca da bagno, dal rubinetto escono 50 litri al minuto...>

Paolo pensa fra sè "Boia! 'Vesta vecchietta è stata la mi' ossessione fin dagli anni della scuola e ancora è lì a rompe' 'oglioni, ma... un more mai?"

Paolo <So' le cinque ragazzi, fate merenda e po' si va in palestra.>

<Va bene> rispondono i nipoti... <Nonna, ci fai pane vino e zucchero come l'altra sera?>

Sandra <Vi è garbato vero? Quando eravamo bimbi io e il nonno era una delle tipi'e merende, sana e gustosa, altro che le schifezze industriali di oggi, piene di calorie che vi fanno diventa' obesi.>

Paolo <Dimenti'avo, domattina vado a Pistoia da il Tesi, mi ha chiesto di aiuta'llo nel caso di quella povera donna accoltellata dal marito.>

Sandra <Fai bene, quando lo mettete in galera buttate via la 'iave, mi raccomando.>

L'indomani mattina presto, Paolo va al consueto piacevole appuntamento con la colazione.

Paolo <Buongiorno gentaglia.>

<Buongiorno Paolo.> Risposero Ugo, Marione, Amulio e il barista.

Marione <Vai a Pistoia?>

<Sì, devo esse' li alle dieci. Vo' fino a Lucca prendo l'autostrada e se un ci so' intoppi arrivo 'omodamente.>

Ugo <Ri'ordati che i tu amici so' pronti a datti delle belle imbeccate, ormai siamo detectivve anche noi.>

Paolo <Lo so, vi chiamo così mi date na mano.>

"Boia, è un po' che un venivo a Pistoia, il traffi'o è tutto 'ambiato… 'vesta via era a doppio senso e ora c'è divieto d'accesso, mah? Proviamo a girà di va'."

Dopo un senso unico preso alla rovescia e uno stop mancato, con tanto di "vaffa" da parte di un tipo che stava transitando, come per incanto ma soprattutto senza capire come avesse fatto, arriva a destinazione.

<Finalmente ti rivedo Paolo, ci voleva una disgrazia pe' incontra'tti.>

Paolo <Caro Girolamo hai tutte le ragioni, ma dai, pe' qualche giorno staremo insieme.>

Girolamo <Dunque Paolo, ir caso è chiarissimo, la Signora accoltellata si 'iama Grandi Anna, 41 anni, nata a Pistoia e trasferita a Torino pe' seguì il marito. Dar matrimonio nascono due figli di 8 e 12 anni. Lui, Dario Bortoli, 48 anni, è un violento, geloso patologico. Pe' ditti il tipo, una volta prese i figli 'ome ostaggi pe' convince la moglie a non lasciallo. Questa volta l'ha fatta ancora più grossa, ha preso a coltellate la moglie, con il chiaro intento di ammazza'lla.>

Paolo < 'Vindi basta trova'llo e ir caso è chiuso, ci so' anche testimoni?>

Girolamo <Hai detto nulla, trova'llo un è mi'a facile… sì, ci so' dei testimoni.>

Paolo <Dove è successo?>

Girolamo <Davanti ad un tabacchino in Viale Adua. I testimoni

raccontano che la donna stava uscendo dar negozio, nel mentre che un tale scende da una Panda grigia brandendo un coltello da 'ucina cor mani'o rosso fegato. Corre verso la donna e la massacra di 'oltellate. Forse il giubbotto di lei, in pelle parti'olarmente dura, ha impedito che le ferite le fossero fatali, 'omunque è finita all'ospedale ed è tutt'ora in prognosi riservata.>
Fra una ipotesi e una chiacchiera, si fa l'ora di pranzo.
Paolo <Girolamo, io ho fame, che dici, andiamo alla "trattoria da Pierpaolo"? Si mangia bene e poi, un giretto nella splendida piazza der Domo e fra le viuzze che portano in piazza della sala, dove ci so' tutte 'velle splendide botteghe con gli sportelloni in legno e i bancali in pietra, un me lo leva nessuno.>
Il Locale, che Paolo conosceva per esserci stato già altre volte, era stracolmo di avventori.
L'oste <Buongiorno, venite, ho un tavolo in fondo alla sala, vi lascio anche il menù.>
<Allora signori, che vi facciamo preparare?>
<Sì, vorremmo…>
Presa l'ordinazione l'oste ad alta voce rivolto alla porta della cucina <du' zuppe di farro e du' rosticciane coll'olive.>
Il mangiare, non era dei più leggeri ma "bono da morì" come diciamo noi Toscani.
Per digerire nel dopo pranzo decisero di fare due passi verso il vecchio Ospedale del Ceppo, costruzione duecentesca. Lo stato attuale deriva da una serie di successive aggiunte e rifacimenti. Al di sopra degli archi del loggiato poi, si trova uno splendido fregio in terracotta invetriata mentre dei tondi, sempre con la stessa tecnica sono inseriti nei pennacchi degli archi stessi. Il fregio è opera di Santi Buglione, scultore cinquecentesco, mentre i tondi di Giovanni della Robbia. In Italia ovunque giriamo il naso scoviamo bellezze impareggiabili. Firenze Roma Venezia sono meta di milioni di turisti, per carità, giustamente, ma se questi sapessero quanto sono belle anche le piccole città…
Squilla il telefono di Girolamo <Dottore, sono l'appuntato Macera. Le volevo dire che una nostra pattuglia in perlustrazione ha trovato la panda grigia del ricercato.>

Girolamo <Dove?>

<Sulla vecchia strada che porta Verso Agliana...>

Sulla via del ritorno a Gello, squilla il telefono di Paolo. Accostato sul ciglio della strada, risponde <Pronto?>

<Sono Marione, hanno appena dato la notizia che è stata ritrovata la macchina di 'vel delinquente.>

Paolo <Sì, lo so, l'ho saputo po'o fa'.>

Marione <Io e i ragazzi abbiamo pensato che potrebbe esse' che ir tipo abbi delle 'onoscenze in zona, perché artrimenti un si spiega perché proprio li dove'a posteggià la macchina.>

Paolo <Pole esse', ma ci so' svariate diverse possibilità, 'omunque grazie.>

Paolo pensa "I ragazzi sta volta, so' stati un po' banali... ha posteggiato li 'vindi 'onosce quarcuno in zona... bah!"

Il mattino successivo prima di uscire, Sandra gli dice <Ri'ordati che oggi m'avei promesso di portammi al Palazzo Blu a vede' la mostra di "Lucio Fontana", ci tengo.>

Paolo <Boia, mi ero scordato...va bene.>

<Macchiato pronto.>

Paolo alza gli occhi dal giornale...<Grazie.>

Nel mentre entrano Ugo e Amulio che si rivolgono a Paolo <Hai tenuto in considerazione la nostra ipotesi? C'è venuta in mente perché 'osi dicano i giornali, pare che il delinquente sia una persona a detta dei 'olleghi di lavoro, po'o intelligente, totalmente ignorante e prepotente.>

Durante il tragitto verso Pistoia, Paolo ripensa a quanto detto dagli amici "Effettivamente, l'amici un hanno tutti i torti... se è veramente uno po'o furbo potrebbe ave' lasciato l'auto vicino 'asa di 'varche conoscente. Devo dillo a Girolamo."

Girolamo <Buongiorno Paolo, prendi un caffè? Lo faccio portare dal bar qui sotto.>

Paolo <Un caffè un si rifiuta mai... senti avete mi'a verifi'ato se il Bortoli ha conoscenze in zona?>

Girolamo <Abbiamo verifi'ato che 'sto Bortoli è originario pure lui di Pistoia, però un ci risultano parenti. Lui è figlio unico, la madre è morta, il padre, un mezzo matto, è deceduto anche

lui. Forse 'valche vecchia 'onoscenza, che so' un'ami'o d'infanzia, potrebbe anche avello... 'Omunque, abbiamo 'ominciato na caccia all'uomo in parti'olare nella zona dove è stata rinvenuta l'auto.>

Paolo <Alle 'acce all'omo ci ho creduto sempre po'o, gran dispiego di forze e di 'onseguenza spese. Meglio cercare di capire la psi'ologia del fuggiasco e prova' a intui'nne le mosse, e questo è tanto più vero quanto meno è esperto... poi se un è un falco come si dice der nostro 'omo, tanto meglio.>

Girolamo <Effettivamente hai ragione. Spesso non sapendo che fa', ordino di perlustra' ir territorio, così come un pescatore che tira le reti a caso spera ner colpo di fortuna.>

Paolo <Voglio telefona' a' 'mi amici pe' vede se hanno 'valche idea.>

Girolamo <I tu' amici? E chi sono.>

Paolo <Personaggi pittoreschi, ci gio'o a briscola ar barre.>

<Ci gio'i a briscola? Ma mi prendi per le mele?>

Paolo <Ti confesso che alcune fra le mie indagini più difficili l'ho risolte grazie al loro intuito. Credimi, spesso noi sbirri pensiamo d'esse de' fenomeni e poi arrivano quattro bischeri, amici del barre, che ti dimostrano che i "fenomeni" non esistono.>

Paolo telefona <Pronto Marione, 'ome va?>

<Tutto bene Paolo> risponde...<e le indagini?>

Paolo <Per ora siamo su un binario morto, voi avete 'valche idea?
>

Marione <Macchè, l'uni'a cosa... a scuola ci sarà andato, se un ha più parenti 'ome è scritto sur giornale, magari 'varche conoscente di 'vando era bambino potrebbe avello.>

Paolo <Grazie Marione, ciao.>

Rivolgendosi a Girolamo <Bisogna scava' ner passato. Intanto portami dove è stata trovata la Panda del Bortoli.>

Arrivati sul posto, Paolo subito si convinse che non aveva posteggiato lì a caso. Intorno non c'erano abitazioni se non in lontananza. Quindi le ipotesi erano due: o aveva posteggiato in quel punto per confondere le idee oppure, come dicevano gli amici, conosceva qualcuno nei paraggi.

In quel mentre, alle loro spalle, un gregge di pecore stava attraversando la strada. Se ne resero conto dal belare degli animali e dalla puzza che emanavano. I due si voltarono, i cani avevano un bel da fare a tenere le pecore in gruppo, il pastore era davanti e procedeva lentamente. Un cappellaccio in testa, una giacca tipo cacciatore e scarponi da lavoro ricoperti di fango.

<Buongiorno> fece Paolo…

<Buongiorno> rispose il pastore.

Paolo <Siamo della Polizia, cerchiamo il proprietario di una Panda grigia che era posteggiata qui fino a ieri.>

Il Pastore <Io… io non l'ho vista.>

Girolamo <Ma lei passa spesso di qua?>

<Qualche volta> Rispose il pastore.

Paolo notò che sull'asfalto c'erano inequivocabili segni di un continuo passaggio di pecore e l'atteggiamento del tipo non lo persuadeva affatto.

Paolo <Si è fatto tardi…>

Girolamo <Ma quale tardi, un è neppure l'ora di pranzo.>

Paolo <Lo so ma oggi un posso rimane', devo porta' la moglie a vede' una mostra di quadri in centro a Pisa e… mi devo sacrifi'a'.>

<Va bene disse l'amico, ma… domani torni vero?>

<Ma certo, alla solita ora.>

<Sei pronta Sandra, possiamo anda'?>

Sandra <Parti pure… mmm, io posteggerei fori dei Bagni Di Nerone, li si trova 'vasi sempre posto.>

Posteggiata l'auto i due si incamminano verso la sede della mostra, il bellissimo Palazzo Blu, che si affaccia sui Lungarni.

Passando per Piazza dei Miracoli, come sempre ammirarono La Torre Pendente, il Duomo e il Battistero, incorniciati da prati verdi stupendi… o quasi. Mi spiego meglio… se non ci fossero i maleducati che se ne infischiano dei cartelli "Vietato calpestare il prato", sicuramente sarebbero eccezionali. Comunque nulla è più irritante di quei (quasi tutti) turisti che si mettono in pose stupide per farsi fotografare mentre…"sorreggono la torre".

Paolo <Sempre 'sti imbecilli, scommetto che partono magari dall'altra parte der mondo solo pe' pote' fare 'ste foto da idioti, e

non capiscono la bellezza della torre. Io...io...la addrizzerei, cosi vengono solo i veri turisti, 'velli appassionati di arte.

Continuarono per via Roma e dopo breve percorso arrivarono nella superba Piazza dei Cavalieri che, dopo la seconda metà del cinquecento, divenne quartier generale dell'Ordine Dei Cavalieri Di Santo Stefano, voluta dal Gran Duca Cosimo De' Medici. Oggi è importantissima oltre che per la bellezza, anche per la presenza della sede centrale della "Scuola Normale di Pisa", che insieme al "Sant'Anna", rappresentano il fiore all'occhiello dell'Ateneo pisano e dell'università italiana in genere. Dimenticavo... la "Scuola Normale" si trova nel Palazzo Dei Cavalieri la cui realizzazione è di un architetto... non proprio qualsiasi, un certo... Giorgio Vasari, vi dice nulla?

Paolo <Ho pagato i biglietti, dobbiamo ritira' le 'uffiette pe' senti' le spiegazioni. >

Entrati nel percorso della mostra Paolo e Sandra accendono i loro trabiccoli. Una voce suadente comincia...

<Lucio Fontana pittore scultore e ceramista, nasce... vive... muore. Fondatore della corrente Spazialista... Come potete vedere...>

Paolo pensa "Come potete vedere 'osa! Io vedo solo statue che rappresentano non so' se 'omini, donne o che".

"Ma... questa sarà na gamba, o forse il naso... e vesti quadri? Pare ni ci sia caduta la vernice a caso, forse è inciampato e la tinta ha imbrattato tutto... boh? E qui dove'a esse incazzato a bestia, bada 'ome ha ridotto 'ste tele, tutte tagli e sberci."

Paolo davanti ad un "opera" piena di tagli, ridacchia divertito. Un signore distinto lo guarda con fare compassionevole e scuote il capo, come per dire... "ma se non ci capisci nulla che ci sei venuto a fare". Paolo imbarazzato non trova niente di meglio da dire che ...<Bello dè, 'vi si vede proprio la mano dello Spazialista.>

Usciti dalla mostra Sandra comincia con commenti entusiasti ad esaltare la figura del grande "Artista". <Bella, na mostra proprio interessante...>

Paolo <Se proprio ci tieni, mi 'ompro una tela e quando so incazzato prendo un cortello in cucina e ci faccio degli sberci pe'

sfogammi e po' dopo la porti a incornicia'... Ed ecco l'opera d'arte!
Nata da uno stato d'animo di 'velli veri, dè!>
Sandra <Ma un capisci proprio nulla, vai.>
Paolo <Faccio già una fati'a a bestia pe' capi' 'osa hanno dipinto pittori tipo Pi'asso, kandinsky... ma 'veste tele tagliate, sarò si'uramente ignorante, ma sembrano fatte pe' vede' la gente quanto è stupida. Ma voi mette i pittori impressionisti? Ma senza anda' troppo lontano... i macchiaioli livornesi, so' stupendi, e se te lo dice un pisano...>
La mattina successiva al bar.
Ugo <O Paolo, che ci dici di novo?>
Paolo <Un saprei, ieri cor mi 'ollega siamo andati dove hanno trovato la Panda der Bortoli. Nel mentre è passato un pastore con un gregge puzzolente ar seguito. Non ho fatto in tempo a chiedergli valcosa che lui con voce assai incerta ha cominciato a di' che un sapeva e non ave'a visto niente. Mi è sembrato po'o sincero, ma magari è solo una mi' impressione.>
Amulio da dietro una tazza di caffè fumante, alza lo sguardo <Paolo, l'uni'a 'osa che poi fa' è interrogallo e metterlo sotto torchio. Vedrai che se sa' 'varcosa, 'vesto 'varcosa viene fori.>
Nel mentre suona il cellulare di Paolo...<Pronto Girolamo? Sto pe' parti...>
Girolamo <Si, ma senti 'vesta... ti ri'ordi ieri il pastore? Oggi ci vole vede'. Pe' trovarci, credendo che noi fossimo 'Arabinieri, ha telefonato ar comando e per fortuna c'era un mi 'onoscente che ci ha messi in contatto e...>
Paolo <E 'vesto 'Arabbiniere 'ome ha capito ch'eri te? Il pastore n'ha detto... Alto bello e con l'occhi azzurri? Ahahah.>
Girolamo <Se è pe' questo n'ha descritto anche te!>
Paolo <E che ha detto.>
Girolamo <Che c'era anche un tipo si'uramente livornese, l'ha capito dall'accento...beccati 'vesta, pisanaccio!>
Paolo <Che bastardo, io livornese? Ora parto e po' dopo lo metto sotto torchio vai, fra un'ora so' da te.>
Quando Paolo entra nel comando di Polizia, si rende subito conto che il pastore era già arrivato, infatti un inconfondibile e terri-

bile odore di formaggio pecorino aveva appestato l'aria.

Girolamo <O Paolo, il signor Porcu è già qui.>

Paolo <Sì, lo sapevo.>

<Chi te lo ha detto?>

Paolo <Nessuno, ma...lasciamo perde.> Certamente non poteva dire che lo aveva intuito dal puzzo.

Girolamo <Dunque, il signor Porcu è venuto a fa' 'na deposizione, e mi ha già detto che l'altro giorno preso alla sprovvista, per paura, un ha raccontato le'ose giuste.>

Paolo <Allora ci dica un po' 'ome sono andati i fatti.>

Il Porcu <Signori poliziotti, dovete sapere, che io ho visto il ricercatto. Le sette del mattino di tre giorni fa erano. Io come sempre le pecore al pascolo portavo. Ad un certo punto da lontano vedo scendere dalla macchina il tipo e Prendere il viottolo che alla casa del muto porta.>

Paolo <Il muto?>

Il Porcu <Sì, così lo chiamiamo perché di poche parole è.>

<Sa 'ome si 'iama?> dice Girolamo.

Il Porcu <Mauro... Fedi.>

<Grazie signor Porcu> dissero i due.

Il Porcu <Mi sono permesso di portarvi queste due forme di pecorino, mi volevo fare perdonare per le bugie dell'altro giorno.>

Paolo <Stia tranquillo, 'apita spesso, ma le persone oneste 'ome lei tornano sempre a di' la verità, grazie e arrivederci.>

Paolo <Bisogna indaga' sul Fedi, va convo'ato. Stamani posso sta' po'o con te, devo tornà a Gello. Se il buon Dio un ci mette un temporale di mezzo, oggi mi tocca lavora' in giardino e un ho punta voglia, boia! Deo leva' le foglie e nessuno sa 'vanto odio 'sto lavoro!>

Imboccata la strada del ritorno, il cielo si fa cupo, un fronte nuvoloso promette burrasca, le prime gocce di pioggia vengono accolte da Paolo con un <alèèè!> gridato a squarciagola. Pregustava già una briscolata in santa pace e invece...

Sandra <Paolo, visto che non puoi"divertirti" in giardino, mi accompagni dar dottore 'osi ti fai da' una 'ontrollata pure te.>

Paolo <De', andiamo, ma io un mi fo' vede'. 'Vello ogni volta che lo incontro anche pe' la strada, mi trova sempre 'valche cosa che un va'.>

Montati in macchina Sandra fu attanagliata da un forte odore di formaggio. <Ma che odore di pe'orino... hai svaligiato la cacioteca?>

Paolo <No, me l'ha regalato un tipo che è venuto a testimonia' sur caso di Pistoia, un pastore sardo. Un so' perché ho un fillinghe coi venditori di formaggio. Tutte le volte che entro in contatto con uno di loro mi vogliono affibbia' der pe'orino.>

Sandra <E poi ti lamenti der Dottore... ma te un c'hai il colesterolo 'ome tutti 'velli della nostra età, nelle arterie ti ci scorre direttamente ir formaggio!>

La mattina successiva, al baretto. Ugo con il giornale in mano. <Senti 'va Paolo... "Pistoia... La donna oggetto di aggressione da parte del marito, sta migliorando e i medici sono molto ottimisti, presto potrà lasciare l'ospedale.>

Paolo <De', così potrà darci una mano nell'indagini pure lei... Cecco mi prepari ir solito?>

Marione <Sei di fretta?>

Paolo <Credo che dobbiamo anda' a senti' ca' ci racconta un tale che lo 'iamano il "muto" perchè un proferisce parola.>

Amulio <Boia, mi immagino l'interrogatorio... co' uno che un parla, deve esse' di morto utile!>

<Ahahah> risata generale.

Arrivato a Pistoia, davanti al comando, incontra il collega...< Girolamo!> Lui si volta e lo raggiunge, monta in macchina e... <Ci so' novità, la donna è stata dimessa e sono di morto preoccupato. Con quel bastardo der marito a piede libero, un mi sento punto tranquillo.>

Paolo <ma... intanto la possiamo interroga'.>

Girolamo <Stamani abbiamo già da vede' il muto, anzi lascia la macchina nel nostro parcheggio e andiamo.>

Il muto abitava in un piccolo cascinale, a poca distanza dal punto in cui era stata trovata la panda del Bortoli. Per raggiungere l'abitazione, dovettero percorrere il viottolo descritto dal pastore, unica via d'accesso.

Quando arrivarono il muto era seduto su una sedia di legno subito davanti al portone che li aspettava.

Paolo e Girolamo <Buongiorno signor Fedi.> Da vero muto, rispose con un gesto della testa senza emettere neanche un suono.

Paolo pensò: "Speriamo che dica 'varcosa artrimenti ho fatto un viaggio a voto".

Girolamo <Signor Fedi, 'onosce il ricercato… ovvero il Bortoli?>

Il Fedi <Sì.>

Paolo pensò… "ma allora parla, po'o ma… parla".

Girolamo <Mia è stato ospite 'vi da Lei?>

<No!>

<Ma la su' macchina era posteggiata 'vi sotto, che ci face'a?>

Il Fedi <Chiedete a lui, io un so' nulla.>

Paolo, appoggiato al portone socchiuso, si voltò lentamente, per andare a cercare con lo sguardo l'amico Girolamo. Nel voltarsi inavvertitamente sbirciò attraverso il portone e vide sotto un giornale, qualcosa di rosso scuro che attirò la sua attenzione. Sembrava proprio il manico di un coltello da cucina.

Paolo si inventò una scusa <Vedo un giornale in casa, è di oggi?>

Il Fedi <Sì.>

<Posso vedello?>

Il Fedi imbarazzato <No, è novo, e se 'varcuno me lo spiegazza… un mi garba.>

Paolo non sapendo che dire, approfitta di qualche goccia di pioggia che stava cominciando a cadere… <Possiamo entrare che qui ci si bagna?>

Il Fedi nuovamente imbarazzato <N… no se un avete un mandato.>

Girolamo <Effettivamente…senza un sì pole.>

Paolo <Bah, torniamo ar tu ufficio?>

Strada facendo Girolamo…<Ma perché volevi entra' in casa? Che c'era da vede' in quella 'atapecchia.>

Paolo <Sotto il giornale nell'ingresso c'era un cortello da 'ucina, un cortello cor mani'o rosso scuro!>

Girolamo <Ma dai, potrebbe essere quello usato dar Bortoli!>

<Certamente> rispose Paolo che continuò <Bisogna vede' la donna ar più presto.>

Girolamo <Oggi l'abbiamo alloggiata in un posto segreto dove ci so' anche i genitori e i figli di lei. Ci sono anche due poliziotti in borghese e una infermiera fidata, che controlla le 'ondizioni di salute della donna. Possiamo andarci anche subito, la 'asa è a Casal Guidi, po'i km fori Pistoia.>

Paolo <Il paese lo 'onosco, c'è un bel ristorantino, anzi ho già fame, si potrebbe prende du' piccioni co' una fava no?>

Girolamo <Pe' convince me, 'vando si parla di sgranà, ci vor po'o... andiamo.>

Paolo <Ecco ome si 'iama... "Trattoria Da Nara" un mi riusciva di riorda'.>

Il locale, semplice ma accogliente, si presentava semi vuoto. Era da poco passato mezzogiorno e i pochi clienti erano operai in pausa pranzo.

Girolamo <Meno male che siamo venuti presto, ar tocco qui un ci si rigira.>

La cameriera li portò al tavolo, dicendo <fori menù c'era il baccalà coi ceci...>

Non se lo fecero dire due volte... <Aggiudi'ato, ci porti anche mezzo litro di vino rosso e na bottiglia di acqua gassata.>

Dopo pranzo, un po' rincotti (come diciamo noi toscani), salirono in macchina e si diressero alla casa "segreta".

I poliziotti di vedetta li fecero entrare. In salotto, su un piccolo divano c'erano gli anziani genitori mentre la donna era semi sdraiata su un altro divano che faceva angolo. <Buonasera.> Dissero Paolo e Girolamo.

<Buonasera> Risposero in coro tutti i componenti della famiglia.

La donna che di nome faceva Anna, chiese ai figi di portare due sedie per far accomodare Girolamo e Paolo. Si vedeva che era una creatura depressa, triste, sofferente.

Paolo <Signora Anna, dovremmo farle po'e domande, ma... se 'un se la sente, torniamo un altro giorno.>

Anna con un lieve movimento del capo accompagnato da una smorfia di dolore, acconsenti alla richiesta dei due.

Paolo <Farla ripensa' a momenti orribili è brutto anche pe' noi, ma purtroppo molto importante. Dunque, vorrei sapere dell'arma utilizzata contro di lei...>
Anna <Un normale 'oltello da cucina, 'velli che si usano pe' affetta' l'arrosti...>
Girolamo <Ce lo può descrivere meglio?>
Anna <Un coltello a punta, con un mani'o rosso molto scuro.>
Paolo <Si ri'orda mi'a se in fondo ar mani'o, c'è un anello?
Anna <Si, quell'anelli che servono pe' appendere.>
Paolo <'Vest'anello, un è mi'a per caso rotto?>
Anna <Sì Signor commissario, mi s'era rotto in casa a Torino.>
<Grazie signora Anna, la nostra breve chiacchierata è stata morto utile.>
Usciti in strada, Paolo visibilmente contento dice all'amico <Il cortello che ho visto dar Fedi 'orrisponde esattamente a quello che ci ha descritto la signora Anna!>
Girolamo <Allora mi faccio fa' un mandato e andiamo a perquisi' la 'asa der muto.>Paolo <Va bene, però non ora, perché Sandra mi aspetta a casa. Ner primo pomeriggio purtroppo mi tocca leva' le foglie der giardino e devo aggiusta' anche la 'uccia der cane. Oggi ir tempo un mi aiuta 'ome l'artro giorno, è tornato ir sole, boia! Domani alla solita ora so' da te.>
Arrivato a Gello, trova Sandra già dedita al giardinaggio.
Paolo <Mi 'ambio e arrivo.>
<Allora, 'ste maledette foglie... prendo il rastrello.>
Sandra <Attento, è sul prato!>
Paolo pestò il rastrello che era a terra con le punte rivolte verso l'alto. Il manico dell'attrezzo, si sollevò da terra e roteando con velocità e forza inaudita, andò a stamparsi sulla fronte di Paolo.
<Boia, che botta, o mamma, che dolore...>
Sandra <Scusa Paolo, ma come hai fatto a un vedello, c'ha ir mani'o arancione anche... ti porto subito ir ghiaccio, 'omunque aggiusta la 'uccia di Bullo, alle foglie ci pensa tata che è meglio!>
Ripresosi dall'incidente, Paolo afferrò con decisione chiodi e martello, doveva sistemare alcune tavole del tetto che si erano staccate. Al primo colpo, mancò completamente la capocchia e

con tutta la forza che aveva, centrò in pieno le dita con cui teneva dritto il chiodo. Emise un... <Boia che male!> tale, che il povero Bullo andò a nascondersi per la paura.

Sandra <Ci risiamo... certo che nei lavori manuali un ci sei proprio portato! Vado a prende' la sportina de' medicinali, spero di trovacci 'valcosa per le tu' dita.>

La mattina al Bar... <Ma che diamine ti è successo.> Dissero i presenti.

Paolo <Niente, ho fatto un po' di giardinaggio.>

Amulio <Boia, ma... sembra che ti abbino randellato bene bene!>

Paolo <No è che... i lavori di 'ampagna un mi vanno proprio a genio via.>

Marione <A Pistoia? 'Ome procede.>

Paolo <Forse abbiamo trovato il cortello der Bortoli a casa der muto.>

Ugo <'Vindi vorrebbe di' che si so' visti. Ma perché un usate i cani pe' cercallo, da 'valche parte avrà pure dormito, no?>

Paolo <Potrebbe esse' un'idea, davvero. Se è stato lì, si dovrebbe pote' capire.>

Arrivato dall'amico Girolamo... <Buongiorno, hai il mandato?>

L'altro <Si, possiamo andare, ma... hai fatto a cazzotti?>

Paolo <Sì, cor 'manio del rastrello e co' un martello. Ma veniamo a noi, che dici portiamo un cane? Se ir Bortoli è stato lì, il cane ce lo fa' si'uramente capi'.>

Girolamo <M'hai 'onvinto! Esageriamo, portiamo du' poliziotti con i 'ani.>

Prima di partire, presero sulla Panda del ricercato, che era posteggiata nel recinto del Comando di Polizia, una maglia da far annusare a Pablo e Rusty, i due pastori tedeschi. Arrivati alla casa del muto, lo trovarono che stava accatastando della legna.

Paolo <Buongiorno signor Fedi.>

Il muto salutò con il solito movimento del capo, quasi impercettibile. Non era per niente sorpreso, come se si aspettasse la visita dei due commissari.

Girolamo <Oggi ir mandato di perquisizione ce lo abbiamo.>

Il Fedi <Facciano pure.> E continuò a sistemare i ciocchi di legno.

I due entrarono seguiti dai due poliziotti, con i cani che abbaiavano nervosamente.

Paolo <Naturalmente il cortello, un è più nel posto dell'altra
vorta, c'era da immaginasselo.>

Entrarono in cucina, i cani annusavano ovunque. Nel lavandino
c'erano piatti, posate e bicchieri da lavare.

Paolo notò due bicchieri con tracce di vino. <Che strano, du'
bicchieri usati per bere vino, ma il Fedi un è da solo?>

Girolamo usci e... <Signor Fedi, i piatti sporchi di 'vando so'?>

Il Fedi <Perchè?>

<Mi pare ci siano un po' troppi piatti e bicchieri a lava', pe' una
persona sola...>

<Ma, ma, io un lavo mi'a i piatti tutte le vorte, li lavo solo quando
mi s'ammucchiano.> Disse il Fedi con imbarazzo.

Paolo <Prendete i du' bicchieri che li facciamo analizza' alla
scentifi'a...>

Girarono in lungo e in largo, del coltello ovviamente manco
l'ombra. Quando uscirono nell'aia, i cani cominciarono a guaire
nervosamente.

Paolo disse all'amico...<forse c'è na pista da segui'... liberateli!>

I cani col naso a terra, cominciarono a fiutare in direzione di un
casottino che sembrava un ricovero per gli attrezzi.

Paolo e Girolamo, incuriositi, li seguirono e appena entrati trovarono Pablo e Rusty che banchettavano allegramente con dei
croccantini posti in una ciotola.

Paolo <Bada 'vesti... si mettono a mangia' quando so' in servizio.>

Si misero a ridere tutti. Anche il Fedi accennò un sorriso.

Girolamo <Ha un cane?>

Il Fedi <No, è il mangiare pe' na volpe che mi viene a trova' tutte
le sere.>

I cani non ne vollero sapere di uscire dal ricovero fino a quando
non ebbero finito l'ultimo croccantino.

Paolo <Dè, volete anche un caffè già che ci siamo!>

I cani cominciarono ad abbaiare e nuovamente col naso per
terra, cominciarono questa volta a dirigersi verso un piccolo vi-

gneto.

Paolo <Guardate che se volete mangia' na pigna d'uva, un è stagione, la vendemmia è già stata fatta...>

I cani attraversarono la vigna e seguendo un viottolo, arrivarono a una catapecchia al limite di un bosco. Paolo Girolamo e i poliziotti assecondando i cani, che con le zampe raspavano alla porta scassata. La aprirono. Dentro, da una finestra con i vetri lerci, arrivava una luce stentata, che a malapena consentiva di intravedere una confusione incredibile. I cani cominciarono ad abbaiare. I poliziotti che conoscevano molto bene i loro amici a quattro zampe, dissero <Ci siamo, hanno trovato qualcosa.>

Suona il cellulare di Paolo <Pronto Ugo...>

<Ciao Paolo, avete provato a cerca' cor cane come si dice'a stamani?>

Paolo <Si, proprio ora i du' cani che abbiamo, ci hanno portato in una 'atapecchia e dobbiamo ancora ispezionalla, ti chiamo più tardi.>

Fiaschi vuoti e polverosi erano accatastati nei pressi di una botte molto grande. Altre botti più piccole erano appoggiate ad una parete ricamata di enormi ragnatele annerite dal tempo. Una di queste botti era messa per ritto vicino ad una branda a mo di comodino. Sul giaciglio con lenzuola e coperte sgualcite, c'erano alcuni giornali che non nascondevano l'interesse, per il caso dell'accoltellamento, da parte di chi li aveva letti. Infatti gli articoli erano evidenziati con una matita.

Paolo e Girolamo si guardarono.

<Qui ha dormito ir Bortoli, mi ci gio'o gli "zebedei".> Disse Paolo.

Girolamo <Ora 'iamo la scentifi'a...>

Il Fedi rendendosi conto di essere in un angolo, con espressione molto preoccupata, disse <Un occorre che chiamate nessuno, sono disposto a collabora'.>

Scoppiò in un pianto nervoso e disse ancora <Quel bastardo m'ha cacciato in un guaio, ora so' in periol'o pure io.>

Girolamo <Un si preoccupi, ci siamo noi.>

<Ma... ma quello mi verrà a cercare e come ha promesso, farà der male anche alla mi' sorella, ai nipoti, al bravomo der mi 'og-

nato... Dio mio, ho messo tutti ne' guai.> disse il Fedi seduto su una sedia di legno con i gomiti sulle ginocchia e le grandi mani callose a coprire il volto inumidito dalle lacrime.

Paolo <Se veramente ci aiuta, mandiamo quel verme in galera e buttiamo via la 'iave.>

Girolamo < Ci vor di' come so' andate le cose?>

Il Fedi <Sì...sì, vi racconto. Qualche giorno fa, ero qui a lavora'. Ad un certo punto, sarà stato ir tocco, mi sento 'iama'. Mi vorto e ti vedo Dario. O te che ci fai 'vi, ni dissi sorpreso e lu tagliando 'orto mi chiese se si pote'a ferma' da me 'valche notte. 'Ommissari, io che ni dove'o di', era un ami'o d'infanzia... certo un c'è problema. Invece ir problema c'era, eccome, ma io un sape'o nulla. Avevo cotto i fagioli co' le sarcicce e lo invitai visto che stavo pe' pranza'. Mi raccontò un mucchio di bugie, e solo 'vando aprii ir giornale, dopo desinato, 'apii la verità. Lo ave'o fatto sistema' in questa casupola dove io faccio ir vino, perché lui mi disse che un mi vole'a da' di disturbo. In realtà penso che volesse sta' in un posto da do'e pote' scappa' facirmente e magari nascondessi ner bosco dietro. 'Vando lessi l'arti'olo, che riportava anche la su' foto, pensai "ci siamo, ho fatto tombola". Lo raggiunsi subito 'vi e con grande imbarazzo, ni dissi che ave'o letto tutto sur giornale. Lui un mi fece neppure fini' di parlare che passò subito alle minacce. Mi disse che se provavo a spiffera' mi avrebbe ammazzato me e tutta la famiglia della mi' sorella. Credetemi, di me un mi importa nulla, io so' solo, pensionato pe' invalidità, un ho mai fatto male neanche a na mosca, ma di mia sorella e della su' famiglia...mi importa eccome! E' tutto 'vello che ho e ni voglio a tutti un bene dell'anima. So' disperato 'ommissari, e penso anche alla po'era famiglia di Dario... un mi 'apacito 'osa possano ave' passato...po'era gente anche loro.>

I due si guardarono con espressione triste e pensierosa. Avevano capito che "il muto", che poi tanto zitto non era, ma parlava solo quando necessario, era una brava persona capitata suo malgrado in una brutta situazione che di certo non aveva cercato.

Paolo <Dobbiamo mette 'sta gente sotto protezione.>

<Ci penso io.> disse Girolamo.

Paolo <Ora torno a Gello, oggi de'o porta' la mi' moglie e i nipoti da "Pronto chi parla".>
Girolamo <E che signifi'a.>
<Sei proprio vecchio 'ome me, è una 'atena di negozi che vendono telefoni cellulari. A Sandra ni è venuto in mente che i nipoti ormai so' grandi e ne hanno bisogno!>
Girolamo <Ma se ri'ordo bene, un dovrebbero ave' neanche 'vindici anni...>
Paolo <Ma che ti de'o di', sembra che senza un possan' vivere. Li vedi i ragazzi di oggi sempre con 'vel frulla cervelli in mano, si mandano messaggi con "vos zappe" o come cavolo si 'iama, anche se so' uno davanti all'artro, mia sì parlan' più.>
Tornato a Gello <Sandra siete pronti pe' anda'?>
<Sì, il negozio è a Pisanova, accanto al super dove facciamo sempre la spesa.>
Giacomo e Matilde in macchina fantasticavano sull'acquisto di cellulari spaziali...<Te nonno un lo sai, ma il TT3 della Wolly fa delle foto bellissime, ha doppia tele'amera con una risoluzione che non c'hanno neanche le migliori macchine fotografie, poi c'è internet, i gi'oini, facebook, istagram, c'è tutto.>
Paolo <Ma... dè, le telefonate ci si possan' fa'? Si 'iama "telefono" ma voi 'sto aspetto un l'avete neanche detto.>
Giacomo <Ma nonno, noi mandiamo i messaggi, le foto, le musiche... le telefonate un ci garban' mi'a, è roba pe' vecchi.>
Paolo pensò "Boh? Un telefono che serve a tutto tranne che a parla' co' gli artri."
Sandra <Finalmente ci siamo, entriamo.>
I nipoti non se lo fecero dire due volte, erano eccitatissimi e corsero alle vetrine dove, divisi per marca, facevano bella mostra di sè cellulari scintillanti.
<Bada bello 'vesto, e che bello schermo c'ha quello!>
Si avvicina un commesso <Posso esservi utile?>
Paolo <Si, vorrei sape' dove so' i telefoni che costan' più po'o, 'vesti ci vole un mutuo...>
Sandra, i nipoti e il tipo, lo guardarono come si guarda uno che ha appena bestemmiato.>

Paolo <Ma... che ho detto di male!>
Sandra <Sei ir solito co' braccini 'orti, un lo sai che la te'nnologia se la voi la dei paga'?>
Paolo <A proposito di telefoni, mi so' dimenti'ato di aggiorna' i ragazzi di Barre. Voi guardate, torno subito.>
<Pronto Ugo, scusa il ritardo ma so' a compra' i cellulari ai nipoti. Vole'o ragguagliarvi. Allora abbiamo scoperto che il muto è stato 'ostretto a nasconde' i Bortoli in una 'asetta po'o distante dalla su' abitazione.>
Ugo <'Ostretto?>
Paolo <Sì. All'inizio, visto che erano vecchi 'ompagni di scuola, ni ha detto che lo ospitava, poi dopo ha letto il giornale e ha capito in che guaio si era 'acciato. A questo punto ha tentato di mandarlo via ma è stato minacciato e insieme a lui le minacce erano rivolte anche alla sorella, nipoti e cognato.>
Sandra <Vieni Paolo, abbiamo scelto e volevamo un tu' parere.>
<Senti Ugo, ora deo anda', la Sandra mi ha ri'iamato all'ordine, abbiamo una missione importante dè, 'ome ti ho detto dobbiamo 'omprà i cellulari a' nipoti.. senza un ci possono sta'!>
<Allora avete deciso?>
Giacomo <Abbiamo scelto 'vesti e ci mettiamo, pe' ri'onoscelli, la cover azzurra pe' me e rosa pe' lei.>
Paolo <Boh? Va bene, mi paiono di morto compli'ati, ma vo' giovani un avete di 'vesti problemi. O via andiamo a paga'.>
La cassiera digita lo scontrino e fa <Sono...mille e duecentoventi euro.>
Paolo <'Osi tanti euri?>
Paolo ebbe un sussulto, cominciò a imperlarsi di sudore mentre, con dito incerto, digitava il numero del pin del suo bancomat.
Non erano ancora usciti che i ragazzi avevano già scartato i loro trabiccoli e si spiegavano l'un l'altro le innumerevoli funzioni.
Paolo <O Sandra, ora sei 'ontenta?>
<Sì marito, sono proprio 'ontenta, così li posso 'iamà quando voglio.>
Paolo <Io so' di morto perplesso, vedrai le paure 'vando li 'iamerai e un ti risponderanno, oppure verranno a trovarci e non

sentirai la loro voce perché si dean' cocere ir cervello co' mille 'azzate che posson' fare co' quei cosi… Io so' contrario e di morto, e poi, dè, che salaccata! E magari fra sei mesi esce ir modello nuovo e lo voglian' compra'.>

Sandra <Ma ti cheti brontolone, io un so più se ho sposato un pisano o un lucchese! Ma po' ca' ci devi fa' co' tutti i tu' soldi, abbiamo la pensione tutti e due, un ci manca nulla e un si può fa' un bel regalo a que' du' angeli?>

La mattina successiva al baretto.

Amulio <Buongiorno Paolo, ca' ci racconti.>

<E vi racconto che… che un sappiamo dove cerca' ver disgraziato der Bortoli.>

Marione <Ma ragioniamo, a casa der muto un ci torna, ormai per lui è terra bruciata, in albergo un ci dorme perché ni 'iedono i do'umenti. Quindi se è rimasto a Pistoia, farà come i Barboni, dormirà, che so… alla stazione o chissà dove.>

Ugo <io da bancario ti di'o che se è furbo, pe' compra' da mangiare, un usa ir bancomatte o la 'arta di credito, artrimenti farebbe 'ome Pollicino, lascerebbe tracce da tutte le parti. L'uni'a cosa che puol fa', è prelevare soldi dar bancomatte ogni tanto, diminuendo osi il rischio di lascia' traccie.>

Paolo <Ragazzi, siete dei geni! Finisco il caffè e parto pe' Pistoia.>

Girolamo <Buongiorno Paolo, ho messo sotto scorta la famiglia der Muto.>

<Hai fatto bene, anche se penso che non farà der male a nessuno. Nei guai c'è già fino al collo e poi il suo scopo è si'uramente la moglie. Senti un po'… i mi' amici…>

Girolamo <Si, ri'ordo i gio'atori di briscola, vero?>

Paolo <Si, proprio loro… stamani a i barre, mi hanno fatto un ragionamento che potrebbe esse interessante. Il Bortoli non dorme più dar muto pe' ovvi motivi, in albergo ci vogliono i 'doumenti e quindi un ci pole anda'. Le ipotesi so' due: la prima, che sia andato via da Pistoia, ma mi pare po'o verosimile, la se'onda che sia rimasto pe' cerca' la moglie e dorma 'ome i barboni. Senti poi 'vesta. I sordi pe' mangia' do'e li trova? Non può usa' le 'arte di pagamento nei negozi pe' un lascia' tracce. Magari Prende delle

belle cifre ar bancomatte ogni 'varche giorno pe' ridurre 'osì i rischi di esse' beccato.>

Girolamo <In effetti mi torna, è una bella pensata. Si può verifi'à subito, basta indaga' sur conto der Bortoli. Ora sento.>

<Pronto Antoni? Mi verifichi se il nostro ricercato, il Bortoli Dario, ha un bancomat e se ha fatto prelievi negli ultimi giorni?>

Antoni <Si, mi ci vorrà un po', mi metto subito al lavoro. Se chiedete alla moglie ir nome della banca si fa prima.>

<Giusto>, dissero i due commissari. Telefonarono alla signor Anna la quale, oltre al nome della banca, aveva con sè anche il numero del conto.

Girolamo <Allora Antoni, La banca è la "Bcp", abbiamo anche il numero der conto, lo scriva.>

Paolo <Speriamo di riusci ad avere 'valche bona notizia.>

<Senti Paolo, stasera vengono a cena la mi' figliola cor mi' genero e Flora, la mi' adorata nipotina. Lo sai io so solo…>

Paolo <E lo so, purtroppo, un m'azzardo mai a chiede' come va perché…>

Girolamo <ma diamine, un ti preoccupa', 'omunque ti dice'o che devo fare un po' di spesa, m'accompagni?>

Paolo <Ma che domande… certo!>

Strada facendo Girolamo <Io cerco di dividere i miei acquisti fra supermercati e botteghe in modo da far lavorare un po' tutti e… soprattutto compro solo prodotti italiani, che si tratti di cibo, vestiario o quant'altro.>

<Anch'io e la Sandra abbiamo 'vesta attenzione, che credo sia giusta, in parti'olare in momenti difficili 'ome questi. Solo pe' i telefoni de' nipoti un mi è riuscito…>

Girolamo <Già come è andata?>

Paolo <Malissimo, ho dovuto 'omprà du' frizza cervelli alla modi'a cifra di oltre mille e duecento euri, boia! Ma poi pe' cosa, un li usan' mi'a pe' chiama', un è più di moda, li usano pe' fa' mille 'ose inutili. Se dipendesse da me farei una legge che vieta il cellulare fino alla maggior età e soprattutto imporrei la vendita di telefoni che…telefonano e basta, ar massimo che fanno de' messaggi.>

Girolamo <Ma mi pari un po' esagerato.>

Paolo <Esagerato? Vedrai 'vando la tu' nipote sarà grande...me lo saprai ridi'!>

<Ma sta' bono, ho già dovuto questiona' co' la mi' figliola, vole'a che insegnassi a Flora a leggere e scrivere... a cinque anni! I genitori di oggi hanno il mito del figlio prodigio, non si contentano che siano sani... no, devono cresce geni e stressati. Ma poi mi domando... ma se esistono gli insegnanti che sono formati pe' insegna', come posso sostituirli io che faccio l'indagini di polizia? E quello che dico, se'ondo me, è tanto più vero quanto più piccoli so' i bimbi. La scuola dell'infanzia credo che sia ancora più importante delle altre scuole, perché è qui che si formano gli individui. Il compito degli insegnanti diventa fondamentale per sviluppare le 'apacità di ogni singolo figliolo.>

Paolo <Condivido. Te sai che seguo la scherma, che non è solo uno sport, ma anche un importante momento di socializzazione. Ti insegna a rispettare l'avversario, a condividere con i compagni gioie e dolori, ad aiutare chi rimane indietro.>

Girolamo <Siamo arrivati alla bottega...>

Era un negozio assai grande, attrezzato a mo' di piccolo supermercato. Entrarono con un carrello.

<Allora, sur foglio ho segnato... zucchine, pane, delle belle braciole inpanate... 'vi so' buonissime, hanno una carne ottima.>

Paolo piuttosto distrattamente, osservava la gente che si accalcava agli scaffali. Si accorse di quanti maleducati ci sono in giro..."Bada 'vella donnina, tasta tutte le pere senza mettersi il guanto, 'vel tipo ha fatto cade' i biscotti e li lascia pe' terra. Che mondo... e bada 'vello! Ha pesato la frutta e dopo ha aggiunto dell'artra roba, lo vado a dire alla 'assa".

Guardò il tipo per ri'ordarselo e... <Girolamo, un t'agita'!>

<E perché mi dovrei agita'?>

<Guarda 'ver tipo... ma un è i' Bortoli? L'ho notato perché sta rubando.>

Girolamo <Cavolo... è proprio lui, tienilo sotto 'ontrollo che chiamo na pattuglia.>

Il Bortoli, stava dirigendosi alla cassa e Paolo, per prendere tempo, lo precedette, andò dall'impiegata e gli disse che il tipo con il giubbotto nero, il Bortoli appunto, aveva rubato sul peso della frutta. L'impiegata chiamò il suo principale che in un attimo arrivò. I due cominciarono a litigare, passò qualche istante prezioso che permise alla volante di arrivare prima che il Bortoli si fosse dileguato. Dopo breve colluttazione fu messo a terra con le braccia dietro la schiena e ammanettato.

Squilla il cellulare di Girolamo <Pronto Antoni?>

<Sì sono io, proprio stamani il ricercato ha prelevato centocinquanta euro e sul conto gli rimangono appena una novantina di euro.>

Girolamo <Allora ni è andata bene, perché da oggi da mangia' e da dormi' glielo offre lo stato.>

<Non mi dica, l'avete preso?>

<Sì Antoni, era nel negozio dove per caso ci trovavamo io e il mi' 'ollega Benvenuti.>

Paolo <Ir buon detectivve, si vede anche dalla 'apacità che ha di sfrutta' i corpi di fortuna. Indaghi, cerchi, interroghi vesto e quello, magari un ci dormi la notte e poi vai a compra' du zucchini e un chilo di pane e risolvi ir caso in un attimo.>

Al comando di polizia, l'ambiente si fa sempre più vivace, fra una pacca sulla spalla, un "Bravi" e un'intervista, si fa' l'ora di tornare a Gello. Paolo e Girolamo si abbracciano e quest'ultimo...<Grazie ami'o mio, senza ir tu aiuto un sarei qui a festeggia'...>

Paolo <Volevi di'...senza ir mi sedere... perchè è di 'vesto il merito. Se un avevi da fa' cena si'uramente si prendeva uguamente, ma così abbiamo fatto prima. Ora che ci penso, compra anche una bella torta, stasera avete si'uramente un buon motivo pe' mangialla.>

"Finalmente in macchina". Paolo non fa a tempo a girare la chiave per mettere in moto che squilla il telefono. Chi poteva essere se non la banda di debosciati del baretto.

<Non mi dite che sapete già tutto...>

<Sì Paolo, ma come avete fatto?>

Paolo <Il merito è tutto degli zucchini e delle braciole impanate.>

Marione <Che voi di'?>

<Che quando ho accompagnato ir mi ami'o a fa' la spesa, casualmente abbiamo visto il delinquente, abbiamo 'iamato na volante e lo abbiamo arrestato. 'Omunque grazie anche a voi, perché ir vostro o'nsiglio di tene' sotto 'ontrollo il su' conto ave'a già dato i suoi frutti. Sapevamo che la mattina molto presto aveva prelevato dar bancomatte, così come altre volte aveva fatto, allo stesso sportello e ad orario simile. Quindi ave'a le ore contate.

La notte Paolo non riusciva a prendere sonno. Decise di usare il classico metodo di contare le pecore, ma questo gli faceva tornare in mente il pastore sardo, dal pastore passò al muto, da quello alla signora Anna, ai figli, ai genitori anziani della donna. Cercava di immaginare l'impossibile... e cioè una giustizia che funziona. Si rese conto che i suoi pensieri erano causati dalla consapevolezza che queste persone non erano per niente al sicuro, che il Bortoli, magari ber buona condotta presto avrebbe avuto una licenza e... chissà che sarebbe successo.

La mattina successiva Sandra <Ma stanotte che avevi? Ti sei rigirato tutta notte come n' anguilla, un stavi mai fermo un se'ondo.. sarà meglio che i peperoni la sera un te li faccia più.>

Paolo <E un è corpa del mangiare, pensavo a quer bastardo che ha accoltellato la donna, sono si'uro che fra un po' lo mandano in licenza premio pe' buona 'ondotta e come spesso succede in 'veste occasioni... un mi ci fa' pensa' che è meglio.>

Sandra <Il tu' 'ompito l'hai fatto bene e devi esse' contento. Le leggi che permettono a delinquenti di usci di galera e fa i su' 'omodi un l'hai mica fatte te!>

<Questo un mi 'onsola pe' niente. Io vorrei un mondo dove la gente rispetta gli altri e soprattutto dove usa la forza della ragione e non quella dei muscoli o delle armi. Invece tutti i giorni un farabutto picchia, sfigura coll'acido, uccide fidanzate, mogli, figlioli, oppure maltratta, tortura, uccide un animale innocente. Questo è il panorama a cui siamo abituati. Tutti ormai studiano, usano la te'nnologia, rivestono cariche più o meno importanti, insomma so' moderni... sì, moderni... ma con mentalità che ricorda tanto il medioevo. La giustizia poi te la raccomando... Una donna violentata è stata giudi'ata accondiscendente, magari da

un artra donna giudice, perché era vestita in modo provocante, un'artra invece bugiarda perché 'onsiderata troppo brutta pe' esse' violentata e un gli credevano. Sembrano barzellette, e invece purtroppo è tutto tragi'amente vero. Ma un basta una giustizia che funziona, ci vorrebbe anche una scuola dove si insegna una materia che potrebbe chiamassi... che so' "Sani principi, oppure..." non fare agli altri vello che un vorresti fosse fatto a te". Scusa lo sfogo Sandra...>

<Non ti devi scusa' di nulla, io ti 'onosco come le mi' tasche e so' che sei un 'omo buono e di sani principi, ma ora vai che l'amici ti aspettano al barre. Mi raccomando però... oggi 'riordati che dobbiamo anda' dar dentista pe' sistematti il dente der giudizio cariato, mi sa' che te lo deve leva'.>

Paolo <Boia, un mi ci fa' pensa': ir trapano, 'vell'occhi che mi guardano, il respiro sur viso, ir cannello pe' la saliva in bocca, l'anestesia... Meglio un gatto attaccato coll'artigli ai....>

Sandra <Certo dè, sei buono e di sani principi, ma sei sboccato che un ti batte nessuno, dè un artra vorta!>

Ferrari testa rossa

No, ma che avete capito! Mica sto parlando della Ferrari Testa Rossa il bolide della casa automobilistica di Maranello, quello che fa trecento all'ora… ma della signora Carla Ferrari, insegnante presso la scuola media Galileo Galilei di Pisa. L'inconfondibile capigliatura color carota e il suo cognome, le hanno cucito addosso l'appellativo di "Ferrari Testa Rossa". Chi può essere stato, secondo voi? Ma è facile, i suoi studenti! e la cosa, a lei, proprio non piace.

<Cari genitori e cari nonni, state tranquilli, io ho grande esperienza di gite co' ragazzi e so vigilare. Se poi saranno interessati metteranno anche 'varcosa di novo ner loro bagaglio 'ulturale.> Disse la professoressa.

<Gia'omo e Matilde, un è la prima 'vorta che andate in gita 'olla scuola, ma le raccomandazioni un so' mai troppe. Date retta alla Professoressa Ferrari, un baloccate che po' magari vi perdete.> Dice una costantemente preoccupata Sandra.

Paolo <Ma so' grandi dè, un hanno mi'a bisogno di sentì ir solito ritornello.>

<Ha parlato ir facilone… ma li vedi i telegiornali, succede 'varcosa tutti i santi giorni e io ho paura, posso?>

Giacomo <Grazie nonno, se un ci difendi un po' te… e poi La Ferrari Testa Rossa è pallosa… e un fa' questo e un fa' quello. Dè, un ci lascia mai in pace!>

Sandra <Che un ti scappi detto 'ver soprannome! Ho saputo che ci resta di morto male, po'era donna.>

<Va bene nonna ora saliamo sur purmann che si parte.> Dissero

i nipoti.

La gita prevedeva una visita alle cave di marmo sopra Carrara e poi al Castello Malaspina che, con la sua imponenza, domina il grazioso paese di Fosdinovo sopra la città di Massa.La Provincia di Massa Carrara, è un territorio assai particolare. Infatti non sentirete la classica parlata toscana. Addirittura, quando qualcuno del posto scende verso sud, dice: "A vaghe'n Toscana", che tradotto fa... "vado in Toscana". Bada bene, non sono neppure Liguri, ma sia il dialetto Carrarino che quello Massese, pur essendo diversi tra loro, derivano dall'Emilia e dalla Lunigiana, con qualche sprazzo garfagnino e lucchese per quanto riguarda Massa, per via di antiche faccende occorse fra le due città. Le cave di marmo bianco, note in tutto il mondo, hanno avuto sin dall'antichità estimatori illustri, uno su tutti Michelangelo che ha utilizzato "L'oro bianco" per scolpire molti dei suoi immortali capolavori. Il castello Malaspina, fortificazione medioevale, domina invece con la sua imponenza non solo la città Di Massa, ma anche il tratto di costa che va dalle spettacolari Cinque Terre fino alla costa di Livorno. Nelle giornate più nitide si vede perfino l'isola Gorgona. La parte più antica del castello risale al X secolo, voluta dalla potente famiglia degli Obertenghi. Nel 1442 subentrarono i Malaspina che ampliarono la fortificazione. Un'antica leggenda, narra che una giovane componente della famiglia, tale Biancamaria Aloisa Malaspina, si rifiutò di prendere i voti come deciso dalla famiglia, poiché si era innamorata del figlio di uno scudiero di corte. Per questo la punizione fu crudele... morì dopo essere stata murata viva in un'ala del castello. Molte persone sostengono di aver veduto il fantasma della giovane aggirarsi per le stanze buie e silenziose del Maniero. La fortezza è stata anche residenza per alcuni personaggi illustri come, ad esempio, Dante Alighieri. Vi soggiornò diversi mesi e qui completò la sua opera più celebre... "La Divina Commedia".

Il gran trambusto dei ragazzi mentre salgono per prendere posto, prelude ad una partenza imminente. Il Pullman finalmente si muove e una voce metallica, distorta da un microfono non proprio di ultima generazione, dice… <Buongiorno ragazzi, stiamo lasciando Pisa, raggiungeremo 'ome prima tappa le 'ave di marmo delle Apuane. Successivamente ci fermeremo pe' mangià e quindi andremo a visitare il Castello Malaspina che si trova a Fosdinovo, grazioso paese sopra la Città di Massa.> La voce era quella della professoressa Ferrari che pur sforzandosi di parlare senza inflessioni, non tradiva certo le sue origini della Toscana più profonda.

Ore nove e trenta… <Allora, 'avete apito? Venti minuti pe anda' in bagno, e se 'varcuno un c'ha la merenda la 'ompri, perché a mangia' ci andiamo ar tocco.>

Con gran vociare e in maniera a dir poco disordinata, il gruppo di ragazzi entra nel bar. Chi va in bagno, chi alla cassa, chi a vedere cosa comprare da mangiare. Giacomo si dirige verso gli scaffali delle famigerate "merendine", autentiche bombe a mano che, esplodendo nella panza di chi le ingurgita, creano nei mangioni seriali, accumuli di grasso, che trasformano anche i fisici più atletici in autentici ammassi di lardo che col tempo avranno acciacchi e malattie di ogni tipo.

"Bone 'veste! Bada 'velle, forse so' più croccanti! C'è la cioccolata e il riso soffiato", Legge Giacomo. "C'è scritto che contengono anche: zuccheri, olio di palma, conservanti, lucidanti, insaporenti…dè, e con tutta 'sta roba dentro 'ostano solo un euro e venti"! Giacomo, comincia a toccare in qua e là e un cameriere… <Ti sta' fermin? Mi ca' te taglie le man è?> (Ci stai fermo, guarda che ti taglio le mani.) Giacomo lo guarda con timore, aveva capito solo il tono minaccioso e non le parole, ma tanto bastò che svicolò senza comprare nulla. Quando il pullman finalmente riparte, Giacomo è vicino alla professoressa Ferrari Testa Rossa e gli chiede. <Ma qui un siamo in Toscana?>

<Certo che sì!.> Rispose <La geografia un è il tuo forte a quanto pare.>

Giacomo <No, no, la 'onosco la geografia, ma ni' barre, un signore mi ha parlato e io un'ho capito 'na parola.>

<Devi sape' Gia'omo, che qui siamo in una zona che, secoli addietro, è stata oggetto di dominazioni da parte della Luni-

giana, dell'Emilia e anche di Lucca e Garfagnana. La lingua ha subito 'vindi delle forti influenze ed oggi è l'uni'a provincia della nostra regione dove un si parla ir toscano.>

Dopo poco, la strada comincia ad inerpicarsi. Ai lati fitti boschi ogni tanto si interrompono per dare spazio a piccole frazioni. Gli abitanti, chi più chi meno, hanno tutti a che fare con il marmo. La maggior parte sono cavatori, persone che oggi, con l'avvento della tecnologia, hanno una vita dura sicuramente, ma molto meno di quella dei loro predecessori, che praticamente portavano i grossi blocchi di marmo trascinandoli a mano su rotaie fatte con tronchi d'albero. Una vita durissima, dove spesso per superare la giornata era insana abitudine tracannare dei bei fiaschi di vino. Molti si ammalavano di cirrosi epatica. Oggi, per fortuna, con l'avvento dell'informazione, le cose stanno finalmente migliorando. Le cave, che da lontano sembrano enormi ferite inferte alle sontuose Alpi Apuane, più ti avvicini invece, assumono l'aspetto di un gigantesco gioco di costruzioni. Grossi blocchi sono appoggiati a strati uno su l'altro. Una ragnatela di stradine, mette in comunicazione i vari strati di marmo. Vi si inerpicano enormi ruspe che, con il loro instancabile lavoro, mangiano giorno dopo giorno pezzi di montagna, trasformando il paesaggio in un'evoluzione continua che si perpetua da secoli.

Un signore con il casco in testa li stava aspettando per mostrare loro come si svolge la vita in una cava. Durante la visita, che stava attirando l'attenzione dei ragazzi, viene mostrata anche una rievocazione della dura vita dei cavatori nei tempi passati. La rievocazione consisteva nel mostrare come venivano portati a valle i blocchi di marmo. Con una fatica sovrumana, alcuni operai facevano scivolare un blocco di marmo su delle tavole di legno che, una volta percorse dal marmo, venivano tolte dietro e riposizionate davanti… e ancora, e ancora. Il blocco procedeva lentamente.

<Ma un'è peri'oloso?> Domandano i ragazzi.

Il signore che faceva da guida <Molto pericoloso! Dovete sapere che, nei tempi passati, morire in una cava era all'ordine del giorno. Oggi per fortuna le cose sono molto migliorate, anche se

purtroppo qualche incidente ancora succede.>
La visita è finita, molti dei ragazzi sono rimasti impressionati da quello che avevano visto e sentito, ma come sempre succede fra i giovanissimi, un panino al prosciutto e una bevanda rimette l'animo in pace e lascia lo stomaco piacevolmente sazio. Dopo la sosta per mangiare e riposarsi un po', arriva il momento più atteso: la visita al Castello Malaspina. L'immaginazione portava tutti indietro nel tempo... scudieri a cavallo, servi, Marchesi e Contesse, soldati che dalle mura di cinta facevano buona guardia. Infine, il fantasma di una giovane donna, punita con la morte per aver trasgredito ai voleri della famiglia, che non la voleva amante del figlio di uno scudiero di corte ma suora di clausura. Il fantasma vaga ancora senza sosta nelle stanze del castello e i ragazzi impazienti di vivere il brivido di un incontro con un'anima dell'aldilà, fantasticano su quello che avrebbero visto durante la visita.
<Bene ragazzi, ora entriamo nel Castello, mi raccomando, un toccate nulla, seguite il percorso, è assolutamente vietato lascia' ir gruppo e andare a giro pe' i saloni da soli, intesi?>
<Sì Professoressa.>
All'improvviso si sentono delle urla provenire dalla strada. Ad urlare erano un tizio e due poliziotti che lo inseguivano. Il tizio corre verso l'ingresso del castello brandendo un'arma. <Presto! Entrate dentro o vi sparo!> Urla l'uomo con tono terrificante. <Entrate vi ho detto! Entra anche te, presto!> Dice il tale alla Ferrari.
I ragazzi impietriti dalla paura e sollecitati da una sbigottita professoressa... <Presto entriamo tutti, facciamo 'ome dice ir signore, prima che spari a 'varcuno... dai, dai, movetevi...>
Entrarono tutti nel salone d'ingresso. Il tale, terrorizzato e tirato come una corda di violino, dava l'impressione di non avere il controllo di sè stesso. <Mettete qui tutti i vostri cellulari, uno per volta, tanto ir tempo un ci manca. La situazione rischiava di peggiorare ad ogni tentativo dei poliziotti. Comincia a radunarsi davanti all'ingresso la solita pletora di curiosi. Giungono anche volanti della polizia. Da una scende il capo, tale dottoressa Berta

Dionisio. Le viene portato un megafono. Con voce concitata, la Dionisio… <Sappiamo che sei con una scolaresca, non fare del male a nessuno, lasciali uscire e costituisciti, non aggravare la tua situazione.>

Nel frattempo al bar Gello. <Caro mio Paolo, un hai speranza, stai pe' perde. Mi sa che ir caffè in palio oggi tocchi proprio a me.> Dice un raggiante Amulio. Marione, seduto a guardare, segue con interesse lo svolgersi della briscolata, mentre Ugo, che si godeva una giornata di ferie, sbirciava il cellulare. La televisione del bar era sintonizzata su uno di quei soliti programmi di cucina per massaie attempate. Con volume assai alto, un cuoco, o meglio, uno chef, insegnava la solita, improba ricetta dove sono d'obbligo ingredienti sconosciuti e che, state sicuri, non troverete mai in vendita da nessuna parte. Si interrompe di colpo la trasmissione, viene annunciata una "Breaking news". La giornalista del tg …<Una scolaresca è tenuta in ostaggio da un malvivente nel castello Malaspina a Fosdinovo, paese poco distante dalla città di Massa Carrara. Il tale, che si chiama Felice Antonini, ha partecipato ad un tentativo di rapina all'ufficio postale del paese. Sono prontamente intervenute le forze dell'ordine, senza però alcun risultato al momento...>

Paolo rimane impietrito e con lui gli amici che sapevano dove erano in gita i nipoti. Squilla il cellulare. Paolo, balbettando, risponde <S… sì Sandra ho sentito, 'iama i nostri figlioli. Io parto subito. Te vieni co' loro, ci teniamo in contatto cor telefono.>

Sandra <Oddio Paolo, un ce la faccio neanche a sta' in piedi.>

Gli amici <Paolo, veniamo co' te. Un sei neanche in grado di guida' la macchina.>

Durante il viaggio, il silenzio era rotto dai sospiri profondi di Paolo che avrebbe voluto piangere dalla disperazione.

Ugo <Dai, tirati un po' su, devi esse' lucido. I ragazzi hanno bisogno di te e se un reagisci è peggio.>

Paolo <Lo so, ma la paura mi divora dè, 'ome fosse un lupo famelico.>

All'arrivo, Marione, che guidava, posteggiò l'auto senza curarsi di dove la stava mettendo. Scesero tutti. Di lì a pochi passi la folla di curiosi, le telecamere delle tv, i giornalisti, parenti dei ragazzi arrivati come lui dopo aver appreso la notizia. Un cronista si avvicina <Buongiorno, lei è parente di 'valche ragazzo ostaggio del marvivente?>

<Sì, so' un nonno.> Risponde Paolo.

Il cronista <Allora ci può dire come vive 'vesti momenti?>

Paolo lo guarda inebetito, e Marione con Amulio <Ma un si vergogna neanche a fa 'veste domande? Un lo vede in che stato è ir nostro amico? Si levi di torno, lei è uno sciacallo, un cronista da 'vattro sordi, u...u... un 'omo da nulla! Ir su microfono se lo metta... mmm, un mi facci di' 'vello che un vorrei, dè!>

<Sandra... Sandra.> Paolo chiama la moglie, che intravede a poca distanza nella ressa.>

<Paolo, ho visto la tu' 'ollega Dionisio...> urla Sandra, attorniata dai figli, dal genero e dalla nuora, tutti in evidente stato d'agitazione.

<Ah, c'è la Berta? Fatemela raggiunge' 'osì 'ni 'iedo 'ome procedano le 'ose... Berta! Berta!> Urla Paolo.

La Dionisio sentendo gridare il suo nome si volta in qua e in là per vedere chi la stava chiamando. Finalmente gli occhi di Berta si incrociarono con quelli di Paolo. Lei, a spintoni, aiutata da due agenti, si fa largo fra la gente e raggiunge l'amico e collega. Sorpresa dalla presenza di Paolo chiede <E tu che ci fai qui...>

Una lacrima scorre lenta su una guancia di Paolo.

<Non... non mi dire che dentro in ostaggio c'è quarcuno...>

<I mi' du' nipoti... sì, sì, ci so' loro!>

<Paolo, bisogna che ti dica... la situazione è brutta... ir delinquente è un disperato senza un briciolo d'esperienza e questo lo rende ancor più pericoloso. Non sappiamo davvero come movecci.>

Nel frattempo, dentro al Castello, la professoressa Ferrari cerca di tenere calmi i ragazzi e di parlare con il loro sequestratore.

< Mi scusi signore, i miei studenti so' stanchi e 'varcuno deve anche anda' in bagno, 'ome si pole fa'?> Chiede con voce tremula.

Felice <Per ora state tutti seduti pe' terra e zitti!>

<Ma perché fa questo, ma un ha pietà pe' tutte 'veste creature,

guardi 'ome so' ridotti, impietriti pe' la paura. Guardi 'vella bimba… sta piangendo, 'vella vicino 'iama la su' mamma, ma lei ha figli?>

Al pensiero dei suoi piccoli, l'espressione tesa del viso comincia ad addolcirsi, come se si stesse abbandonando ad un piacevole sogno. <Sì, ho tre figli… Nicola, Viola e Tiziana. In tre non fanno diciotto anni. Chissà 'osa stanno facendo. Spero che un guardino le 'mi belle gesta alla televisione.>

La Ferrari <Ma lo sa che in questo momento la su' espressione si è addorcita? Sembra 'vella di una persona… buona… e io so' si'ura che è cosi!>

<Sì', buona… buono a nulla… Se so' qui è per i mi' bimbi, pe' la mi po'era moglie. Io un sapevo più che fare. Da 'vando tre anni fa ho perso il lavoro, è stato tutta una tribolazione. Alla mi' età un mi vole più nessuno… ho cinquant'anni anche se i mi' bimbi so' piccoli. Mi so' sposato tardi.> Disse Felice.

<Ma scommetto che è la prima vorta che fa na 'osa 'osì brutta.>

<No, ho la fedina penale sporca da 'vasi tre anni, ma pe' piccole 'ose: un tentativo di furto in un supermercato, in un negozio di alimentari e in una tabaccheria. Tutte sciocchezze che ho fatto pe' disperazione… un ave'o un centesimo in tasca, i figlioli dove'an mangia', anda' a scuola, vestissi. Nessuno mi vole'a più dare lavoro.>

La Ferrari <E i servizi sociali, le organizzazioni tipo la "Caritas"?>

<I servizi sociali, ho cercato di tenelli lontani, la mi' paura era che mi levassero i figlioli, perché ortre tutto la mi' signora soffre di depressione e ha tentato di suicidassi già du' vorte, capisce? Le organizzazioni invece, ti aiutano. Fanno tantissimo, certo, ma se un' trovi lavoro ir tu problema diventa 'ome da un carcio ad un pallone: lo tiri più in la, 'ni dai un artro carcio e ancora, ir pallone si allontana ma rimane sempre lo stesso e così i tuoi problemi. Io che non lavoro, la moglie malata e poi… mi 'iamo Felice… Felice un corno, credo che uno più triste di me un ci sia… e lo spero pe' chiunque. Meno male che ho na brava vicina di 'asa, anzi na santa, che mi tiene i bimbi e così mi dà una grossa mano. La mi' moglie è troppo giù di 'ondizione pe' seguilli.>

<Cerchiamo insieme una soluzione, le va?> Disse la Ferrari.

<L'unia soluzione sarebbe ammazzammi e così finirebbero tutti i mi' problemi.>

<Ma che dice... non voglio senti' 'vesti discorsi!>

Le lacrime cominciano a scendere sempre più copiose sul viso dell'uomo.

<Oddio che ho fatto, solo ora mi rendo 'onto, fra 'vesti ragazzi, potrebbero esserci i miei figli. Mi so' fatto 'onvincere da quei po'o di buono der barre. E' facile... dice'ano, te fai ir palo al resto pensiamo noi. Mi hanno anche dato una pistola e...>

<E non la sa manco usare, perché lei un è come loro.> Dice sicura la professoressa.

Felice <In effetti è la prima vorta che ho un'arma in mano. Pensi che pe' esse' si'uro di un fa der male a nessuno, ci ho messo un po' a capì 'ome si fa, ma c'ho levato tutte le pallottole... è scarica!>

<'Vesto deporrà a suo favore, mi creda, ma ora le dico... Vogliamo liberà 'sti ragazzi e resto io come ostaggio? Tanto ave' na persona o avenne tante, 'osa le 'ambia? La polizia certamente è obbligata a tutelà la vita di chiunque.>

<Sì ha ragione, mi ha convinto, dica che i ragazzi stanno uscendo, mi fido di lei, si affacci pure alla finestra.>

La Ferrari si affaccia e improvvisamente la folla si zittisce. Sembrava di essere in piazza San Pietro a Roma quando sta per parlare il Papa.

<Sentitemi bene, il signor Felice ha deciso di... sua spontanea volontà di liberà i ragazzi...>

Applauso fischi di contentezza e un brusio assordante interrompono il discorso. <Io rimarrò come uni'o ostaggio.> E a queste parole seguì invece vociare di disapprovazione... <'Ome stavo dicendo, rimarrò uni'o ostaggio fino alla risoluzione der problema. Ora vi mando i vostri ragazzi.>

La professoressa <Tutti in piedi, pelandroni, vi fo' uscire, mettetevi in fila. >

I ragazzi provati dallo stress della situazione, riprendono improvvisamente energia e cominciano a muoversi felici di poter riconquistare la libertà. Sul portone d'ingresso la calca si fa sempre più pressante. Un boato accoglie i ragazzi che cominciano ad uscire. <Mamma, mamma, nonni, papà...> Non si sente altro.

<Gia'omo, Matilde!> Paolo attorniato da tutta la famiglia, corre ad abbracciare i nipoti.

<Dai che almeno pe' voi ragazzi la disavventura è finita! Sandra, ragazzi, nipoti... so' contento, mi dispiace pe' la Ferrari...>

Giacomo e Matilde <Dè, la prof è un mito... ha cominciato a parlà cor tipo e piano piano l'ha convinto a lasciacci tutti. Lo ha anche fatto piange', vedessi!>

Paolo <Ora mi de'o occupa' di lei. Voi prendete la macchina e tornate verso Gello.>

Ugo <Di solito 'veste situazioni le risolvono ner bene, e purtroppo certe vorte anche ner male, gli ostaggi stessi.>

Paolo <Hai ragione, in 'vesti 'asi una persona 'apace fa più di cento poliziotti, e la Ferrari ha già fatto un mira'olo. Spero che riesca a fa' anche ir se'ondo.>

All'interno del castello, seduti per terra uno accanto all'altro, la Ferrari e Felice, con la schiena appoggiata al muro, esausti, paiono due amici che si scambiano opinioni e consigli. Lei era sicura del fatto che se si fosse alzata per andare via, Felice non avrebbe opposto resistenza. La cosa strana però è che non se la sentiva affatto di lasciarlo solo. Sicuramente quello che aveva combinato era talmente grave che niente gli avrebbe potuto evitare guai con la giustizia, pensò lei, ma non è sicuramente una persona cattiva, solo una creatura disperata.

Ad un certo punto la Ferrari prende una decisione, si alza, tende la mano verso di lui e dice <Andiamo?>

Felice la guarda, paura e vergogna si leggono inequivocabilmente sul suo viso. Con un profondo sospiro e una lacrima che veloce percorre una guancia, senza dire una parola, prende la mano di lei, si tira su e insieme percorrono il corridoio che li conduce all'esterno. Un boato li accoglie... <La galera ci vuole e devono buttare la chiave> urla una donna... <Ma quale galera... la pena di morte>... <Delinquente!>

Lui le stringe la mano con forza, la testa china, i poliziotti

accerchiano i due per evitare che la folla possa fare gesti inconsulti. Improvvisamente la Ferrari decide che era ora di prendere la parola <Insomma basta!> Tutti si zittiscono. <Ma 'osa ne sapete voi... 'Vesta persona ha sbagliato è vero, ha fatto n'azione gravissima e per questo dovrà essere giudi'ata dalla giustizia. Ma... conoscete vest'omo? La su' vita? Le angherie le ingiustizie, le umiliazioni che ha subito? Io oggi ho conosciuto un essere umano che ha preso na strada sbagliata, è vero, ma un essere dall'animo buono che ha agito pe' disperazione.>
<Buu, Buu.> è la risposta della folla.
Paolo si avvicina ai due, con un gesto della mano fa segno a tutti di fare silenzio e prende la parola.
<Io non conosco vest'omo ma, contrariamente, molto bene la Signora che gli stringe la mano. Badate bene, chi vi parla in questo momento, ha trepidato per la sorte de' propri nipoti, dei loro 'ompagni, di 'vesta donna e... ha temuto ir peggio, proprio come voi. Ma il fatto che la professoressa, anzi la Signora, ripeto e con la S maiuscola, qui presente, difenda dalle vostre ingiurie il suo "aguzzino", mi 'onvince, senza ombra di dubbio, che quello che 'iamate "delinquente", in fondo, possa esse una persona che pe' disperazione abbi fatto 'vello che un avrebbe mai pensato di fà. >
Marione Ugo e Amulio cominciano a battere le mani, e anche fra le persone presenti qualcuno dapprima fa un timido applauso che, poco dopo, prende il sopravvento sui giustizialisti per partito preso.
La giornata finisce qui. Felice viene portato via dalla polizia, Berta e Paolo dopo un lungo colloquio, si salutano amichevolmente. I quattro amici si dirigono verso la macchina. Parlano animatamente. Marione Ugo e Amulio elogiano l'intervento di Paolo, fanno considerazioni sul povero Cristo finito suo malgrado in balia degli eventi, come un tronco d'albero trascinato sulla spiaggia dal mare in tempesta.
Quando raggiungono l'auto... <Ma no, ma no, un è possibile!> Fa Marione.
Paolo <Dè, ora che è successo?>
<La murta, m'hanno fatto la murta... è vero che ho posteggia'o

in divieto, ma in una situazione der genere ... boia, ma ir vigile un'ave'a artro da fà?>
Paolo togliendo il verbale dal tergicristallo <Tranquillo Marione, oggi offro io. Dè, è ir minimo che posso fa' a dei veri amici, che mi so' vicini nei momenti belli ma ancora di più mi sostengono in velli brutti, proprio 'ome è successo oggi.>

Indice

Ogni riferimento a cose o persone è puramente casuale.

Andrea Giovanni Kissopoulos

Sono nato a Lucca il 19 aprile 1957 da nonni materni lucchesi nonna paterna lucchese e nonno paterno greco, quindi ecco da dove deriva il mio cognome. Sono alla prima esperienza come "scrittore", spero che le indagini del mio Commissario vi siano simpatiche e divertenti.